娘子馴夫放大絕

1

淺語 著

風文創 1035

目錄

序文 005
第一章 009
第二章 015
第三章 023
第四章 031
第五章 039
第六章 047
第七章 055
第八章 063
第九章 071
第十章 079
第十一章 087
第十二章 097
第十三章 107
第十四章 115
第十五章 123
第十六章 131
第十七章 139

第十八章 …… 147
第十九章 …… 155
第二十章 …… 163
第二十一章 …… 171
第二十二章 …… 179
第二十三章 …… 185
第二十四章 …… 207
第二十五章 …… 215
第二十六章 …… 225
第二十七章 …… 233
第二十八章 …… 241
第二十九章 …… 249
第三十章 …… 259
第三十一章 …… 271
第三十二章 …… 279
第三十三章 …… 289
第三十四章 …… 301
第三十五章 …… 309
第三十六章 …… 319
第三十七章 …… 327
第三十八章 …… 337

序文

淺語

每次完結一本書，都會休息兩個月，讓自己放空，將思緒徹底從上一本書的劇情裡解脫出來。

以往會選擇長途旅行，在陌生的地方換一個生活方式，做全然不同的自己。這次因為疫情不方便外出，只能在省內遊玩，倒是有機會能深度了解我生活著的城市。

五月的清早，穿白T恤和棉布長裙，鞋子一定要舒適，然後開始一天的遊蕩。

晨光初現，工人已經將馬路清掃得乾乾淨淨，街頭早餐店的灶臺上水氣氤氳，霧氣隨風瀰散，城市裡滿溢著各式早點的香味。衣著整齊趕著通勤的職員，朝氣蓬勃揹著書包的學生，還有拎著帆布袋子閒適地趕早市的主婦從各個樓棟出來，原本安靜的大街頓時像開了閘的水龍頭，熱鬧喧騰。

我通常會買兩個包子，一個是香菇青菜餡的，另一個是醬汁肉包子。青島的包子比南方城市個頭大一些，形狀也不太精緻，味道卻甚是鮮美，而且餡料的種類非常繁多。兩個包子配一小碟紅油醬菜，再來碗熬到濃香馥郁的小米粥，胃口便得到了極大的滿足。

而下一本書的梗概也在這人間煙火裡變得脈絡清晰。

寫作十年，筆下的男主角眾多，有囂張王爺、冷酷侯爺、霸道總裁，也有「萬花叢中過，片葉不沾身」的公子哥，但大多是出場性格便已決定。

這次，我想嘗試一下以前不曾寫過的養成，寫一個男孩子從驕縱跋扈的「中二期」少爺，在女主角的陪伴和勸勉下逐漸成長為沈穩內斂的男人。

同樣筆耕不輟的好友勸我，愛情故事的受眾主要是女生，男主角人設非常重要，這樣子不成熟的男孩子會趕走很多讀者。

我認真地思索，人的一生不可避免地會有幼稚單純甚至輕狂的時候，誰都是從少年時期長大的，只要他肯努力有擔當，即便年輕時候魯莽些、無知些，又有什麼關係？何況這一次，我打定了主意，要把男主角寫得很帥很酷，單是看到他的臉就會讓人不由自主地微笑。

所以，我給男主取名為「昕」。《說文解字》上說：「昕，旦明日將出也。」是太陽即將升起，明亮美好的意思，正好適合男主角出場，十五、六歲的年紀。

對於「楚昕」這樣養尊處優，有些狂妄、有些任性的世家公子，什麼樣子的姑娘才會契合他呢？

她一定要溫婉，能讓易怒的少年收斂脾氣；她一定要聰穎，知道如何馴服不羈的野馬；她一定要內心強大，在面對楚昕時，不會被他嚇到，反而氣勢更凌駕在他之上。更重要的是，她一定要懂他，明白他驕傲的外表下隱藏著一顆真摯的赤子之心。

於是便有了「楊妡」。「妡」，美好的樣子。

天氣逐漸熱起來，街頭的合歡開始綻出粉紅的纓穗，園子裡的向日葵舉起金黃色的花盤，我坐在垂著白紗簾的窗前，開始講述楚昕跟楊妧的故事。

七月的天正熱，我不習慣吹冷氣，便將南北向的窗都打開，海風徐徐吹來，挾著大海的清涼氣息，晃動著紗簾搖曳不止。

常常隅中才起，夜半方眠，每次寫完一個章節向外望去，夜色已經闌珊，陪伴我的只有天際或濃密或稀疏的星子，和窗外牆角不停歇地鳴叫的夏蟲。

潛心寫作的日子是寂寞的，寂寞得有些枯燥，可也讓我享受。

我沈醉於故事裡的悲歡離合，迷失在人物的愛恨糾葛中，深陷在那份家國情懷裡。這期間曾經因為主人公的兩情相悅而歡喜，也曾經因為主人公的相互誤會而扼腕。我把自己所有的心血都匯聚成一行行的文字，匯聚成一段段的情節。

終於，在北風肆虐、雪花飄揚的季節，這本書要跟讀者們見面了。相信我，書裡的「楚昕」與「楊妧」不會讓你們失望，那些花季少年的情竇初開和情定後的堅貞不渝不會讓你們失望，更要相信作者不會讓你們失望。

這樣一個美好的故事，會在寒冷的冬季給大家帶來溫暖！

第一章

初秋時節，落楓山腳的別院裡，桂花開得正盛，金黃色的小花簇簇擁擁，甜香撲鼻。丫鬟采秋在地上鋪張竹席，采芹則踩在凳子上，拿根長竹竿輕輕敲打桂花枝。花瓣紛落如雨。

七歲的寧姐兒拍著手笑。「下桂花雨嘍，下桂花雨嘍！」

楊妧坐在臨窗大炕上，對著帳本撥弄算盤珠子，聽到窗外嬉笑聲，手一抖，珠子撥錯兩個。

稍愣神，已想不起適才到底撥了哪幾個珠子，這一頁帳白算了。楊妧無奈地嘆口氣，推開算盤，尋到炕邊繡鞋，趿拉著出門。

寧姐兒小跑著過來，仰起頭稚氣地問：「娘對完帳了嗎？現在能不能做桂花醬？」

她梳著雙環髻，大大的杏仁眼烏黑晶亮，腮邊有對淺淺的梨渦，粉雕玉琢般，漂亮極了。

楊妧微笑道：「現下還不能，要把桂花裡面的碎葉和枝子細細地挑出去，然後洗乾淨晾乾才能用。待會兒妳帶著采秋挑桂花好不好？」一邊說邊掏帕子替她擦去額頭細汗。

王嬤嬤端來托盤。「瞧把大姑娘給熱的，趕緊歇會兒喝杯茶……已經入秋還這麼熱，都快趕上三伏天了。」

楊妧餵寧姐兒喝過半盞茶，餘下殘茶自己喝了，仰頭看著沒有半絲雲彩的天，嘆口氣。

「真是熱得出奇，昨天晚上水塘裡的蛙叫了半宿，能吵死人。」

天熱人也煩。

前天，東川侯家汪四爺汪源明行冠禮，夫君長興侯陸知海去觀禮，回來讓楊妧準備五百兩銀子。

過完重陽節，會同館要整修房屋，以備過年時候接待使臣。汪源明想從中摻和一腳，遂跟陸知海借銀子打點人。

汪源明是大姑姊陸知萍的小叔子，此人胸無點墨饞懶奸猾，整天跟一群紈袴鬥雞走犬胡吃海喝。之前他領過營繕司修城垣的差事，嫌跟泥水匠打交道不威風，又託人在五城兵馬司混了個職缺，天天腰挎長刀滿街轉悠，威風極了。汪源明卻嫌累，外快太少。

楊妧不想掏這筆錢，跟陸知海商量。「這些年汪四爺領多少差事丟多少差事，與其把這五百兩銀子打水漂，莫如你請託人尋件事情做。」

陸知海道：「我要出詩集，哪裡得閒？再者，為些阿堵物四處鑽營，我做不來這種齷齪事。」

楊妧氣得說不出話。

陸知海自詡清雅，見不得阿堵物，可他身上玉容紗的長衫，手裡象牙骨的摺扇，頭上束髮的紫金冠，哪一樣不是用阿堵物買回來的？

陸知海見她臉色不好，忙軟了聲氣。「源明玩心確實重，可行過冠禮就是大人了，往後定然會好好當差……若是拿不出五百兩銀子，大姊在婆婆面前不好過。妧妧，不看僧面看佛面，瞧在夫君的面子上，先替大姊周轉一二……妳散開髮髻，我幫妳通通頭，可好？」

今年，陸知海正逢而立，原先的青澀已然褪去，舉手投足間盡顯成熟男子的魅力，神采尤勝年輕之時，風流也勝當年。

他身材頎長，五官俊朗，氣質儒雅斯文，當初楊妧便是看中了他的好相貌，不顧大伯父所說的齊大非偶，一頭扎了進來。成親頭兩年還好，陸知海為她畫眉為她理妝，會看著她癡癡傻傻地笑。「妧妧真是美麗不可方物。」

可惜，紅顏未老恩先斷。

楊妧懷寧姐兒時，陸知萍體恤弟弟，給陸知海送了個出自書香門第、因家道中落被迫賣身為奴的女子。當晚，陸知海歇在了西跨院。

事有一，便有二。楊妧第二次懷孕便給陸知海納了房擅長琴棋書畫的姨娘。

胎兒尚未坐穩，楚貴妃病故，元煦帝昭告天下以皇后禮發喪，外命婦在思善門外哭靈三日。

哭靈當夜，孩子就掉了。

楊妧纏綿在病榻上，將養了兩個多月，身體才慢慢見好。

再後來，大堂姊楊𡢾陪同堂姊夫進京趕考。陸家人少宅子大，楊妧特意收拾出一處清靜的院落請楊𡢾夫妻在家暫住，又吩咐下人小心伺候。

堂姊夫經常出門會友，楊𡢾乘機勾搭上了陸知海。

楊妧噁心得快吐了，把楊𡢾打發之後，給陸知海納了第三房姨娘，也是個識文斷字會作詩的女子，而她再沒讓他近過身。

陸知海夜夜歇在西跨院，跟三位姨娘琴瑟相和，甚是愉悅，只有需要銀錢時，才會踏足正房。

這些年，楊妧對陸知海早沒有男女之情，自然不肯讓他通頭，便道：「去年大姊借去三百兩銀子尚未歸還，要不讓她還了，我再添上兩百兩，正好給汪四爺。」

陸知海面色不豫地說：「大姊是因為手頭緊……才只三、五百兩銀子，妳何至於這般計較？」

才只三、五百銀子？話說得真叫一個輕巧。楊妧「哼」一聲，淡淡開口。「三月初，內府衙門黃太監賀四十歲生辰，大姊夫送了座羊脂玉的壽星翁，才拳頭大小，據說花了三千八百兩銀子。」

陸知海惱道：「行了，不給就算了，沒得扯這些陳年舊事，我想別的法子周轉。」拂袖離開。

他所謂的周轉是尋了玉器、瓷器或者古玩字畫去當鋪。

上一代的長興侯是個極清雅的人，從沒領過正經差事，也沒被阿堵物沾過身；陸知海亦是，活了三十年，一文大錢都不曾往家裡賺過。陸家雖然早已遠離廟堂，成為沒落勛貴，但船爛還有三千釘，祖上有田產還有不少值錢東西，足夠再敗壞一代。

當初楊妧跟現已入主後宮的何文秀合夥做糧米生意，湊不夠本錢，陸知海連個梅瓶捨不得賣，楊妧只得回娘家跟大伯父借了三千兩銀子。好在糧米生意大賺，連本帶利還給大伯父五千兩，還餘下八千多兩。

楊妧花六千兩買了間鋪子，經營筆墨等文具，承蒙何文秀和大伯父照顧，鋪子每年足足有一千兩銀子的利，手裡這才有了閒錢。

這會兒為了陸知萍那個不成器的小叔子，他倒是很捨得。

第二章

楊妧懶得管，也懶得跟陸知海置氣，隔天一早帶寧姐兒來了別院。

昨晚被蛙叫吵得沒睡好，楊妧歇了個長長的晌覺，及至醒來，已近黃昏。西天晚霞似火，染紅落楓山的半座山頭。

寧姐兒從門簾探進頭，熱切地說：「娘，桂花已經晾乾了。」

楊妧知其意，親暱點點她的鼻尖。「小饞貓，走吧，這就給寧姐兒做桂花醬。」牽起她往廚房走。

桂花果然挑揀得乾乾淨淨，楊妧誇一聲寧姐兒能幹，捏把鹽粒撒到桂花上。「灑點鹽，能除去花瓣的澀味，吃起來更甜。鍋裡加少許水，待會兒冰糖化了，就把桂花倒進去，攪動十幾下便好。」又吩咐婆子生火熬冰糖。

寧姐兒認真看著婆子的動作，把步驟牢牢記在心裡。

晚飯時，寧姐兒蘸著桂花醬吃了兩個花捲，撐得小肚子溜圓。楊妧帶她在院子裡消食。

陸知海出人意料地趕了過來。楊妧訝然不已。「侯爺怎麼這會兒過來，吃飯沒有？」

「沒吃，給我下碗肉絲麵就成。」陸知海絞條冷水帕子擦去臉上汗珠，目光亮閃閃的。

「妧妧，大姊說不必籌銀子了，妳也不用跟我置氣了……修繕會館極為瑣碎麻煩，源明確實沒有這份耐心。」

楊妧知道汪源明沒長性，沒料到這次主意變得更快，三天還沒到頭呢！卻識趣地沒有問，也沒理會陸知海關於「置氣」的話，只從櫃子裡找出件半舊的圓領袍伺候陸知海換上。

陸知海抱怨。「今天真是熱得出奇，以為別院涼快些，誰知跟京裡一樣。」

說著話，采芹端麵進來，陸知海吃完，額頭又是一層汗。

楊妧尋到摺扇幫他搧風，陸知海笑著奪過去。「還是我給妳搧吧，別累得妳手疼。」頓一頓，問道：「妧妧，妳聽說過沒有，皇上要疏浚運河？」

楊妧搖頭。她一個內宅婦人，關心的不過是柴米油鹽，怎會打聽這種事情？

陸知海道：「何五爺接了天津到臨清的一段，足足八百里河道，做下來至少能賺七、八十萬兩銀子。汪源明想跟我合起來入一股，妳能不能給何五爺遞個話？」

何五爺是何文秀不出五服的堂弟，非常精明能幹，上次做糧米生意，全虧何五爺從中斡旋。但疏浚運河是肥差，暗地裡不知有多少雙眼睛盯著，稍有不慎，就會鬧出偷工減料貪墨受賄的風波。

涉及河工案子，一向要重判，而汪源明跟陸知海兩人沒一個可靠的。

楊妧覺得不妥當，遂問：「你們怎麼合夥？需要投多少銀子？」

陸知海興奮地解釋。「應該不會太多。國庫出大頭，人力是各府縣的徭役，我估計一萬兩綽綽有餘。咱們兩家各出五千兩，大姊拿不出銀子，咱家先墊上，等賺了銀子再把本錢還咱們。」

楊妧冷笑。難怪陸知萍不要五百兩銀子，原來是惦記更多的。

「大姊這是空手套白狼？如果賺了錢好說，可要賠了呢，大姊能把五千兩本錢還給咱們？」

陸知海不願意聽。「河工怎可能賠？即便賠，何五爺也會擔著。他是皇后娘娘的堂弟，誰還敢找他的麻煩？」

這是把何五爺當傻子呢！楊妧氣得想笑。

十幾年的夫妻，她早已摸透陸知海的脾氣，凡是陸知萍說的全部正確，凡是陸知萍的要求，務必要滿足。

遂不多言，只淡淡地說：「家裡沒那麼多銀子，這件事算了吧。」

陸知海臉色沈下來，聲音裡已經有了不耐。「先把那間筆墨鋪子抵出去，實在不夠，可以跟大伯父借個三、五千兩，等賺到錢，雙倍還他便是。」

楊妧冷笑。「侯爺還是忙詩集吧，別讓阿堵物髒了手。再者，我一個女流之輩，也不好去找何五爺說項。」

「妳！」陸知海怒極，「啪」地合上摺扇，虛指著楊妧鼻子。「真不可理喻，我好聲好氣地與妳商量，妳竟然半點臉面不給。放眼京城，誰家夫人似妳這般攥著銀錢不撒手？筆墨鋪子是我陸家的產業，應當我說了算。」

他倒是想說了算，但是鋪子裡從掌櫃到夥計都是楊妧一手安排的，每月帳本也只報到楊妧這裡。

楊妧懶得看他跳腳，往東屋鋪了床。「我累了，想早點安歇。侯爺一路奔波，也早點睡。」

「我去書房。」陸知海恨恨地甩袖離開。

楊妧毫不在意，簡單地洗漱過，看了會兒前朝傳記，吹燈躺下。

夜闌人靜，屋後水塘裡的蛙叫聲越發噪雜，沒完沒了般。門房朱二養的大黃狗也似發了狂，吠個不停。

被這些聲音吵著，楊妧翻來覆去好半天才覺出睏意。

正睡意朦朧，感覺床好像搖了下，楊妧迷迷糊糊地沒反應過來，屋子又晃動兩下，一次比一次猛烈，床頭燈盞摔到地上，發出「啪」的脆響。

楊妧一個激靈醒過來，匆匆披上外衣趿拉著鞋子往外跑。「地動了！快跑，到外頭去！」

剛出房門，只聽身後巨響，東次間的屋頂塌下半邊，有瓦片擦著她的後腦勺「簌簌」往地下落。

楊妧腿一軟，差點摔倒，幸好采芹趕過來，一把將她拉了出去。

陸知海已經在外面了，正手忙腳亂地繫外裳帶子。

楊妧驚魂未定，突然想起寧姐兒，一迭聲地問：「姑娘呢？采秋呢？出來沒有？」昨天采秋在寧姐兒屋裡值夜。

采芹四下張望兩眼，目光落在屋頂已經塌陷的西廂房，嚅嚅道：「還沒出來……」

「我的孩子！」楊妧尖叫一聲，衝進西廂房。「寧姐兒、寧姐兒！」

幾乎同時，地面又是一陣震動，西廂房的門轟然倒塌。

黑暗裡，尖利的哭聲響起。「娘！娘！」

楊妧瞪大眼睛辨明方位，小心地避開地上的木頭磚石，終於挪到床邊，看到蜷縮在床腳的寧姐兒。

楊妧鬆一口氣，張臂把她摟在懷裡。「沒事了，娘在呢……」

寧姐兒指指旁邊。「采秋。」

采秋身上壓著半根橫梁，已經沒了氣息。房屋搖動得厲害，讓人幾乎站不住腳。

楊妧拉著寧姐兒一步步往外挪，不等到門口，又一根橫梁落下，楊妧下意識地彎下腰，把寧姐兒護在胸前。橫梁正砸在她後背，楊妧吐出一口血，連帶著寧姐兒一起倒在地上。更多的瓦片沙石砸了下來。

這波震動過去，楊妧忍著後背鑽心的痛對寧姐兒道：「娘動不了……妳爹在外面，讓他過來把木頭移開。」

寧姐兒揚聲喊道：「爹、爹，快來，我跟娘被木頭壓住了！」

很快有腳步聲過來，卻是采芹。「夫人，您稍等會兒，我馬上把石頭搬開。」

楊妧提著氣，虛弱地說：「石頭太多，妳搬不動，叫侯爺來……」

話音剛落，只聽兩聲悶響，采芹發出短促的慘叫，再沒了聲音。

現下並沒有再震動，采芹這是怎麼了？

楊妧正疑惑，聽到陸知海冷漠的聲音。「妧妧，妳放心去吧，我不像妳那般吝惜銀子，定然會替妳好好操辦喪事……妳的這幾個下人，我也會厚葬。」

這什麼意思？楊妧被後背的痛擾著，稍凝神，訝然地瞪大雙眸。

陸知海是想要她死！剛才，采芹定然是遭到了他的毒手。

可這是為什麼？楊妧周身發冷，連後背上的痛都忽視了，顫著聲道：「侯爺，我哪裡對不起你？你想疏浚運河，我回去賣了鋪子便是……還有寧姐兒呢，她可是你的親骨肉！」

陸知海猶豫片刻，只輕輕嘆了聲。「如果她兩、三歲……也就留了。」

言外之意，寧姐兒七歲，已經懂事，也記事了，所以他不想留。

這還是人嗎？簡直畜生都不如，虎毒還不食子呢！

楊妧這樣想，也就罵出聲。

「妧妧，」陸知海淡然開口。「這就是妳的心裡話吧？妳從心裡瞧不起我，覺得我一無是處。呵呵，現下妳可後悔？後悔也沒用，我要趕回城了，現在是寅初時分，趕回去剛好城門開。我先看看娘是否安好，家裡房屋是否要修繕……五天之後，我會來看妳。對了，我四處察看過，王婆子也被壓住，正等著人救她，廚房全塌了，兩個婆子想必也死了……這次地動真是可怕，百年一遇。」

隨著腳步聲的離去，一切重歸寧靜，只有屋頂沙石不斷落下，發出「簌簌」聲音。

楊妧渾身顫抖得厲害，一句話都說不出來。

寧姐兒似懂非懂，抽泣著問：「娘，爹爹是不管咱們了嗎？」

楊妧咬唇。「現在太黑了，什麼都看不清，等天亮才能挪動，妳先睡會兒……沒事的，娘在呢……」

寧姐兒聽話地點點頭，沒多久，呼吸開始變得悠長。

聽著她輕淺的呼吸，楊妧眼裡忽地蓄滿了淚，順著臉頰無聲地落下來。

是的，她悔了，後悔不迭。

當初怎就瞎了眼，看上陸知海……

第三章

元煦十年。

彷彿才只一夜，新月湖邊的柳枝已是滿樹青翠，如煙似霧；楊柳堆煙處，隱約透出廊檐青灰色的輪廓。

靜深院斜對著窗口擺一張書案，楊妧正埋頭奮筆疾書。

春風裹夾著清淺的梨花香徐徐而來，調皮地翻動著案面上的紙張。

楊妧寫完最後幾個字，待墨乾，將紙張按順序整理好，兩手托著走至靠北牆的紗幔處，輕聲道：「已經抄錄完了，請公子過目。」

紗幔後伸出一隻手。手指細長，指腹間密布一層老繭，是常年握劍留下的印跡，手背卻出乎意外的白淨，被玄色衣袖襯著，近乎透明。

接過紙張，男子低沈且略帶沙啞的聲音響起。「阿妧回去吧……青劍，送四姑娘出門。」

楊妧屈膝福了福，步履輕快地走出屋子。

院中栽兩棵梨樹，梨花開得蓬蓬勃勃，牆邊則是一片薔薇；薔薇四月才開，此時連花骨朵都沒有。再往前是成片的草花，有石斛、酢漿草、鳶尾，還有一些說不上名字的。

楊妧正打量，感覺身後一道灼灼的目光盯向自己，猛回頭，隔著洞開的窗櫺，只看到屋裡被風吹動而飄搖不止的白色紗幔。

除此之外，再無其他。

靜深院正如其名，安靜幽深，長年只公子、青劍與清娘三人在。青劍總是在院子裡守著，清娘懂醫術。楊妧出來時，清娘正拿研缽在磨藥粉。

公子平日裡大都躲在紗幔後面，不可能有人窺視她。

楊妧定定神，走出靜深院，對跟在身後的青劍道：「我進出已近三年，路途熟得很，不必每次都送。」

青劍面無表情。「公子之命，定當遵從。」

楊妧便不多言，順著青石板路往東走，穿過月洞門再行不遠，有扇小小的角門。出了門，青劍駐足。「四姑娘慢走。」

雖是正午，春風仍是料峭，吹在身上薄有寒意。楊妧攏緊夾棉通袖襖，加快步伐。隔得老遠，瞧見妹妹楊嬋坐在自家門檻上，小小的身體蜷縮著，兩眼空茫茫地不知看向哪裡。

楊妧小跑著過去問道：「小嬋，妳怎麼在這裡？娘呢，春喜呢？」

楊嬋見是她，眸中顯出幾分光彩，抬手指指屋裡。

楊妧牽起她的手，只覺得掌心冰涼，連忙合攏兩手給她搓了搓，心裡不由帶了幾分怨氣。

乍暖還寒，娘親怎麼讓妹妹獨自在門口坐著？小丫頭春喜也不見了蹤影。

她抿抿唇，低聲道：「外頭冷，咱們進屋去。姊給妳帶了點心。」

楊嬋張開手臂，言外之意是想讓姊姊抱。

楊妧親暱地點點她的鼻尖。「妳這懶丫頭。」俯身抱起她。

楊嬋四歲半，才剛二十斤，比鄰居黃大叔三歲的兒子還輕，隔著夾襖幾乎能感受到她一根根突出的肋骨。

楊妧沒費什麼力氣就把她抱到廳堂，正尋找碟子打算盛點心，聽到東屋傳來切切低語聲。

確切地說，並非說話聲，而是喘息。聲音一粗一細，交織糾纏，越來越重、越來越急，直直地躥進楊妧耳中。

楊妧面色頓時漲得通紅，身體好似篩糠般抖得厲害。

她完全沒想到，在父親過世四年後的今天，竟會在自家屋裡聽到這種聲音。

這聲音意味著什麼，楊妧心裡清楚得很。

前世，她也曾聽過這樣的牆腳。

丫鬟說陸知海請她去書房商議事情。隔著花梨木博古架的空格，她看到陸知海跟堂姊楊嫿滾在羅漢榻上，楊嫿白皙如嫩藕的胳膊如蛇一般纏在陸知海背上，腕間攏一只碧綠油亮的翡翠鐲子。

那會兒也是春天，桃花初綻。和煦的春風透過半開的窗扇徐徐吹來，她傻傻地站著，彷彿置身深不見底的寒潭，從內到外，冰冷刺骨。

而此時，屋裡傳來沈悶的哼聲，像是已經到了緊要關頭。

楊妧彷彿又看到陸知海癱軟在楊嫿身上，而楊嫿不著寸縷，媚眼如絲，示威般朝她笑。何等地得意！

楊妧再忍不住，深吸口氣，用力朝門撞去。

房門虛掩著，並沒上鎖，一撞便開了。地當間站著位身姿挺拔的男子，約莫三十七、八歲，正手忙腳亂地繫外衫帶子。外衫是青色官服，繡白鷳補子。

他是濟南府同知楊溥，楊嫿的父親。

楊妧怔住。怎麼可能是大伯父？

為官清廉公正，前世給過她莫大呵護與照顧的大伯父，竟然跟母親有這種見不得人的關係？

瞧見楊妧，楊溥目中閃過一絲慌亂，旋即鎮定下來，溫聲道：「阿妧回來了……妳娘身子不太舒服，且讓她緩緩。」閃身站在楊妧面前，擋住了她的視線。

兩人離得近，楊妧清清楚楚地聞到他身上散發出來的腥氣。是男女燕好之後獨有的那種腥氣。

楊妧扭頭走出去，看到老老實實坐在椅子上的楊嬋，記起懷裡的點心，連忙把油紙包掏出來。

杏仁酥被壓扁了兩塊，好在有一塊還算完整。楊妧遞給楊嬋，柔聲叮囑。「慢些吃，別噎著。」

少頃，楊溥出來，倒一盅茶端進東屋，不多時候又出來，掩緊房門，低聲道：「阿妧，我會給妳一個解釋。」

楊妧仰起頭，一字一句地說：「姦夫淫婦。」

楊溥臉色驀地沈下來。「不許這麼說。」

楊妧扯扯唇角。「我說錯了嗎？還是大伯父敢做不敢當？」眉梢眼底盡是諷刺。

這是她重生歸來的第四個年頭，差兩個月滿十三歲。

跟娘親關氏一樣，楊妧有著瑩白如玉的肌膚，精緻柔美的五官，尤其一雙杏仁眼，秋日澗水般澄澈明淨。

而此刻，澗水卻是結了冰，陰冷幽深，恍若經歷過滄海桑田般，全然沒有豆蔻少女的純真童稚。

楊溥明顯一愣，目光掃過緊閉著的東屋。「現下伯父還有事，稍後再跟妳談。」闊步往外走。

再解釋，那也是偷情！楊妧看著他的背影冷笑，就聽東屋門響，娘親關氏從裡面走出來。

關氏穿淺碧色襖子湖水綠羅裙，青絲鬆鬆地梳成墮馬髻，一縷碎髮垂在耳邊，襯得那張原本就如花似玉的臉愈加妖嬈。此時眸中盈盈水波尚未散去，有種說不出的慵懶與誘惑。

聲音也懶洋洋地帶著啞。「妳伯父來商量事情，見我不舒服，進屋多坐了會兒。」

楊妧冷冷地說：「議事用得著到內室？」而且還特意打發了春喜，又將楊嬋攆到門口坐著。

「不行嗎？」關氏挑起細長的眉毛，神情極其坦然。

楊妧瞥了眼全神貫注吃點心的楊嬋。「小嬋不愛說話，可她不是不會說，她心裡都明白……」掏帕子輕輕給楊嬋擦掉唇邊兩粒飯渣，正色道：「娘，咱們搬出去住吧！」

「可以。」關氏懶洋洋地坐在椅子上，三根手指捏著壓扁了的杏仁酥，小心地撮進口裡。「往哪裡搬？搬出去吃什麼喝什麼？一日三餐誰做？」

楊妧沈聲回答。「我手頭有一百兩銀子，能養得起家。」

「呵。」關氏好像聽到了天底下最好笑的笑話。「妳到外頭打聽打聽，一處屋舍多少銀子？一疋布多少錢？一斤肉多少錢？」笑到最後卻又冷了臉。「妳讓我帶著妳們兩個拖油瓶出去看人白眼，受人欺負？」

寡婦門前是非多，尤其關氏生得好樣貌，更是免不了被人覬覦。

楊妧了解女人獨居的苦，抿抿唇，又道：「那麼娘就改嫁，正經八百地找個男人過日子。」

關氏笑得愈加開懷，都要笑出眼淚了。「阿妧是嫌棄我？到底長大了，翅膀硬了，怕我的好名聲連累妳說親？我醜話說在前頭，妳若再天天往何家那個殘廢跟前湊，不用我，妳自己就把自己的名聲敗壞了……整天自以為聰明，也不好生想一想，當初何家為什麼總下帖子請妳們去？為什麼每月三兩銀子勾著妳去伺候筆墨？他們打什麼主意，妳心裡不清楚？」

關氏口中的殘廢，就是靜深院裡極少露面的那個男人。

第四章

他叫何文雋，是參將何猛的長子，何文秀的長兄。

三年前，楊妧九歲，楊溥升任濟南府同知，楊家闔家搬到濟南府。家中姑娘正發愁沒有玩伴，何猛的女兒何文秀主動下帖子請她們去玩，也請了其他人家年紀相若的小娘子。

何文秀極好客，每隔一、兩個月就會宴請一次，在新月湖畔的八角亭裡擺了茶水點心，眾人邊吃茶點邊賞美景，又到附近的靜深院裡采花鬥草。

靜深院門窗總關得緊緊的，不見有人出入，姑娘們都以為是空院子，毫無戒備。

有天，窗口突然出現一個怪人。那人穿玄色衫子，頭髮披散著，臉上橫兩道紫紅色的疤痕，形貌極為可怖。

姑娘們嚇得紛紛逃走，唯楊妧留在原地，大著膽子詢問。「你是誰？」

他啞聲回答。「何文雋。」

楊妧知道這個名字。不管是今生還是前世，何文雋都是濟南府極負盛名的才子，十四歲考中秀才，十五歲中舉，正值前程大好跑去與父親鎮守山海關。

女真人南下闖關，他率兵應戰身受重傷。很多人說何文雋已經死了，楊妧卻是不信。因為前世何文雋就大難不死，在短短幾年裡寫成一本《兵法實錄》並許多安邦定國之作，深受眾人敬仰。

只可惜，不知道是慧極必傷，還是因為傷重難癒，何文雋終究沒能活過二十五歲。

彼時何家已搬到京都，楊妧也在京都。她前去吊唁，看到何文秀站在滿院子白幡中間低泣。「我雖不捨，可對於大哥而言，總算是解脫了，不必再受煎熬的苦楚。」

前世，楊妧並未見過何文雋，沒想到他受傷之後竟是這副駭人的模樣，難怪他極少露面，也難怪何文秀說死亡於他而言是種解脫。

何文秀再下帖子時，其餘姑娘都婉言謝絕。

街上傳言，何家是在為何文雋算計親事，關氏攔著不讓楊妧去。楊妧淡淡地說：「我還不到十歲，即便何家算計，至少也得等五年。」

何家再不要臉也不可能把主意打到九歲小姑娘身上，起碼前世何文雋就沒有娶過妻。

楊妧素來有主見，關氏勸不住她，恨恨地咬著牙。「以後別哭著回來找我。」

楊妧是因為何文秀。

前世，何文秀比她早半年成親，嫁的是二皇子周景平。

楊妧在陸府過得並不如意，公公早早離世，婆婆又是個不愛操心的性子，家裡中饋一早交給陸知萍主持。陸知萍掌權慣了，出嫁後也不放手，把陸家當成自己的錢袋子。

偏偏婆婆耳根子極軟，信任女兒遠超過楊妧這個兒媳，陸知海更是只聽從陸知萍，楊妧空擔了個侯夫人的名頭，手上一文錢、一個可用的人都沒有。

何文秀幾次三番敲打陸知萍和婆婆，又帶楊妧做過兩次生意，賺了不少銀子，楊妧才得以站穩腳跟。

何文秀也有福氣，二皇子本是幾位皇子中最不起眼的一個，沒想到最後寶座竟落在他頭上，何文秀順理成章地入主後宮。

可惜楊妧沒福氣，轉年京都地動，她和女兒寧姐兒被埋進倒塌的房屋裡活活餓死。

轉世為人，楊妧怎可能忘記前世的情分？

她跟何文秀再度成為手帕之交，照樣去靜深院摘花，也會應清娘所邀進屋喝杯茶。

清娘專門伺候何文雋，能煮一手好茶。

靜深院一溜三間，全部打通，靠東牆是一整面頂天立地的書架，上面汗牛充棟全是書。正中央則安置沙盤，沙盤分敵我兩營，另有石子、樹枝以作標記。西面則垂著紗幔，何文雋幾乎整日囿於紗幔後，偶爾一瘸一拐地走到沙盤前，移動陣中沙石。

楊妧這才發現他不但少了半隻胳膊，右腿也不俐落，可站定之後，身姿卻是挺拔，不似修竹，倒像山岩，巍然屹立。

楊妧好奇，遂上前請教。

何文雋演練給她看。「這是粗製的八陣圖，沙石權作士兵，透過更動士兵位置來改變陣勢，可以困敵於陣中。」

他學識極廣，布兵排陣、山川水利無一不通，對藥草也多有涉獵，楊妧聽得津津有味，何文秀卻是毫無興趣。

時間一久，何文秀不再作陪，只留楊妧在靜深院。

楊妧獲益匪淺，索性將所學所得記錄下來，交由何文雋修正之後，再重新謄抄裝訂成冊，何文雋每月付她三兩紋銀，以作抄錄之酬勞。

一晃就是三年。於楊妧而言，何文雋亦師亦長，並無逾矩之舉。

聽關氏如此講，楊妧並不辯解，只淡淡道：「娘想錯了，我壓根兒不打算嫁人，我留在家裡照顧小嬋。」

楊嬋聽到自己的名字，黑白分明的眼眸裡盡是茫然。

楊妧摸摸她細嫩的臉頰，柔聲道：「姊喜歡小嬋，永遠陪著小嬋好不好？」

楊嬋笑得滿臉懵懂。

楊妧性子不太馴服，對楊嬋卻極好，從八、九歲開始照顧她，比關氏這個做親娘的都要仔細。

關氏低垂了目光，片刻又抬起。「小嬋是我的女兒，我自會撫養她。妳既有本事，就替自己把嫁妝攢出來，體體面面地嫁人，別教楊嬧給比下去。」頓一頓，聲音冷下來。「我在這裡住得好好的，不可能往外搬，用不著妳操這份閒心……這是楊家欠我的，也是趙氏欠我的。」

趙氏是楊溥的太太，楊嬧的娘親。楊嬧十六歲，上個月剛嫁給東昌府知府的嫡次子，六十四抬嫁妝不但在濟南府是頭一份，就是在東昌府也數得上，大伯母趙氏因此風光了好一陣子。

聽到「楊熿」這兩個字，楊妧下意識地咬了唇。「我自然要過得比她好。」

「這還差不多。」關氏面色明顯平和了許多。「妳大伯父的確有事情。昨晚京都鎮國公府來信，說接妳們幾位姑娘進京住一陣子。」

鎮國公府楚家？楊妧蹙起眉頭。

前世，楊溥調至京都任職，楊妧在京都遇到陸知海，而後嫁進陸府，先先後後十年有餘。

十年間，她在花會中遇見楚家女眷幾次，可只是點頭之交，並未相談過，楊溥好似也沒跟楚家有任何瓜葛。

楊妧疑惑地問：「咱家跟楚家是什麼關係？」

「不知道，」關氏目光閃爍。「沒來得及問。」

呵！正經八百的事情顧不得問，倒是忘不了往炕上滾。楊妧目露譏誚。

關氏察覺到，聲音低下來。「妳祖母的意思是讓趙氏帶著妳和二丫頭一起。去見見世面挺好，天子腳下不比別處，沾著龍氣呢，能保佑妳平安順遂。」

天子腳下死的人恐怕比別處還多，哪裡能夠順遂？話未出口，楊妧便嚥了下去。

畢竟關氏是為她著想。普天之下，誰不渴望親眼看看天子生活的地方？哪怕在十丈開外，隔著金水河看眼皇宮的城牆也是滿足。

但前世，鎮國公府可是家敗人亡。

元煦二十年，鎮國公楚釗兵敗雁門關，世子楚昕一柄長劍獨挑趙府滿門，殺死上百口人，槐花胡同血流成河腥氣衝天。

元煦帝盛怒，判楚昕凌遲之刑，褫奪了楚家爵位，查封了家產。楚家本無男丁，僅有的兩位女眷被判流徙，奴僕們盡都發賣。

判決發出，國公夫人張氏吞金身亡，老夫人秦氏則被兵差押著一步步往滄州走。

現在是元煦十年，算起來也不過是十年後的事情。

丫鬟春喜從門外進來，興高采烈地說：「太太，姑娘，正房擺飯了！」

楊妧將楊嬋抱下，拍掉她衣襟上的點心渣，牽起她的手，隨在關氏身側往正房院走。

老太太秦氏已在飯廳坐好，兩邊分別是二堂姊楊姮和五堂妹楊婉，大伯母趙氏則指揮著丫鬟擺飯碗碟。

瞧見楊妧，楊婉眼中冒出憤怒的火焰。

她與楊妧素來不睦，楊妧只作沒看見，笑盈盈地屈膝給秦氏和趙氏行過禮，把楊嬋抱到椅子上，自己挨著楊姮坐下。

午飯很簡單，兩道冷菜四道熱菜，外加一盆湯，主食是蔥油花捲和白麵饅頭。濟南府饅頭大，一個足足有半斤重，上桌前先切成片擺在盤子裡。

楊妧遞給楊嬋一個花捲，又挾一大塊黃河鯉魚，細心地剔除魚刺，放在楊嬋面前。

楊嬋黑眸閃亮亮的。

楊妧再挾些菜和豆腐在她碗裡，這才拿起一塊饅頭片慢慢嚼著。

吃過飯，秦氏端起茶盅淺淺抿過兩口。「昨兒妳姨祖母寫信想見見妳們幾個。這三、五日，京裡來的人就到了……我一把老骨頭禁不起折騰，老大媳婦帶二丫頭和四丫頭去，五丫頭和六丫頭年紀小，就別跟著添亂了。」

二丫頭是楊姮，四丫頭是楊妧。

楊妧明白五姑娘楊婉為什麼對自己心生恨意了。楊婉也是十二歲，只比她小七個月，想必是因為不能去京都而心生惱怒。

秦氏吩咐趙氏。「趕緊給二丫頭和四丫頭添置幾身衣裳，我那裡還有些首飾，回頭找出來給兩人分分，進京不比到別處，別被人輕看。」

楊姮眸光驟亮，散發出興奮的光芒。祖母嫁妝雖不多，可件件都是好東西，精美極了。

趙氏側頭瞥一眼低眉順目的楊妧，暗嘆口氣。「明兒一早就叫繡娘來量尺寸，錦繡閣手藝好出活快，定下的時間絕不會耽擱。」

趁著兩人說話間隙，楊妧開口。「祖母，我不想去京都。」

此言一出，眾人俱都愣在原地。

楊妧從容地解釋。「娘最近犯咳嗽，夜裡睡不好覺，再者小嬋身邊也離不開人。」

秦氏臉色沈了沈，不等發話，闞氏已笑道：「每年桃花開，我都要咳嗽幾天，不算病。小嬋也省心，我跟春喜兩人足可以照看她。妳只管往京裡去，好生在妳姨祖母跟前盡盡孝心。」

楊婉立刻道：「祖母，我也想去侍奉姨祖母，想看看京城什麼樣子，是不是真比濟南府繁華？」

楊妧隨聲附和。「五妹妹去盡孝也是一樣，我坐馬車犯頭暈。」

從進門還不曾開口的楊溥笑道：「從濟南府到京都不過五、六天工夫。阿妧怕頭暈，吩咐路上走慢點，最多八天也就到了。」

楊妧仍是搖頭。「我還是不去了吧。」

秦氏抿口茶，「啪」將茶盅頓在桌面上。「我已經決定了。」

楊婉頓時垮了臉，甩著袖子往外走。

秦氏怒道：「瞧瞧她這副性子，能放心她去京裡？」

趙氏連忙起身。「娘消消氣，我這就去教訓她。」匆匆跟出去。

秦氏吩咐楊姮。「妳去準備幾樣土儀，東西不在乎貴，在乎精巧雅致，留著打點人。」

待楊姮離開，視線轉向楊妧，喝道：「跪下！」

第五章

楊妧斂起裙角，規規矩矩地跪在地上。地面鋪著青石板，冷且硬，陰寒的濕氣很快透過夾棉膝褲蔓延開來。她脊背挺直面色平和，黑眸明澈沈靜，毫無怨尤。

家裡六位姑娘，就屬楊妧儀態最好，性格也穩重。

秦氏神情略有些鬆緩，問道：「妳不去京都，是不是因為何家？」

「不是。」楊妧抬起頭。「我是覺得，這個姨祖母從來沒聽說過，冷不丁寫信讓我們去，我不習慣住別人家，多有不便。」

「妳姨祖母不是外人，沒什麼不方便。」秦氏頓一頓。「倒是何家那頭，妳正好借這個機會跟他們斷了往來。天天跟個殘廢一處，等街上傳出閒話，楊家人的臉面往哪裡擱？」

楊妧道：「清者自清，我替何公子抄錄文稿，有什麼見不得人的？街上沒人傳閒話，咱家裡人倒是天天——」

「阿妧！」楊溥急忙打斷她的話。「祖母是為妳好，京都比何公子有才的人不知凡幾，明年又是大比之年，各地飽學之士都要進京趕考……」突然意識到話題扯得有點遠，又扯回來。「聽祖母的話，明天去何家說妳要往京裡去，要他們另外找人抄錄文稿。」彎腰欲去攙扶楊妧。

楊妧躲開他的手，自己撐著地站起身。

楊溥無奈地搖搖頭，回身給秦氏續上熱茶，又倒一盅遞在關氏手中，言語溫柔。「我另有些散碎銀子，回頭給阿妧帶上。窮門富路，身上多帶點銀錢以備不時之需。」

竟是當著秦氏的面都不避諱！

秦氏神色淡淡的，彷彿沒有看見，又好似已經習以為常。難不成她老早就知道他們暗中的勾當？

楊妧腦門「突突」地跳，腦子裡亂得好似糨糊一般，又不轉了。

秦氏再敲打楊妧幾句，打發他們離開。

出了正房院，關氏尋到楊嬋，領她回偏院，楊溥頓住步子。「阿妧，我有話對妳說。」

楊妧亦步亦趨地跟著，出了二門來到書房。

書房佈置得非常整潔，案頭擺只樸拙的陶瓷花盆，裡面種一株蕙蘭。蕙蘭已結了花朵，隱隱有香氣沁出。

楊溥坐在案後，抬手指著旁邊椅子示意楊妧就坐，溫聲道：「阿妧從小聰明，比妳同齡的孩子更有主見，今天之事……」輕咳聲，斟酌了詞句才又開口。「首先，我喜歡妳娘，很喜歡，是我假借關懷之名強迫妳娘……」

他行為雖不堪，卻沒有把責任完全推脫到女人身上，沒有說是關氏勾引他，也還有點可取之處。

楊妧抿抿唇，沒吭聲，聽楊溥續道：「妳祖母的意思，是要我一肩挑兩房，給三房留個香火……家裡幾個男孩子，年紀都大了，各有想法，勉強不來。」

果然這事，秦氏知情，或許還是她一力促成的。

秦氏育有三個兒子，楊溥居長，楊妧的父親楊洛是幼子。

四年前，楊溥與同窗吃酒，歸家途中不慎失足落水。當時才下過暴雨，水流湍急，別人都不敢下河撈人，大伯母趙氏跪在地上求楊洛，祖母秦氏也哭鬧著罵楊洛不顧兄弟情意。

楊洛咬牙跳了河，費盡九牛二虎之力把楊溥托舉上來，自己被捲進水中，沒了蹤影。

三天後，屍體在下游被發現。

當時關氏生下楊嬋剛兩個月，聞此噩耗便回了奶。楊妧尚不足八歲，見關氏每天以淚洗面，想起娘親最愛吃酸果子，正好山裡李子熟，偷偷進山去摘，不當心從樹杈跌落下來，昏迷不醒。有農戶經過，抱著她連滾帶爬地往楊家跑。

楊妧命大，回家不久就醒過來，只是說話顛三倒四，沒頭沒腦。眾人都以為是喪父之痛加上受到驚嚇，並未起疑，也沒人想到，楊妧已經是活過一世重生再來。

下葬那天，楊溥當著眾位親友在楊洛棺槨前發誓，要照顧關氏母女三人，將楊妧姊妹當成自己親閨女一般看待。

秦氏哭得一把鼻涕一把淚。「手心手背都是肉，我總共就三個兒子，哪個去了都是剜我的心……好在阿溥為官，能夠照料這一大家子。」

楊溥時任平原縣知縣，楊洛剛考過秀才，言外之意，楊洛替楊溥死也是值當的。楊洛學問並不差，誰說以後不能考中進士光耀門楣？可事情過去那麼久，再提此事已經沒有意義。

大伯父楊溥跟二伯父楊沛都做官，他們各有兩個兒子，年紀最幼的四少爺也已經十一歲，早就開蒙讀書了，他們都不願意過繼到已故的楊洛名下。

或許正因如此，秦氏才想要關氏自己生一個，以承繼三房香火。

楊妧「哼」一聲。「如果我娘再懷一胎還是個女兒呢？」

「像妳這般冰雪聰明的女兒也極好，家裡並非養不起……總之我不會讓妳娘難做。」楊溥邊說邊從抽屜取出一只石青色的荷包，裡面有兩張五十兩的銀票，還有幾個銀元寶和銀錠子。

楊溥官階為從五品，每月薪俸祿米二十三石，折算成紋銀不足二十兩，而且俸祿是要交給趙氏掌管，能攢下這些銀錢著實不易。

楊妧盯著荷包看了看，還給他。「伯父，我不想去京都。」

楊溥手指輕輕叩著案面，目光落在她臉上，帶幾分探詢。「如果是因為妳娘跟小嬋，阿妧大可放心。如果不是，妳到底是如何想法？」

楊妧開門見山地問：「咱們跟楚家到底是什麼關係？姨祖母平白無故地為什麼接我們進京？」

楊溥展眉微笑。「遇到事情多考慮幾分是對的，不過這些是大人的事，阿妧放心，伯父總不會害妳們。」

卻原來，秦氏跟鎮國公府老夫人是堂姊妹。

秦氏閨名秦芷，是姊姊；國公府老夫人閨名秦蓉，是妹妹。兩人只相差半歲，從小就明爭暗鬥，互不對盤，無論是衣裳首飾還是吃的玩的都想要壓對方半頭。

十五歲那年，兩人都看中了祖父的學生，新科進士楊信章。秦蓉性子靦腆，羞答答地不知道要不要開口，秦芷先一步稟明祖母與楊信章訂下親事，半年後結成夫妻，恩愛有加；秦蓉則賭氣嫁給比她大十七歲的鎮國公楚平為續弦，兩人從此交惡，再不往來。

楚平的原配留下一子一女，秦蓉跟繼女楚鈺不太相合，時常為著雞毛蒜皮的瑣事較勁。後來楚鈺進宮，秦蓉生下楚釗，日子才慢慢安生。

楚釗八歲，楚平跟嫡長子雙雙戰死在雁門關，爵位便落在楚釗頭上，楚鈺也擢升為貴妃，飽受恩寵。

楚釗娶妻張氏，生下兒子楚昕和女兒楚映。楚昕時年十六歲，已請封世子，楚映年方十二，跟楊妧一般年紀。

去年臘月，老夫人秦蓉生了場重病，險些沒命，得虧太醫輪番施針用藥，才把她從閻羅殿拉了回來。

病好後的老夫人突然想起多年未見的堂姊，輾轉打聽到在濟南府，就寫了信過來。

人在病中喜歡胡思亂想，加上年事已高，越發願意回憶從前，秦蓉想見見堂姊的後人也是情理之中。

楊溥溫聲解釋。「……我明年任滿，本也想往京裡活動。妳們先去打聽打聽哪裡房子便宜，早點置辦好宅院，免得屆時拖家帶口沒有住所。」

前世，楊溥調任京都，確實因為沒有事先置辦宅院，只好暫借在同窗一處閒置院子裡落腳。

那處院子離護國寺非常近，楊家姑娘乍乍進京沒有玩伴，得閒就往護國寺聽經，遇到了前去上香的陸知海。

求娶時，陸知海已經承爵，二十剛出頭的長興侯，斯文儒雅風采卓然。楊妧暗自歡喜，楊溥卻不同意，打聽之後覺得陸府沒有規矩，陸知海沒有擔當，是她瞎了眼，非要嫁。

想起陸知海，楊妧就對京都提不起興致，現在又多了個楚家。假如楚家重蹈覆轍，楊家豈不被牽連？

可這話又沒法跟楊溥說，說自己作了個夢，夢見楚昕吊在午門前，被活剮三千多刀，楚家家破人亡？說出去誰信。

楊妧攥著荷包心事重重地走出書房，一路走，一路思量。

前世，家裡並沒有楊嬋，父親過世後，三房只有她跟關氏，一直跟隨長房到處赴任。進京時，她跟大伯父一家先去，秦氏跟關氏則要晚兩年。楊溥專程告假回濟南府去接，順便帶了個男嬰回家，說是抱養的弟弟，已經記在了父親名下。

弟弟相貌隨楊家人，大家都說這是難得的緣分。現在想來，弟弟十有八九是關氏跟楊溥的兒子。

回到偏院，關氏俯在炕邊，手裡抄一把剪刀正在裁衣裳。「再給妳做兩條裙子，裙子簡單，三、四天工夫就做成了。」

楊妧見布料已經剪了，沒多說什麼，將荷包放在炕邊。「伯父給的，娘收著吧。」

關氏頭也不抬地說：「妳收著，我在家裡花不到銀子，妳出門在外，總不能一根針一匝線都伸手跟別人要。」

趙氏不曾苛扣她們母女的用度，月錢都是按月發，衣裳也都應季做，可多餘的布卻是一疋都沒有，月錢也一文不多給。這次進京又是趙氏領著，關氏不願意楊妧受委屈。

關氏裁好布，抓起來給楊妧比試。「桃紅的嬌嫩、湖藍的雅致，不用太花哨，裙角加幾片蘭草或者竹葉就行。妳模樣好，怎麼穿都漂亮。」

楊妧打趣道：「我隨了娘的好相貌。」

抬頭，瞧見關氏眼角一滴淚，不由怔了怔。

她跟關氏素有不合，可畢竟是母女，她要遠行，關氏總會不捨。

楊妧掏出帕子，低聲道：「娘別難過，我想好了，不去京都。」

「去，為什麼不去？」關氏扯過帕子摁摁眼角。「去了說不定能給自己掙個前程。留在濟南府有什麼好？楊姮比妳大一歲，楊婉比妳小半歲，有好親事哪輪得上妳？別再說不去的話，否則娘不認妳這個閨女。」

楊妧無言以對。

吃過晚飯，娘倆一人拿半幅裙裾湊在燈燭前縫。

關氏人美手也巧，前世楊妧便是跟她學得一手好女紅，這世做針線的時候不多，可十幾年的功夫並沒落下，針腳勻稱又細密。

關氏掃兩眼，得意道：「妳在針線上倒是有天分，大房那幾個就是拍馬追也追不上。」

「嗯。」楊妧隨聲附和。「長得也比她們好看。」

關氏笑得歡暢。

第六章

第二天，楊妧在家等到錦繡閣的繡娘量過尺寸又挑選了布料，才匆匆趕到何家。

何文雋一身玄衣靜默地站在洞開的窗欞前。

春風吹動，他墨色長髮在肩頭飛揚，整個人被墨綠色窗框框著，宛如魏晉時期濃厚朗潤的水墨畫。

楊妧上前行禮。「家裡有事來得遲了，且請公子恕罪……今兒要抄什麼？」

何文雋將手裡紙張遞給她。「原打算寫興國十策，只寫出六條，妳先謄錄出來。」

頭兩張字跡非常工整，改動也不大，後面幾張卻很潦草，需要仔細辨認才成，語句也不通順，顛三倒四的。縱然楊妧對他的字體已經熟悉，也花費了不少時候才辨認出來。

那些語句不通之處，她本打算請教何文雋，可看到他一動不動地站在窗前像是沈思的模樣，不敢貿然打擾，只得先按照自己的理解補全了。

待墨乾，楊妧依著紙張順序整理好，奉給何文雋。

何文雋沒接，溫聲道：「放書桌上就好，今天只這些，阿妧回吧。」

楊妧遲疑著沒有動，低頭瞧著他半截空蕩蕩的袖口，鼓足勇氣開口道：「公子，我有事相求。」

何文雋側眸。「何事？」

楊妧兩手下意識地絞在一起，目光閃躲著。「京都親戚來信，大伯母要帶我跟二姊姊進京……我不想去，留在公子身邊……侍候，可好？」聲音低且輕，恍若蚊蚋。

何文雋卻聽了個清楚明白，眸底驟然散發出耀目的光彩，旋即一寸寸黯淡下來，恢復成往日的沈靜，聲音也淡淡的。「阿妧是什麼意思？」

楊妧支支吾吾地道：「就是伺候公子筆墨，或者端茶倒水，或者……」或者服侍他日常起居也行。

後半句雖未出口，楊妧已經羞窘得不行，視線無處安放，只傻傻地盯著何文雋玄色衣襟處翠綠的竹葉。

片刻，才聽到何文雋溫和而略帶沙啞的聲音。「我不能答應阿妧。」

春天的風，帶著梨花清淡的幽香，徐徐吹來，清涼宜人。

楊妧面紅耳赤，臉頰熱辣得好像要滴出血似的，一雙手越發絞得緊。

何文雋盯著她蔥管般細長的手指，輕嘆。「我明白阿妧的意思，只是我這副身體，伺候我並非容易之事。」

「我能做得來，」楊妧囁嚅。「我仰慕公子、喜歡公子，願意……服侍公子。」

何文雋淺笑著搖頭。「喜歡一個人不是這樣的。妳看到窗外的鳶尾開花，眸子會發亮，妳學會一副新藥方，臉龐會發光。可妳看著我的時候，眼眸平靜如水……阿妧，妳只是假裝喜歡我。」

「不是。」楊妧心虛，卻倔強地否認，仰頭對上何文雋的眼。

何文雋神情坦然地迎視著她，眼眸幽深黑亮，像是能看透一切。「阿妧別輕看自己，也別輕看我……我還是想要個真心實意喜歡我的姑娘陪伴。」

「我……」楊妧羞愧不已，淚水忽地湧出來，瞬間淌了滿臉。她抬袖胡亂地擦兩把，屈膝一福。「公子，對不起，是我唐突了您。」忙不擇路地衝出門外。

何文雋急喚。「青劍，送四姑娘。」

門外傳來青劍的應聲，何文雋鬆口氣，想要挪動步子，剛抬腿，只覺膝頭麻得厲害，身子搖晃著險些摔倒，好在他反應敏捷，一把抓住窗臺，穩住身形。

清娘扶他在椅子上坐好，用力按壓著他兩腿，替他通順氣血。「公子站太久了，該早些喚我過來。」

何文雋垂下眼瞼。「我不想讓阿妧看到我走路還得讓人扶。」聲音裡幾許說不出的悲哀。

清娘手一抖，問道：「公子喜歡四姑娘，因為她遲來，連字都靜不下心寫……為什麼不答應留下她？」

好半天，何文雋才開口。「清娘一手好脈息學自章先生，妳每天替我把脈，妳覺得我能活過三年？」

清娘心下黯然，不忍作答。

何文雋續道：「阿妧比阿秀還小半歲，尚不足十三。三年過去，她才十六歲，我娘又不可能放她歸家……這幾十年的歲月，教她如何空守？」

「怎就不能守？」清娘反問。「章先生去世四年有餘，我不也過得好好的？沒準你們成親後，能夠生下一兒半女，公子不想留個香火？」

何文雋笑笑。「阿妧跟清娘不同，清娘可以仗劍天涯快意恩仇，阿妧卻只能囿於內宅……再者，清娘跟章先生情投意合，妳覺得阿妧心裡可曾有我？」

清娘認真地思考。正如何文雋所言，楊妧看向他時，眼眸沈寂得像一灘靜水，沒有光。

「四姑娘敬重公子，將公子當師長。」

何文雋低嘆。「阿妧年紀小，不懂得男女情愛，我何苦誤她青春？」試著活動下雙腿，覺得不似方才那般痲木，起身尋過楊妧適才抄錄的手稿。看著紙上工整娟秀的字跡，喃喃出聲。「不知她為何生出這樣想法……清娘，辛苦妳，看夫人是否得閒，請她過來一趟。」

靜深院地處偏僻，離正房院頗有些距離，何文雋腿腳不方便，不願被人背後指指點點，極少出門，也極少有事情痲煩何夫人。

聽說何文雋相請，何夫人放下手中活計，急急往靜深院趕。

她今年四十歲，原本是副端莊的相貌，但因眉間總籠著層愁雲，面目便非常寡淡，縱然穿著鮮亮的銀紅色雲錦褙子，也掩蓋不住身上的那種喪氣。

進門瞧見椅子上的何文雋，何夫人明顯鬆一口氣，關切地問：「阿雋最近身體可好？」
何文雋微笑。「還好，有勞母親掛懷……母親且請安坐，我去沏茶。」
「不用，我剛喝過。」何夫人攔住他，笑問：「阿雋有何事？」
何文雋堅持起身，一瘸一拐地走到茶爐旁。
他走路姿勢彆扭，兩隻肩膀一高一低，何夫人只看一眼便不願再看，側頭轉向一邊。
何文雋奉上茶開口。「我想請母親收楊家四姑娘為義女。」
何夫人微愣，卻不忙詢問，端起茶盅吹了吹水面浮動的茶末，然後淺淺抿一口，似在品味茶葉。
母親向來如此，談事情的時候架子擺得足足的，不管是對父親還是對他。
何文雋眉間閃過絲不耐，開口道：「是武夷岩茶，前幾天母親剛打發人送過來的。」
何夫人放下茶盅，慢條斯理地問：「為何？」
何文雋解釋。「四姑娘年歲漸長，經常出入家中，恐怕市井間傳言於她名聲有損。再者，她即將上京探親，我想把屋裡書冊送她以作程儀，有個兄妹的名頭，可免掉許多閒言閒語。」
何夫人目光閃動。「咱家家世比楊家強太多，楊溥雖然是從五品，但跟四姑娘隔著房頭，應該算是兩家人。你父親官至從三品，你有功名又有軍功……算起來並沒有辱沒她。」
何文雋冷笑。「母親的心思我明白，前兩年阿秀時不時請適齡女子到家中玩樂，就是想給兒子……謀算個妻子。母親且請思量，倘若換成阿秀，您可願讓阿秀嫁給我這樣的人？」

何夫人低頭不語。

何文雋傷後，面目可怖到連她都不敢多瞧，怎忍心讓阿秀日日相對？更兼他左臂少了半截，右腿也不靈便。阿秀絕無可能嫁給這樣的人，她值得更好的。

瞧見何夫人臉上晦澀的表情，何文雋自嘲地笑笑。

他怎會不知？不單是何夫人，就連胞妹何文秀與庶妹何文香，沒有緊要的事情，基本上不踏足靜深院。所以三年前他現身嚇退了一干小娘子後，再沒走出過靜深院。

何文雋續道：「我不想耽誤好人家的姑娘，母親便歇了這門心思吧。」

何夫人打量著汗牛充棟的幾架子書。「花費許多銀兩買來的，你想全送給楊四娘？」

「只把幾本醫書挑出來給她，其餘經史子集之類，想必她也用不著。」

「那還好，否則這一屋子書，怕得要好幾千兩銀子。」何夫人臉色微鬆，再度試探。「莫如我尋個媒人去楊家，興許姻緣就成了。訂親後，你想送什麼就送什麼，那該有多好。」

何文雋沈下臉，寒意自他體內絲絲縷縷地散發出來，連帶著屋裡的溫度也陰冷了幾分。

「我心意已決……後天正逢吉日，定在巳初三刻，煩勞母親請兩位見證之人。」聲音裡有著不容錯識的冷硬。

何夫人氣苦。

何文雋中舉之後，非要行伍，她想方設法阻攔他，甚至不惜服用巴豆，借病把他留在家裡。可她病剛好，他立刻拎著包袱走了，口口聲聲說好男人志當保家衛國，難道軍裡還差他一個？

以前學問不如他的兩人都高中進士，如今一個在六部觀政，一個外放當縣丞，兩人都娶妻生子，而他……意氣風發的少年郎變成這副人不人鬼不鬼的模樣。

她心心念念給他謀算個妻子，可他半點不領情，好像她做了多麼罪大惡極的事情。

何夫人咬著牙根。「行，就依你，我認個乾閨女。」

送走何夫人，何文雋對清娘道：「還得煩勞妳往楊家去一趟。阿妧面皮淺，妳開解她一下，再知會三太太一聲，若她同意，請她後日來觀禮。」

清娘爽朗地答應，正要離開，何文雋又喚住她。「先把床榻旁邊的書冊拿過來。」

這都是三年來積攢的文稿。何文雋寫成初稿，楊妧抄錄出來，旁邊留白以供何文雋修改，改過三、五遍，再由楊妧謄抄好，清娘用麻繩裝訂成冊。一本本書冊，既是何文雋的才思，也凝結著楊妧的心力。

何文雋慢慢翻看著，將最後的定稿留下。「這些年承蒙四姑娘陪伴，解我許多寂寞，這些書冊妳帶給她，其餘的都燒了吧。」

清娘掃一眼近三尺高的文稿，抱到院中點燃了火摺子。

第七章

楊妧在整理行囊。

她東西不多，家裡每年添置六身新衣，春夏冬各兩身。她正長個子，去年秋天做的衣裳，這會兒已經覺得有些緊，能穿的只有三、五件。

首飾更少，十歲之前都是戴絹花或者紗花，從十歲生辰開始，秦氏每年送她一樣首飾，要麼是釵、要麼是簪，加起來也湊不成一套。

一邊收拾著，腦子裡不停響著何文雋的話。「阿妧別輕看自己，也別輕看我……」

每想一遍，臉上的熱辣就加重一分，只恨不得尋個地縫鑽進去，再也不要見人。

她當時怎麼就抽了風說出那種話？是覺得何文雋身有殘疾，隨便一個女子就有資格陪著他？還是自認長相漂亮，她開口相求，何文雋必然會答應？

一時竟覺得無地自容。

院子傳來清娘爽朗的聲音。「……府上四姑娘說要進京，夫人捨不得，想認個乾女兒，以後不管寫信還是串門，互相都方便。」

關氏狐疑地問：「是何夫人提出來的？」

「姑娘提的，夫人也覺得好，打發我來問三太太和四姑娘的意思，如果願意，後天巳初三刻在家裡擺香案行禮。」

關氏願意。如果何夫人認作義女，那麼何文雋跟楊妧就是義兄義妹，有兄妹的名頭，兩人再無可能成為夫妻。

遂笑答道：「能得何夫人青眼是阿妧的造化，我們高攀了，不過阿妧素來主意正，她同意才作數……阿妧在屋裡呢。」

清娘樂呵呵地說：「那我進去找她，順便把四姑娘落下的書帶來了。」說著把手裡包裹卷打開。

關氏掃一眼，裡面整整齊齊四本書冊，揚聲喚道：「阿妧，何夫人打發人來了。」

楊妧匆匆把手頭東西歸置好，不等迎出門，清娘已大刀闊斧地撩簾進來，把包袱遞給楊妧。「給妳的。」

楊妧接在手裡，低聲問：「我聽到妳跟我娘說的話了，公子是什麼意思？」

清娘詫異地張大嘴巴。「妳怎麼知道是公子叫我來？」

這麼明顯的事情。楊妧不由彎起眉眼。「若是阿秀打發人，十有八九會吩咐喜鵲；要是何夫人，多半會打發個婆子來。清娘是靜深院的人，除去公子，誰能指使妳跑腿？」

這一笑，腮邊小小的梨渦頓時生動起來，眸中也起了波瀾，像是澄清的湖面上一圈圈漾著漣漪。

清娘看得移不開眼睛。「四姑娘笑起來真好看，平常應該多笑，別天天沈著臉跟老太太似的……這些書，公子說他留著沒用，給妳了，還打算挑些筆硯給姑娘做程儀，怕別人說閒話，也怕姑娘多心，就找了結拜做由頭。」

怕她多心……應該是怕被她賴上吧？上午已經拒絕了她，下午再徹底斷了她的念頭，楊妧騰地又紅了臉。

清娘大剌剌地問：「三太太說聽妳的，妳同不同意？」不等楊妧回答，已拍板做了決定。「公子不可能害妳，後天巳時擺香案，到時我來找妳。」拔腿就走，完全不給她拒絕的餘地。

楊妧沒有理由拒絕。她對何文雋不存男女之情，卻著實敬重他的學識和氣度。並非每一個人在經歷過那般波折後，能夠不怨不艾，反而心平氣和地做學問。

只是想到要面對他，臉上仍是掛不住，隔天便沒往何家去，把湖藍色的裙子做好了。

簡簡單單的八幅羅裙，只沿著裙襬繡了一整圈的水草紋，行走間彷彿碧波盪漾。

楊嬋目不轉睛地看著她，乖巧極了。楊妧心裡柔軟一片，點著她鼻尖問：「姊漂不漂亮？給小嬋也做件一樣的裙子好不好？」

楊嬋不說話，兩眼彎彎閃著光芒。

事實上，楊嬋除了年幼時「哇哇」哭過之外，再沒開過口，連聲「娘」都不曾喚過。楊溥請過好幾次郎中，從脈象上看並無毛病，可她就是不說話。

楊妧心裡頗有些愧疚。

剛意識到重生那幾個月，她怕被人瞧出端倪，儘量閉口不言，而闞氏整天沈浸在悲痛裡，根本顧不得楊嬋。

再後來，楊溥調至青州府，趙氏打算撇開三房，只長房一家帶著祖母秦氏往青州去。

闞氏怒不可遏。她帶著兩個稚齡女兒怎麼過活？楊溥可是當著宗族的面，口口聲聲答應照拂三房。

闞氏跟趙氏吵，跟秦氏吵，帶著楊妧到楊家宗長家裡哭，足足吵鬧了小半年。全家人誰都沒把楊嬋放在心上。

最終趙氏退了一步，三房跟長房之間卻有了間隙。

除去公中吃穿，闞氏每月月錢三兩銀，楊妧和楊嬋則是半吊錢，平常三房買針頭線腦或者點心、絹花都是從這四兩銀子裡出，不能說拮据，卻著實不寬裕。也所以這次上京，楊溥會拿出私房銀子給楊妧。

假如當初，楊妧多用點心思在楊嬋身上，或許就不是現在的結果。

楊嬋能哭出聲，說明嗓子沒問題，也能聽懂別人的話，代表腦子和耳朵也沒有問題，很可能是心病。

心病還需心藥醫，可四歲半的小孩子有心病，說出去難保不會被人當成笑話。

楊妧給楊嬋量著尺寸，腦子裡忽然閃過一個念頭——既然非要去京都，那她帶著楊嬋好了。

鎮國公老夫人年高體弱，定會有太醫定期上門請平安脈，太醫都是杏林高手，說不定可以治好楊嬋的病。

楊妧迫不及待地去了正房，先跟秦氏稟明何夫人收義女之事，接著提議。「祖母，我想帶小嬋去京都看病。」

秦氏不假思索地拒絕。「胡鬧！妳們去京都是侍疾，帶著小嬋拖累人，妳大伯母能照看得過來？」

楊妧料到秦氏未必同意，已經想好如何勸服她，沒承想秦氏張口說楊嬋是拖累，那楊妧也沒有必要好聲氣。

楊妧同樣冷下臉。「小嬋不是拖累，我可以照顧她……若是大伯母照看不過來，那我也不跟著添麻煩了。」

秦氏立刻意識到自己的話不合適。儘管她從內心把楊嬋看作拖累，卻不能當面說，尤其楊妧待楊嬋仔細，比關氏還要上心。

秦氏忙緩了神色。「祖母不是那個意思，是覺得小嬋還小，這一路打尖住店太折騰，再者萬一水土不服，給親戚添麻煩是小事，小嬋得受多少罪？」

楊妧抿抿唇。「路途沒什麼，該住店住店、該歇腳歇腳，帶著女眷，沒有急搓搓趕路的道理。到了京都更容易，國公府接我們去，膳食上應該會照顧我們的口味，即便不會特意照顧，我總會看護好小嬋。」

楊家人習慣魯菜，口味偏鹹，當初楊嫿借住陸府，楊妧特意撥了個會做魯菜的廚子過去伺候。鎮國公府乃百年世家，廚子肯定少不了。

楊妧續道：「病還是盡早醫治為好，小嬋快五歲了，拖延下去更不容易張口。即便路途或者到了京都不太方便，可為了治病總是值得……再者，往各家走動時，說起來也是個由頭。」

國公府突然多了兩個正值荳蔻年華的女孩子，別人肯定會暗中猜測。探親只是個幌子，再加上求醫則順理成章得多，畢竟太醫院是杏林高手集中之地。

秦氏審視般看著楊妧。

她今年十二歲，身體已薄有曲線，宛如含苞待放的花朵；臉龐略嫌稚嫩，眼眸熠熠生輝，帶著與年齡不符的沈靜與堅韌，有種她不答應，絕不輕易罷休的意味。

秦氏沈吟一番點了頭。「也好，讓佟婆子跟著照顧。」

佟嬤嬤在秦氏身邊伺候十多年了，非常有耐心，又能煲一手好湯。

楊妧屈膝行禮。「多謝祖母，我這就回去給小嬋收拾行李。」

關氏得知，同樣盯著楊妧看了半天，嘆道：「妳樣貌像我，心思卻不像……我十一、二歲的時候，每天不是挑剔頭花難看，就是嫌棄飯食簡慢，天天因為雞毛蒜皮的事跟妳大姨母拌嘴。因為妳大姨母要說親，多裁了好幾件新衣裳，我鬧過好一陣子。」

楊妧微笑。「娘想讓我在地上撒潑打滾要東西？」

關氏瞪她兩眼，又嘆。「當時生氣我娘偏心，現在想起來卻是悔……」

大姨母成親頭一年便懷了孩子，可惜胎位不正，生產時候一屍兩命。

關氏只姊妹兩人，並無男丁，外祖父過繼了族裡十歲的堂姪為嗣子。頭兩年，堂姪還算聽話，等關氏成親，他便把財產往生身爹娘家裡搗騰。

關氏回娘家理論，堂姪當面應得好聽，待她離開，仍舊我行我素，所以關氏寧可自己生，也不願過繼別人已經懂事的孩子。

轉天剛過巳初，清娘來請楊妧。

因是何家認義女而不是兩家互相結乾親，關氏便沒去，只仔細地叮囑楊妧注意禮節。

何家正房裡香燭酒水及四色供品都已備好，何夫人請了濟南府兩位頗有名望的太太做見證，一位是濟南府通判的家眷李太太，另一位是鳴鹿書院山長的太太，姓張。

楊妧依照兩人指點拜過香案，又跪著給何夫人奉茶，改口稱「乾娘」。

何夫人接過茶，順勢塞給她一只荷包。何文秀把楊妧扶起來，笑道：「妹妹快起來。」

庶女何文香跟著過來見禮。楊妧比何文秀小半歲，卻比何文香大一歲，三人按著序齒，親熱地叫著「姊姊」、「妹妹」。

李太太拉著楊妧的手讚不絕口。「真應了古話，不是一家人不進一家門，楊姑娘的相貌氣度，跟兩位何姑娘就像嫡親的姊妹似的。」

何夫人心裡堵得難受。

為了給何文雋留條香火，她先後買了好幾個年輕姑娘來家，可領到靜深院看見何文雋，那些姑娘沒有不尖叫著跑出來的。

這些年，不害怕何文雋相貌的，也只楊妧一人而已。

何夫人老早存了心思，礙於她年紀小，怕楊家人拿歲數說事，沒有轉圜之地，所以想過兩年先把風聲放出去，然後暗中活動一二。

何家在濟南府根基深，何猛又位高權重，對付個楊溥根本不在話下。誰承想，眼看要到手的兒媳婦搖身變成了乾閨女。

乾閨女再親近也不姓何，不能給何文雋生下一男半女，何家也不缺閨女，可何文雋做出的決定，任誰都改變不了。

趁何夫人陪兩位太太說話，何文秀拉楊妧去了她屋裡，目露愧疚。「阿妧，其實妳一早就知道我家的意圖是不是？我對不起妳，不該算計妳，但我拗不過我娘……我哥又可憐。」

楊妧搖頭。「我沒怪妳。」

真的不怪，前世何文秀待她的好，她不會忘記。

何文秀笑得比哭還難看。「可我會怪自己，阿妧，以後我把妳當親妹妹看待……妳到京都後千萬記得給我寫信，咱們別疏遠了。」

楊妧笑著拍拍她臉頰。「阿秀，咱們不會疏遠，只會比以前更好。」

第八章

從正房院離開，清娘陪楊妧仍回靜深院。

何文雋坐在廊前椅子上，蒼白的臉被春日暖陽照著，幾近透明，一雙黑眸卻幽深明亮，烏漆漆的，恍若能看進人的心底去。

楊妧心裡仍覺羞愧，遲疑下，才屈膝行禮。「公子的興國策只寫到其六，不知完成沒有？」

清娘步子快，楊妧一路跟得急，額頭沁出薄薄一層細汗，被陽光照著，折射出細碎的光芒。腮旁因羞愧而帶了霞色，彷如春日枝頭盛開的桃花，粉嫩嬌豔。

何文雋心頭不自主地蕩了蕩，很快地斂住心思，淺笑道：「阿妧不應再喚公子，該稱大哥了。」

「大哥。」楊妧從善如流。

何文雋應著，單手撐住椅子把手站起身。「寫完了，我再斟酌下詞句，妳去挑些喜歡的書帶在路上看。」

楊妧眸光頓時亮起來。「我可以選幾本？」

何文雋彎起唇角，帶一絲自己都不曾察覺的溫柔。「喜歡的都可以帶走。」

楊妧含笑致謝。「多謝大哥。」笑意由心底而發，真切而生動。

何文雋感慨，在阿妧心裡，他還不如幾本書的分量重。但瞧見她歡喜，他竟也是說不出的快樂。

楊妧挑好書，抱到何文雋面前。「大哥，我能選這些嗎？」

共六本，其中兩本山水遊記，另外四本是各代的《五行志》。《五行志》專門記載歷朝歷代諸如兩月重現、雨肉、雨木或者地動等天災人禍荒誕怪事。

何文雋笑問：「阿妧喜歡讀這些？」

「嗯……我覺得很有意思，能增長見識。」

何文雋把改好的稿子遞給她。「有勞阿妧。」

楊妧接過，走到書案前，發現先前用的蕉葉白不見了，另外換了方易水硯。也沒多想，研好墨將紙張抄錄完，呈給何文雋。

何文雋一行行看得仔細，笑道：「可以，阿妧回吧。這些天想必妳家中事情繁多，不用每日過來，定下行程後，打發人告訴我一聲。」又把一只藍布包裹交給她。「是幾樣筆墨紙硯，到京都後記得寫信，免得大哥掛懷。」

包裹很沈手，楊妧沒接穩，險些掉到地上。

何文雋揚聲喚青劍。「給姑娘送回家裡。」

這一次，他說的是「姑娘」，而不是「楊姑娘」或者「四姑娘」。

楊妧規規矩矩地行個禮，告辭離開。
走到院子門口，下意識地停步，回頭看到何文雋佇立在窗邊，微風吹動他玄色衣衫，有種說不出的寂寥與落寞。
何文雋臉上浮出淺笑，抬起右手朝她揮了揮。
待她離開，何文雋笑容頓散，沈默著一瘸一拐地坐回椅子。
清娘續上茶，咕噥道：「姑娘還沒定下啟程的日子，公子讓她再多來幾日不好？」
何文雋盯著茶盅外壁上的牧童短笛圖樣。「我怕後悔。」抬頭，黑眸裡暗潮翻滾。「清娘，其實我是有些悔了的。妳說阿妧不在，我寫文章給誰看？」
清娘被他眼中的狂熱駭著，遲疑了下，才答道：「公子有大才，必然有人賞識。」
何文雋喟嘆一聲，端起茶盅淺啜兩口，復拿起適才楊妧抄錄好的紙張看了看。「我又何須別人賞識？沒心思再修改，訂起來吧。」
炕上堆了半炕程儀，點心茶葉等四色表禮是早先何夫人打發人送過來的，何文秀送了一支釵，何文香送了兩朵絹花，其餘都是何文雋所贈。
四本醫書、一套湘妃竹的紫豪筆；一盒去塵先生製作的松煙墨以及兩方端硯，再就楊妧自己挑選的六本書。
關氏端詳著兩方硯臺，讚道：「真正的好東西……之前妳外祖父也有方蕉葉白，總是藏著掖著不讓我們碰，最後不知落入誰家了？」

蕉葉白是楊妧平常謄抄文稿常用的那方，另一方是尚未試墨的胭脂暈。胭脂暈豔若明霞，隱隱有紫氣環繞，是不可多得的名品。

楊妧把東西收進箱籠，眼前似乎又出現靜深院墨綠色的窗框，身穿玄色衣衫的何文雋站在窗口，風姿清雅恍若魏晉時期的水墨畫。

他身體雖然殘缺，卻有著世人難以企及的才華和高山傲雪般清貴的氣度。

楊妧輕嘆一聲，只聽門簾響動。

春喜閃身進來，興奮得滿臉通紅。「太太，姑娘，京裡來人了，老太太吩咐趕緊過去！」

關氏挑眉，問道：「來的什麼人？」

「有個姓嚴的管事，兩個嬤嬤，還有丫鬟、小廝十幾個……五輛馬車停在門口，街坊鄰居都圍著看……那些嬤嬤和丫鬟個個穿金戴銀，體面得很。」

關氏掃兩眼楊妧。「要不要把老太太賞的簪子戴上？」

楊妧低頭抻了抻衣襟。「不用，別讓祖母等。」

她牽了楊嬋的手往正房院走，一路遇到好幾個臉生的小廝抬箱籠。

小廝穿一式灰藍色裋褐，動作很俐落，笨重的箱籠抬在手上臉不紅氣不喘，顯然都是練過功夫的。那些箱籠雖然半新不舊，卻都是花梨木所製，四角包著青銅雲紋，古樸拙致，處處彰顯出百年世家低調的奢華。

走到正房院門口，楊妧剛要邁步進去，卻有一人急急從裡面出來，險些撞個正著。那人忙往旁邊讓兩步，低頭道歉。「是我莽撞，對不起對不起。」

他身材挺拔，穿靛藍色細棉布裋褐，腰間別著長劍，並非楊家下人。

楊妧低聲回答。「不妨事。」

楊妧走出去兩步，下意識又回頭。

那人剛巧抬起頭來，楊妧便是一愣。

這個人，她見過兩次，名字叫含光，是楚昕身邊最得力的隨從之一。

前世，楚昕可是京都有名的小霸王，他生得容貌昳麗，性子卻極其跋扈，一言不合動手就打。楚貴妃怕姪子吃虧，磨著元煦帝要了四個侍衛給他，含光便是其中之一。

這下楚昕更加肆無忌憚，京都的紈袴少年、官宦子弟遇見他都要躲著走。

忠勤伯的幼子顧常寶不信邪，在杏花樓喝花酒時跟楚昕起了紛爭，楚昕拔刀刺瞎了顧常寶的左眼。

忠勤伯曾是元煦帝的伴讀，已經五十歲的人了，蹲在御書房門口抹眼淚。楚貴妃則跪在元煦帝膝前哭得梨花帶雨。「……都是臣妾的錯，沒有管教好昕兒。聖上將臣妾捆了交給忠勤伯任殺任剮，可昕兒若有個三長兩短，臣妾在九泉之下無顏見楚家列祖列宗……」

楚家數代都為國捐軀，鎮國公楚釗在雁門關戍邊，子姪輩便只有楚昕這根獨苗，元煦帝能讓楚家斷子絕孫嗎？

沒辦法，只得讓楚家賠了兩千兩銀子了事。

而後何文秀辦花會，楊妧跟婆婆一同去赴宴，遇到鎮國公夫人張氏。

張夫人面色不太好看，據說楚昕說親又沒成，婆婆幸災樂禍地把楚昕的事跡一一歷數給她聽。其中就有戳瞎顧常寶左眼這事。

那年顧常寶剛滿十八還沒說親，楚昕好像十六歲，鬧得京都滿城風雨。

今年楚昕正是十六，不知道是否還會像前世那樣刺瞎顧常寶的左眼？

濟南府離京都遠，竟是沒聽到消息。

楊妧揮去前世紛亂的記憶，定定神，邁步走進正房。

楊姮和楊婉已經到了。

老太太秦氏身旁坐著兩位四十歲左右的婆子。

容長臉的婆子穿著秋香色杭綢褙子，圓臉那個身穿鸚哥綠杭綢褙子，正如春喜所言，兩人都戴金簪和赤金耳墜子，打扮得非常體面。

看到楊妧等人進門，秦氏笑著介紹道：「家裡三太太、這是四丫頭和六丫頭。」

兩位婆子連忙起身磕頭。

關氏受了，楊妧側轉身子受了半禮，又伸手虛虛攙扶一下。「兩位嬤嬤快些請起。」

秦氏看著她不卑不亢落落大方的樣子，唇角沁出淺淺笑意。

鎮國公府雖然位高權重，但婆子總歸是奴僕，而楊妧卻是不折不扣的主子，受她們的禮也是應當，不像適才楊婉進來，慌慌張張的，險些要給兩位婆子行禮。這不是丟人現眼嗎？

楊妧請婆子就坐，抱著楊嬋在秦氏下首坐定，笑盈盈地問：「不知嬤嬤如何稱呼？」

容長臉婆子笑著回答。「我夫家姓莊，在老夫人屋裡聽使喚。這位夫家姓董，是夫人陪房，最得夫人信賴。」

一個是老夫人秦蓉身邊的，一個是鎮國公夫人張氏身邊的，應該都是有頭有臉的人物。再加上楚昕的隨從含光，國公府三位主子都遣了各自的體己人來。有意思。

楊妧心裡狐疑，面上仍笑靨如花。「兩位嬤嬤一路辛苦……信上說姨祖母前陣子身體有恙，現今可好些沒有？」

「多謝四姑娘掛懷。」莊嬤嬤稍欠身，回答道：「才剛稟過老太太，我家老夫人病症已經好了，但到底受了虧損，精神頭遠不如往年，夜裡歇不好，想起往年舊事就忍不住垂淚，也著實掛念這邊老太太……這才打發我們過來給老太太、太太和姑娘們磕頭。」說著，眼角不住地往楊妧身上瞟。

楊妧仍穿著早起那件嫩粉色夾襖，石青色羅裙，墨髮規規整整地梳成雙環髻，烏黑油亮。眼下身量尚未長開，五官也嫌稚嫩，卻已是十足十的美人胚子。

尤其是那雙杏仁眼，彷彿汪著一泓清泉，明澈溫潤。不說別的，單是這副相貌和儀態就將先前的兩位姑娘比了下去。

莊嬤嬤臨來前得過老夫人的囑託，不管楊家老太太如何安排，務必要帶著這位名叫楊妧的姑娘回府。

換句話說，他們此行就是為楊妧而來。

第九章

日落時分，偏院早早掌了燈。

關氏翻看著炕邊的幾疋布嘆氣。「早幾日送來就好了，還能給妳再做條裙子，這會兒怕是趕不及。」

布料是莊嬤嬤和董嬤嬤帶著小丫鬟送來的，每房兩疋蜀錦和兩疋杭綢。姑娘們或者一支金簪、或者一串手串，再加兩支絹花，少爺們則是一匣子新墨和一刀澄心紙。連遠在山西運城的二房也有，人人不缺。

楊妧拔簪子將燭芯挑亮了些，笑道：「錦繡閣做了好幾身新衣裳，娘做了裙子，還有去年秋天的兩身，足夠穿用。到了京都，姨祖母跟表嬸肯定也會幫忙添置。您裁件新衣裳穿吧。」

關氏自嘲地笑。「我一個寡婦，哪裡穿得住這麼鮮亮的花色？」

「怎麼不能穿，又不是大紅大綠，這疋蜜合色的杭綢就很適合。」楊妧扯著布料在關氏身上比試。「娘膚色白，裁襖子或者裙子都好看，您好幾年沒添置衣衫了。」

前些年，關氏守夫孝，一直穿得灰突突的。去年滿孝，才好些，可以穿青碧、湖綠、淺蔥色等顏色。關氏捨不得花銀子，把壓在箱底好幾年的衣裳找出來接著穿。

「算了，不糟踐這些好東西，留著說不定哪天能用上。」關氏把布料收好，默了默又開口。「阿妧，我知道妳瞧不起娘，娘並非不知羞恥，只是想把三房支起來……妳爹有人承繼香火，妳和小嬋也能夠有個依靠。」說著眼圈有些紅。

楊妧大驚，忙道：「娘，我沒有那樣想。」

雖然她不太能接受一肩挑兩房的做法，可長輩們沒有異議，她作為晚輩，哪有置喙的餘地？

關氏到冬月才滿三十，還有大把的時光等著熬，假如家裡多個孩子，關氏要撫養他長大、供給他讀書，看著他娶妻生子，日子不至於太過寂寞。站在關氏的立場上，她並無過錯。

楊妧搖著她的胳膊柔聲道：「娘，您誤會了，我也想家裡添個弟弟，把他養得胖乎乎的，肉丸子似的滿地跑。對了，給他取名叫楊懷宣好不好？」

前世弟弟的名字便叫楊懷宣。

關氏忍俊不禁，嗔道：「想起一齣是一齣，八字還沒一撇，妳這名字都取好了。」

傷感的氣氛一掃而光，關氏又叮囑道：「出門在外千萬記得凡事謹慎點，有事情別自己拿主意，先請示了妳大伯母或者姨祖母再做主張。」

楊妧點頭。「娘放心，我能照顧自己，也能照顧好小嬋。」

關氏臉上浮起與有榮焉的驕傲。「我不擔心妳衣食住行，只怕妳太有主見擅自妄為。」

聲音壓低了些。「妳的親事，我跟妳大伯父商議過……依妳的意思為主，妳不應，誰都不能迫著妳嫁。」

「真的？」楊妧瞪大雙眸，眼巴巴地問：「那我誰都不想嫁，留在家裡陪娘好不好？」

「不行！」關氏立刻拒絕。「沒有順眼的就慢慢挑，多挑幾年總能找到合心意的。反正我沒打算讓妳早出嫁，總得滿了十六歲，就是等到十九也使得。」

萬晉朝的習俗，女孩子十二、三歲開始議親，及笄便可出嫁，二十歲已經是老姑娘，留在家裡要被人指指點點，在有些民風不開的地方，甚至會被官府強行婚配，關氏容她到十九歲已經很難得了。

母女倆絮絮說著體己話，直到人定時分，關氏才回東次間睡下。

楊妧卻輾轉反側，難以入眠。

院子裡的梧桐樹婆娑作響，搖曳的枝椏映在窗紙上，像是張牙舞爪的怪獸。

鎮國公府送來的禮非常齊備，甚至是周全。也就是說，他們對楊家人的現狀一清二楚。可見只要有心，總能打聽到消息。

前世之所以形同陌路，單純是因為不想往來。說不定楊家進京那天，國公府已經知道了消息，只是冷眼旁觀而已。

那麼，這一世為什麼要走動？只因為國公府老夫人生那一場病？

楊妧默默想著莊嬤嬤的話。「……病得極是凶險，眼看只有出的氣沒有進的氣，幸好太醫來得及時，又是扎針又是灌藥，硬生生從閻王手裡奪回半條命……病好之後常常想起陳年舊事……」

腦門忽地一跳。

當初她從樹上摔下來沒了氣，換了前世的芯子，國公府老夫人會不會也……

楊妧只覺得頭皮發麻，可又沒法排除這個可能，畢竟有她這個活生生的例子在。

假如老夫人真的也是重生而來，她最想做的應該是避免前世那場禍事，但這跟楊家有什麼關係？

楚釗戰敗前，大伯父楊溥在吏部文選司任郎中。文選司職掌四品以下文官的班秩遷除，是個極有油水的實權部門，但鎮國公是世襲罔替的勛貴，又走的是武將路子，跟文選司八竿子打不著。

而二伯父楊沛始終未能進京，他在山西運城待滿六年，接著調至東昌府任知府。

至於下一代，大堂兄資質有限，只考中舉人，在濟南府謀了個教諭的職缺。二堂兄在文登任縣丞。剩下的三堂兄和四堂弟都還在孜孜不倦地準備科考。可以說，楊家的男丁中，並沒有對楚釗有助力的人。

至於姑娘們，楊家女孩子相貌都不錯，但也只是不錯，並非傾國傾城特別出眾。而且楊信章去世早，秦氏獨力拉拔三個兒子讀書，又使銀子打點差事，把嫁妝幾乎用了個乾淨，根本拿不出多餘的銀錢給姑娘們延請夫子，在見識和談吐上離京都的世家女子還差得遠。

前世，楊𡠆和二伯父家的三姑娘都嫁在東昌府，楊姮比楊妧早出嫁一年，嫁給了楊溥同窗的孩子。楊婉嫁的是太常寺少卿的嫡次子，沒有誰嫁得特別顯貴。

反之鎮國公夫人張氏的娘家姪女都嫁得很好，有個叫做張瑤的嫁進宗室裡，張珺則嫁給了清遠侯隔房的姪子。相比之下，張夫人娘家對國公府的助力更大，秦老夫人應該多結交張家才對。

她卻大張旗鼓地派人來楊家。

楊妧又想起在正房院，莊嬤嬤審視般的眼神，停留在她身上的時間明顯比楊姮和楊婉多，似乎還帶著種勢在必得。而董嬤嬤不太言語，臉上卻掛著高深莫測的微笑。

楊妧心頭升起一種不安的感覺。鎮國公府很可能是個大坑……

隔天睜開眼，已經天光大亮，楊家早就擺了飯。

楊家的規矩是大廚房開過飯後，再不可能為哪個人單獨另外生火做飯，想吃什麼，只能自己屋裡做。

好在關氏拿回來兩片饅頭和一大碗粥。楊妧捅開紅泥茶爐，先把粥溫好，然後把饅頭片放在爐蓋上烤，沒多大工夫，饅頭片便烤得噴香酥脆。

楊妧掰一半塞進楊嬋手裡，從粗瓷罐子裡撈半塊紅油腐乳，均勻地抹在饅頭片上，咬一口饅頭片喝一口小米粥，甚是飽足。

闞氏看著她笑。「妳倒是會吃。別吃太多，待會兒午飯吃不下。對了，祖母說大後天一早走，妳想想還有什麼需要的，我去買給妳。」

「不用。」楊妧嚥下嘴裡的食物，含混不清地說：「娘別忙活，什麼都不缺。實在有需要，到京都再買也不遲。」

闞氏不再勉強，找出針線笸籮給楊嬋縫裙子。

楊妧去了何家，先去何夫人處請安，說了啟程的日子，再跟何文秀說會兒閒話，接著往靜深院走。

何文雋拿一卷書，懶散地坐在椅子上，風自洞開的窗扇徐徐而入，捲著白色幔帳搖動不止，襯得他那身玄衣越加消沈陰鬱。

清娘蹲在廊前一邊搗藥一邊瞥著何文雋。

半個時辰過去了，他手中書卷一頁都沒翻過，眸光低垂著，不知道在想什麼。倘若楊妧在，他肯定不會這般沒精打采。

正想著，視線裡突然出現一片月白色的裙角。清娘喜悅地喚道：「四姑娘來了！」

何文雋手一抖，書卷掉在地上，連忙俯身去撿，再抬頭，臉上已掛出清淺的笑。「阿妧。」

楊妧屈膝行禮，笑著說起這幾天的安排。「……明天錦繡閣會把做好的衣裳送過來，後天祖母給餞行，大後天一早出發……大哥可有需要抄錄的文稿？」

大後天是初六，黃曆上寫著宜出行。

何文雋溫聲道：「這兩日偷懶不曾寫，只把興國十策裝訂成冊，放在書案上，待會兒妳記得帶走……阿妧昨晚沒休息好？」

她眼底有兩塊青紫，因為膚色白，非常明顯。

「在想事情。」楊妧猶豫片刻，期期艾艾地問：「大哥，倘若你知道前路坎坷艱險，你是會選擇繞開還是仍舊往前走？」

何文雋緩緩開口。「八年前，秋闈剛放榜，家裡收到父親來信，信裡提到女真人驍勇善戰，父親與之交戰數次，始終未有滅敵良策。我一時衝動，單槍匹馬去了山海關……這幾年，我常常想，若能重活一次，我要去京都參加春闈還是仍舊去山海關？」

第十章

楊妧被勾起好奇心，秋水般明澈的眼眸一瞬不瞬地望著他。

何文雋回望著她，笑道：「我還想去打仗。女真人不除，遼東便不太平，總要有人駐守邊關重鎮……可這次，我會謹慎小心避開前次錯誤，定然會有不同結果。」

楊妧眸光慢慢亮了，臉龐綻出動人的神采。

何文雋垂眸，心裡說不出是歡喜還是酸澀。

楊妧素來待他恭敬，卻也拘謹，可有了義兄義妹的名分，她明顯放鬆了許多，願意敞開心扉跟他閒聊，可見以前還是存著戒心的。

何文雋暗嘆口氣，很快斂了心思，關切地問：「阿妧因何難以抉擇，可願告訴大哥？」

楊妧彎起唇角。「原本是擔心進京，總覺得姨祖母的邀請另有目的。姨祖母家位高權重，到了京都，我們便是砧板上的魚肉。可聽大哥所言，又覺得無須特別掛懷，只時時謹慎即可……」

至少，她已窺得了部分先機，後半句卻是沒法說出來。

清娘捧著只黑木匣子走進來。「公子，鎮國公府送來的，人在外面等著。」

匣子裡是一張拜帖和一柄短刀。短刀乃烏鐵製成，長約半尺，刀柄刻著精緻繁複的花紋，刀身有溝槽，劍刃寒光流動，甚是鋒利。

何文雋拿起拜帖看了看，沈聲吩咐。「請他進來吧。」

楊妡忙起身。「大哥我先回去，明兒再過來。」拿著《興國十策》出門，恰與來人打了個照面，赫然又是含光。

含光也瞧見她，愣了下，立刻低頭退到旁邊，心中極為納罕。

來之前，他打聽過，何文雋回到濟南一直深居簡出，既不出門訪客，也不在家待客，不管是誰登門拜訪一概避之不見。

都說他纏綿病榻，只剩一線生機，也有人說他形貌俱毀，猶如惡煞，見不得人，沒想到竟會在這裡見到楊家四姑娘。

含光心思百轉地走進屋裡，迎面瞧見站在當間的男人。

他身姿筆直，一襲黑衣無風而動，臉上兩道疤痕自眉梢斜下來，幾乎占據了半邊臉。可以想見受傷時的情形該是何等凶險。

含光驚愕了下，目光飛快掃過他空蕩蕩的左袖，單膝點地雙手抱拳。「小人名含光，奉鎮國公世子之命，給何公子請安。」

何文雋虛扶一下。「無須多禮，還請代我向世子道謝，何某無功受祿，不勝感激。清娘，沏茶。」

清娘很快地端來茶壺。

含光見她肩平身直、步履穩健，知她是習武之人，欠身接了茶，恭敬地說：「此刀是國公爺從瓦剌人手裡所得，甚是輕便鋒利，現已催請兵部照此樣式製作一批，尚未完工。」

何文雋握著刀比劃兩下，讚不絕口。「確實靈便，實乃近身搏鬥之利器，若能製成，猶如猛虎添翼……聽聞老夫人身體前段時日有恙，不知可曾康復？」

「已大有好轉。」含光簡短地回答。

何文雋又問起鎮國公的近況，含光所知不多，卻盡其所能地回答了。

寒暄沒幾句，含光見何文雋面上顯出疲態，識趣地告辭離開。

清娘將茶盅收拾下去，不解地問：「公子一向不見客。上次慶陽王途經濟南，遣人過來都沒見。這次卻破例，是因為四姑娘要去國公府？」

何文雋走到書案後，拿起墨錠。「鎮國公駐守雁門關，我父親駐守山海關，均為九邊之一，合該守望相助。」

自然也有楊妧的原因，希望楚家能看在何家的薄面上，不至於輕看了楊妧。

研好墨，何文雋字斟句酌地寫下兩封信，等墨乾，分別塞進信皮裡封好，又從箱子裡翻出一卷畫。

畫是山水畫，山峰聳峙蒼松古樸，懸崖間白雲繚繞，間有飛瀑噴瀉直下，氣勢磅礴。

何文雋端詳片刻，復又捲好，換了只精美的匣子交給清娘。「這兩封信送去驛站，匣子是給鎮國公世子的回禮，讓青劍往興隆客棧跑一趟。」楚家這次來了二十多人，都住在客棧。

楊妧回到家，把《興國十策》收進箱籠，陪楊嬋玩了會兒，見關氏仍在低頭繡花，也拿了針線活湊過去。

她繡的是帕子，淺灰色棉布，右下角一叢蘭草，現下剛繡好三片葉子。

關氏蹙眉。「給誰繡的？」

「何家大哥。」楊妧坦然地回答。「認乾親時，何家上下都送了禮，我還沒還禮。」事出突然，她沒來得及準備，臨行前總要補上。

關氏問：「妳要送什麼？我那裡收著幾樣東西，妳看能不能拿出手？」

楊妧把自己備好的東西一一擺出來。「額帕本來留著祖母過生辰，先挪來應急。荷包是正月做的，送給阿秀和阿香各一個；何家二少爺在揚州讀書，我想問問大堂兄那裡是否有合適的物件。何大哥不出門，給他繡幾方帕子平常用。」

關氏見她考慮得周全，抿嘴笑了笑。

楊妧手快，夜裡臨睡前便繡出四方帕子。

隔天，錦繡閣的繡娘來送衣服，除了當初說好給楊姮和楊妧做的，還給楊嬋加了四身。

五姑娘楊婉這才知道楊嬋也要去京都，頓時氣炸了，跑到偏院摇著關氏胳膊哭喊。「妳們三房吃我家的、喝我家的，還欺負我！小嬋連句話都不會說，憑什麼沒臉沒皮地跟著去京都，除了添亂她還能幹什麼？」

關氏不愛聽，可身為長輩，不能跟她計較，沈著臉道：「五丫頭，妳靜一靜，先聽嬸子說。」

楊婉扯著嗓子嚎。「妳說那麼多有啥用，能讓楊妧不去京都？」

關氏道：「這事我說了確實不算，得聽妳祖母的。」

「祖母偏心！信是姨祖母寫給我爹的，要去也是我們大房的姑娘去，妳們三房打秋風這麼些年還不夠，非要癩皮狗似的纏著我們？」聲音尖且利。

楊嬋怯生生地躲在牆角，眼裡蘊著淚，想哭又不敢哭，可憐巴巴的。

楊妧心裡火氣蹭蹭往外冒，彎腰輕輕揉一下楊嬋粉嫩的臉頰，低笑。「小嬋不怕，姊馬上讓她走。」喚春喜過來。「帶六姑娘到外面看看花。」

一見楊嬋出門，臉色立刻沈下來，冷聲道：「楊婉，閉嘴！」

楊婉就是看楊妧不順眼，怎麼可能聽她的，仍是一邊哭一邊搖著關氏，關氏快被搖散架了。

楊妧用力在楊婉胳膊上擰了下。

楊婉一聲尖叫，鬆開關氏的手，鬥雞般看向楊妧。「幹麼掐我？」

楊妧靜靜地看著她。「提醒妳鬧錯地方了，家裡誰主事妳找誰鬧，在這裡哭瞎眼睛也沒用。」

楊婉跳腳。「都怪妳，妳若不去，祖母定然會讓我去！」

「別作夢了。」楊妧譏刺地笑。「妳就是打滾撒潑絕食投繯拿剪刀抹脖子，祖母也不可能答應……不信妳就試試。」

楊婉跺跺腳，沒頭蒼蠅似地衝了出去。

「五丫頭這性子誰能受得了？」關氏抻兩下袖子，厭煩地皺起眉頭，忽而驚呼一聲。「她不會真想抹脖子吧？我得趕緊去瞧瞧。」

楊妧撇下嘴。「她不敢，而且她也沒那麼蠢……娘，我把東西送去何家。」

何文秀和何文香都在正房院，二少爺何文卓從揚州寄了家書回來，何文秀正唸給何夫人聽。

信上說，他這個月的文章得到先生的誇讚，還貼到牆上供同窗們賞鑑。何夫人半信半疑。「也不知是真是假，妳二哥這性子，自個兒有三分好，他硬是能說成八分。」

「定然是真的，過年時候，鳴鹿書院的張伯父不也誇過二哥學問有長進？」何文香賠笑道。

何夫人臉上掛出喜悅的笑。「張先生是客氣。」側頭看向何文秀。「阿卓沒說幾時回來秋試？」

何文秀繼續唸。「過完端午節啟程，與同窗一起乘船至臨清，在東昌府耽擱幾日再回家。」

何夫人嗔道：「不趕緊回家，就知道在外面鬧。」

「書上說，讀萬卷書行萬里路。」何文香細聲細氣地替何文卓辯解。

幾人嘻嘻哈哈說著，丫鬟們穿梭其中時不時續茶奉上點心，間或湊趣說兩句俏皮話，非常熱鬧。

楊妧卻不由自主地想起靜深院。

靜深院從不聞笑語，就連交談的聲音都很少。

第十一章

何文秀唸完信，何夫人接在手裡瀏覽兩遍，仔細地收進匣子。

楊妧呈上備好的禮。額帕是烏綾面的，四周用金線繡著繁複的萬字不斷頭紋路，正中繡著仙鶴銜果圖樣，雅緻又大方。

何夫人驚訝地問：「是妳繡的？」

楊妧笑道：「秋冬季節，祖母跟我娘都離不開額帕，有空閒我就做幾條備著。這條是正月做的，前天鑲了細棉布裡子。」

額帕針腳細密勻稱，仙鶴眼睛用了兩粒小小的黑曜石，若是有經驗的繡娘還罷了，一個十二、三歲的小姑娘繡起來著實不容易。

何夫人接著拿起兩只荷包端詳會兒，瞪向何文秀。「看看阿妧這針線活，再看看妳，真是一個天一個地，羞不羞死了。」

「娘，」何文秀嘟起嘴撒嬌。「我針黹女紅不如阿妧，但阿妧也有不及我的地方。」

何夫人挑眉。「妳說阿妧哪裡不如妳了？」

「我大度，」何文秀不緊不慢地說。「我食量比阿妧和二妹妹都大。」

何夫人一口茶全噴了出來。「妳那是大肚吧？」

楊妧笑得打跌。

何文秀胃口好，身材豐腴，臉也圓，看著特別喜慶。那年桃花會，楚貴妃就是看中了何文秀一臉福相才指給二皇子，也是因為大皇子跟三皇子之間已經由暗鬥變成明爭，手握重兵的何猛也是兩人拉攏的對象。

楚貴妃索性讓兩人都搆不著。

誰承想，楚貴妃過世三年，竟是最沒可能的二皇子坐上了皇位。

可何文秀沒說錯，她真的是大度且善良。她入主後宮不到半年，就放三十歲以上的宮女回家團聚，又下懿旨，先帝所留妃嬪，有家人願接回奉養者，一概恭送出宮。

先帝年輕時憂心朝政，於女色上並不放縱，可隨著年事漸高，竟然耽於玩樂。大行前一年還選過一批秀女，那一批十二人，泰半仍是處子之身。

萬晉朝有規矩，皇帝大行之後，除去生養過和妃位以上妃嬪得以留在皇宮外，其餘或到皇家寺院清修奉佛，或者在西苑冷宮度此餘生。

禮部侍郎高書河聯合兩位御史上摺子，說女子侍奉帝王乃國君恩寵家族榮耀，何文秀此舉輕慢先帝，有辱皇室尊嚴。

何文秀令人傳口諭至高家。「聽聞高大人府上六姑娘已然九歲，待她及笄，送去雍安寺為先帝祈福，以示皇恩浩蕩。」

高夫人差點沒暈過去，氣得揪掉高侍郎好幾根鬍子，從此再無敢置喙者。

那年元旦大朝會，數十位沒有誥命、未能進入皇宮的婦人跪在西華門給何文秀磕頭。

楊妧又把給何文卓的禮拜託何文秀轉交，是從大堂兄那裡得來的竹製筆筒，筆筒上雕著連中三元的圖樣，算是取個好意頭。

再陪著何夫人說會兒閒話，楊妧起身去靜深院。

何文雋一身黑衣站在梨樹旁，墨髮隨意散在肩頭。已近日中，豔陽高照，卻有絲絲縷縷的寒意從他高大的背影散發出來，說不出的孤寂清冷，跟適才熱鬧的正房院是全然不同的兩個世界。

清風乍起，梨花紛落如雨，有兩朵飄在他肩頭，平添幾許溫柔。

楊妧行過禮，自包裹裡取出帕子，雙手托著遞過去。「承蒙大哥一直照顧，做了四方帕子，大哥莫嫌棄。」

淺灰色的細棉布疊得整整齊齊，最上面是枝橫斜的臘梅，開著五、六朵金黃的梅花。枝椏遒勁花朵有致，甚是清雅。

何文雋拿起來再看下面一方，卻是繡著一叢青翠的蘭草，葉片之間一莖嫩綠的小花楚楚動人。

何文雋逐條看罷，彎起唇角。

「多謝阿妧，我很喜歡，只是這圖樣……」

楊妧仰頭，烏漆漆的眼眸定定地望住他，等著下文。

何文雋稍頓，終是說出口。「略帶些許匠氣。」

楊妧的臉騰地又紅了。

她跟陸知海十年夫妻，頭幾年要好的時候，替他繡過無數的扇套、香囊、荷包等物，就屬梅蘭竹菊繡得最多，已經到了不需花樣子襯底，起針便可以繡的地步。

熟能生巧，匠氣也在所難免。

可給何文雋又實在不好選圖案。他身有殘疾，在仕途上已經不可能，就連長壽也是奢望，諸如喜登連科或松鶴長春這種都不適合，而富貴白頭、百年好合又不是隨隨便便可以送出去的。

楊妧羞紅著臉問：「不知大哥喜歡什麼花樣，我另外再繡。」

何文雋淺笑。「不用，這幾方帕子已是極好，阿妧定是花費不少工夫，我只是吹毛求疵而已。要不我給阿妧畫一些花樣子，就畫院子裡種的鳶尾、石斛、酢漿草？」

楊妧眸光一亮，看著周遭的青翠碧綠，皺眉。「現在都還沒開花。」

「再過七、八天便開了，屆時我多畫幾張，一併寄去京都。」

「好。」楊妧喜出望外，點頭答應了才又想起來。「會不會耽誤大哥太多時間？」

何文雋搖頭。「不會。」

他不怕耽誤時間，只怕無事可做無以排遣。

往常楊妧每天來抄錄文稿，督促著他必須查閱書籍撰寫出一定量的稿子，每天忙忙碌碌，恨不得一天當成兩天用，連病痛都顧不上。

這兩天閒著，白天翻幾頁書尚能度日，晚上卻覺得空曠漫長。而身上十幾處新傷舊疤好似被喚醒，不約而同地疼起來，使得日子越發難捱。

他從來沒畫過花樣子，想必挺有意思。

楊妧回到家中，關氏告訴她，楊婉果真拿著剪刀到秦氏跟前鬧，只是她手抖個不停，話還沒說索利，被秦氏一聲怒喝，嚇得剪刀落在地上，沒傷到人，卻把裙子戳了個洞。

秦氏罰她閉門思過四個月，抄一百遍《女誡》。

楊妧訝異地瞪大雙眸。

明擺著，秦氏不可能讓家裡的女孩子一個不剩全都進京，傳出去豈不被人笑話死？再者京都是什麼地方，牆頭隨便落下一塊磚，有可能砸死三個官，個個比楊溥的官階大，楊婉這般衝動，誰敢放她出門？

前世，楊婉並沒這麼蠢，非但不蠢，反而很精明能幹。

京都大，居不易，尤其楊家資財少，生活極為拮据，前兩年都是租住楊溥同窗的院子。楊妧成親時嫁妝也極寒酸，連家具帶被子勉強才湊夠四十二抬。

也因此，陸知萍打心底看不上她。

楊妧嫁到陸府第二年，楊婉不知道怎麼鼓搗出雙色饅頭、曲奇餅還有酥酪蛋糕等好幾樣點心，她把點心方子賣到糕點鋪，賺了近千兩銀子。楊家再添一千兩，置辦了一間鋪面，賣鹹豆腐腦、甜豆花，後來還賣奶茶。

店面小，地角也不好，收益卻出奇地高，加上楊溥的進項越來越多，所以楊妡借錢做生意，楊溥才能拿出三千兩銀子。

但楊婉跟她從來不親近。

前世彼此有所克制，儘管不喜，面子上總會過得去，可重生之後，楊妡發現楊婉的脾氣好像大了許多，動輒甩臉子使性子。

楊妡多有忍讓，楊婉卻經常蹬鼻子上臉，後來乾脆不理她，任由她自己發飆生悶氣。

關於前世的點心，有次廚房裡蒸發糕，楊妡試探著問楊婉，想不想用酥酪做蛋糕，非常鬆軟可口。

楊婉翻個白眼。「一股腥氣，誰喜歡吃那種東西？」

楊妡猜測她根本不會做蛋糕，因為楊婉從來沒進過廚房，十指不沾陽春水，連麵都不會發。

楊妡試過兩次，糟踐了許多白糖和雞蛋，最後蒸出來一團死麵餅。雙色饅頭倒是做成了，她還能做三色饅頭和花捲，只可惜方法非常簡單，一琢磨就會，並不能換成銀子。

楊妡發家致富的夢想很快破滅，因著糟踐了東西，還被趙氏指桑罵槐數落好幾天，只得作罷，也不知前世楊婉到底從哪本書上看到的法子？

楊妧顧不上糾結這些。

她打開箱籠把自己和楊嬋的物品再清點一番，覺得沒有遺漏，便把春笑叫來仔細叮囑一番，不外乎是謹言慎行，遇事三思後行。

最重要是照看好楊嬋。

三房只三個下人，都是到濟南府之後買的，一個婆子管著灑掃漿洗，再就是春喜和春笑。

春笑十一歲，年紀雖小卻聽話，楊妧打算帶著她進京。

初六一早，楚家的馬車便停在楊家門口，清一色的黑漆平頭車，從外面看很普通，上車之後，楊妧才發現裡面寬敞華麗得多。

窗簾是繡著竹報平安的錦緞，底下綴著一排五彩琉璃珠。椅子上鋪著墨綠色的墊子，兩側放著錦緞迎枕，上面同樣繡著竹報平安，清雅又舒適。還有擺放茶壺茶盅的几案、盛點心的匣子還有圍棋以供路途消遣。

趙氏跟楊姮坐頭一輛車，兩位丫鬟隨車侍奉，楊妧跟楊嬋帶著春笑坐第二輛車，其餘丫鬟婆子分坐在後面三輛馬車上。行李箱籠等物，則另外雇用了車行的三輛騾車。嚴管事、含光以及小廝護院等二十餘人騎馬在車隊前後護衛。

一行車馬浩浩蕩蕩地出了城。

嚴管事安排得極為妥當，每隔一個時辰會在路旁茶棚歇腳，用餐的酒樓和歇息的客棧均已打點好，只提前讓小廝去報個信即可。

楊嬋頭一次出遠門，忽閃著大眼睛四處打量，楊妧便將簾子撩開一條縫，指著路邊樹木告訴她，那是槐樹，那是楊樹，又見榆樹上掛滿了榆錢，笑道：「榆錢可以生吃，還可以蒸餅子、包包子，幾時姊做榆錢窩窩給小嬋吃……地裡一片片綠色的是麥苗，麥苗抽穗能長出麥子，麥子成熟之後磨成麵粉，就可以給小嬋做餅了。」

楊嬋眼巴巴地看著，聽得專注。

正說著，窗口突然出現一根樹枝，上面密密麻麻綴著榆錢。

楊妧探頭往外看，含光正隨在車旁，錯後半個馬身。想必是他聽到適才的話，折了樹枝過來。

楊妧忙道謝。含光淡淡回答。「舉手之勞。」掃她一眼又道：「前面還有五里便是鎮子。」

鎮子人多，就不能撩開車簾往外瞧了。

楊妧明白他的意思，抬手掩好車簾，揪了簇榆錢塞到楊嬋嘴裡，自己也吃一把，笑問：「甜不甜？」

楊嬋不說話，張著嘴示意還要。

楊妧輕笑。「小饞貓。」親暱地點了點楊嬋的鼻頭。

說話間，車隊已行至鎮裡，在一家頗為氣派的酒樓停下。因小廝提前傳過話，酒樓已備好酒菜，待人坐齊，菜一道接一道端了上來，有葷有素，有當地特色菜也有普通家常菜。

出人意外的是女眷這桌竟然加了碟榆錢餅。榆錢混著蛋液和白麵，攤得薄薄的，兩面金黃，咬一口，酥脆中帶著清甜。

第十二章

一路平安無事。

楊妧每天仍會指點路邊事物給楊嬋瞧，只是楊嬋畢竟年紀小，看過一陣便覺得無聊，加上馬蹄噠噠，車輪轔轔，很容易入睡。

楊妧便翻開《五行志》看兩頁。

書上記載，地動之前往往有異象產生，或者是星象有變或者天氣異常，或者雞犬聲亂。

楊妧不免想起臨死前幾日熱得令人煩躁的天氣，以及徹夜不停的蛙鳴和犬吠。假如她早點知道就好了，可以早做預防，至少不能讓寧姐兒離開自己眼前。

寧姐兒是生生餓死的。

她們埋在廢墟裡，開始尚有力氣喊叫，後來喊得口乾舌燥，就敲打石頭，再後來，身體虛得連石塊都舉不起來。

夜裡，天沈得沒有一絲星光，寧姐兒小奶貓般哼哼唧唧。「娘，想喝水，想吃饅頭蘸桂花醬……娘，我好像要飛起來了，眼前全是星星……」

她咬破手指塞到寧姐兒嘴裡，可是未及天亮，寧姐兒的身體已經涼了。

她也未能熬過那一天。

那天，她清楚記得，是煦正二年九月初五。

楊妧放下手裡的書，看一眼旁邊安睡著的楊嬋。

楊嬋跟寧姐兒有四、五分像，都生得皮膚白淨鼻梁挺直，不同的是，寧姐兒像楊妧，腮旁有對小小的梨渦，而且性子活潑開朗，見誰都是三分笑。楊嬋卻安靜乖巧，見到生人會怯生生地往後縮。

正如此，楊妧越發疼愛憐惜楊嬋，把她當女兒般看待。

馬車剛停，楊嬋便醒了。

楊妧手腳俐落地給她抿抿頭髮，把衣服整理一下，戴好帷帽下了車。

早起出發時還是晴天，不知什麼時候陰起來，天空布滿烏雲，暗沈沈的像是倒扣著的鍋底，壓抑得令人喘不過氣。

嚴管事與趙氏商議。「楊太太，看這天色像是要下雨，您看咱們先尋客棧安置下來可好？」

眼下是在固安，原打算吃完午飯繼續趕路，夜裡在龐各莊歇下，明天下午很輕鬆可以趕到京都。

可若下雨，馬車跑不快，天黑前未必能到龐各莊，護院小廝們淋濕了是小事，只怕途中出現意外情況。

趙氏笑著答應。「正該如此，嚴管事常出門有經驗，您決定便可。」

嚴管事當即指派了兩個小廝去安排住處，其餘人按計劃到酒樓用餐。

吃完飯，住處已經安排好了，離酒樓只一條街，叫做緣聚客棧。客棧門口種了兩棵約莫碗口粗的垂柳，枝條非常繁茂，長垂到地，青翠柔嫩。

楊妧折一把柳條遞給楊嬋。「先拿著，待會兒姊編個籃子。」

緣聚客棧不算大，只上下兩層樓，剛有一批客人定下二樓東頭的四間房，還餘下十六間。為圖清靜，嚴管事索性把二樓的房間都包了。

小廝和丫鬟們有條不紊地把箱籠搬進房間，剛安置好，天空驟然響起一聲炸雷，緊接著，黃豆大的雨點噼哩啪啦地落下來。

雨點很快連成線，不過片刻，地面已全濕。

楊妧站在窗前，看著外面四處奔跑躲雨的人們，暗呼兩聲慶幸，得虧嚴管事當機立斷，否則稍微耽擱，他們也有可能淋了雨。

伴隨著驚雷，雨越下越大，如潑如注。楊妧掩好門窗，挑出幾根細長柔韌的柳條，教楊嬋編籃子。

沒多大功夫，麵碗大小的籃子已然編成，點綴著片片柳葉，樣式雖嫌笨拙，卻是野趣十足。

春笑驚訝道：「真好看，姑娘幾時會編這簍子？」

「來濟南府之前跟人學的。」楊妧敷衍著回答，把籃子遞給楊嬋。

楊嬋非常喜歡，立刻把兩枚心愛的羽毛毽子放進去，提著走來走去。

楊妧彎起唇角笑。

這還是當年跟陸府管灑掃的丁婆子學的手藝。丁婆子不但會柳編，還會竹編跟草編，每年春天都會編幾只柳條籃子，插上三、五枝應季的花草送給寧姐兒玩。

楊妧心靈手巧，看丁婆子編過幾次就學會了。

除了編這種綠條籃子，還可以把柳枝外皮剝掉，編成白條籃子。當然，沒經過處理的柳條韌性不足，只能當成小玩意，用來盛放東西或經年使用卻是不能。

重生後，楊妧一直跟在關氏身邊，沒法解釋自己如何會柳編，所以這些年都不曾編過，此時除了手有點生之外，大概的步驟卻半點沒忘。

楊妧很是高興，可惜所剩柳條不多，不夠再編筐或者籃子，索性編了只小小的花環，用紅綢帶繫個蝴蝶結作為裝飾，給楊嬋戴在頭上。原本乖巧可愛的小姑娘頓時多了幾分山野的俏皮。

楊妧左右打量一番，抿去楊嬋腮邊碎髮，笑道：「小嬋變成村裡野丫頭了。」

門外突然傳來沈重且凌亂的腳步聲，伴隨著男子渾厚的聲音。「多謝嚴管事周全，下雨天一時找不到別的客棧，幾兩散碎銀子，請嚴管事喝杯水酒。」

嚴管事笑道：「區區小事何足掛齒，二爺且忙著，我尚有些小事急等去辦，先失陪。」

又是先前的男人。「嚴管事且去忙，回京後，我自當去國公府道謝。」接著揚聲喚小二。「送壺熱水，端個火盆，再釃釃地煮碗薑茶。」
另有人笑道：「喝什麼水，莫若要壺好酒配幾道小菜，既賞景又袪寒。」
其餘人低笑著附和。
顯然是被大雨所困而臨時投宿的客人，因為沒有空房，所以商議了嚴管事騰出兩間。
楊妧放下心，攬著縮在自己身邊的楊嬋，輕聲道：「不怕，姊在呢……妳看，門上了閂，別人進不來。」
她們房間在最裡頭，對門是趙氏跟楊姮，隔壁兩間是國公府的丫鬟和婆子，再過去則是護院跟小廝。如果有外人走動，小廝們會率先得知。
雨下了將近兩個時辰才停。
夕陽自雲層後面探出頭，地上大大小小的水窪被陽光照著，發出細碎晶瑩的光芒，客棧門口的柳樹被雨水沖刷過，枝葉格外青翠。
楊妧興致勃勃地牽起楊嬋的手。「下樓透透氣，順便再折些柳條，姊編兩個更好的籃子給妳。」
姊妹倆帶著春笑走出客棧，溫軟的春風裹挾著清新的泥土氣息撲面而來，沁人心脾。
楊妧深吸口氣。
一位小男孩踩著泥水跑過來，規規矩矩地作個揖。「姊姊。」又喚楊嬋。「妹妹。」黑亮的眼眸盯住楊嬋手裡的籃子，豔羨地問：「妹妹，我能看看妳的籃子嗎？」

楊嬋下意識地往楊妧身後躲。

小男孩忙不迭解釋。「妹妹別怕，我只看一眼，不會弄壞的……我的彈弓可以給妳玩。」

他約莫六、七歲，穿寶藍色織錦緞長衫，頸間戴只五彩瓔珞，看穿著與舉止應該家境頗豐，受過很好的教養。

楊妧不想勉強楊嬋，遂笑道：「我妹妹有點害羞，待會兒我折柳枝另外給你編一個籃子可好？」

「三少爺。」一個穿秋香色繭綢襖子的婦人小跑著過來，先匆匆打量小男孩兩眼，隨即躬身向楊妧行禮。「實在對不起，我家少爺腿腳太快，轉眼工夫瞧不見人，衝撞了小姐。」

婦人大約二十五、六歲，面相忠厚老實，應該是小男孩的奶娘。

楊妧微笑道：「沒有衝撞，府上少爺甚是有禮。」

小男孩一本正經地補充。「我只想看看那只柳條籃子，很好看……妹妹也好看，比明珠妹妹和寶珠妹妹都漂亮。」

「少爺。」婦人忙阻止小男孩，紅著臉給楊妧解釋。「明珠跟寶珠是我家表姑娘，少爺並無唐突之意。」

楊妧忍俊不禁。「沒事，童言無忌。我應允了府上少爺給他編籃子，正要去折柳條。」

本想帶小男孩一同，以便讓楊嬋有個年紀相若的夥伴一起玩，抬眼瞧見柳樹下積了好大一汪水，便改了主意，彎腰叮囑楊嬋。「妳跟小哥哥在這裡等，姊折了柳枝就回來……好好照看六姑娘。」後一句話卻是對春笑說的。

春笑恭聲答應。

從客棧門口到柳樹只十餘步，楊嬋又是個不會惹事的，楊妧步履輕快地走到樹下，小心翼翼地踩著水窪裡的石塊，踮起腳尖尋找合適的柳枝。

剛折了七、八枝，只聽有人呼喊。「問妳話呢，聽見沒有？給小爺玩玩……妳是聾子還是啞巴，會不會說話？」

楊妧身子一抖，差點踩到水裡，忙回頭去看。

客棧門口不知何時又多了個孩童，正朝楊嬋吆三喝四。楊嬋小臉煞白，一副受了驚嚇的樣子。

適才穿寶藍色長衫的小男孩張臂擋在楊嬋面前，仰著臉道：「你不懂禮節，妹妹不想給你玩。」

「小爺想要的東西，你攔得住？」孩童比小男孩高許多，伸手將他扒拉到一邊，奪過楊嬋手裡的籃子，看兩眼。「誰編的這破玩意兒，難看死了！」扔在地上，毽子上的羽毛沾了泥水。

楊嬋癟著嘴，眼淚簌簌地滾落下來。

孩童不耐地說：「哭什麼哭，小爺問妳話呢，誰編的籃子……妳真是個啞巴？」

楊妧看得火冒三丈，抓著柳條氣勢洶洶地過去，一把將孩童推開，喝問道：「你幹什麼？」

孩童趔趄一下，很快穩住下盤，作勢朝楊妧身上撲。「敢推小爺，看小爺怎麼教訓妳?!」

他穿米白色箭袖團花長袍，袍邊繫一塊羊脂玉珮，生得膚色黝黑濃眉大眼。不過十歲左右的年紀，身量卻不矮，只比楊妧矮兩寸，體格卻比楊妧健壯得多。

楊妧毫無懼色，將柳條擰在一起，高高舉起。「想動手是吧？信不信你敢動手我就抽你？」

她身材纖弱，氣勢卻足，烏漆漆的眼眸像結了冰的寒潭，冷冷地盯著孩童。

「妳敢?!」孩童跳腳。

可他畢竟年紀小，先自生了怯意，沒敢往前撲，指著楊嬋嚷道：「我問她話，她不回答，她是啞巴！小啞巴！」

楊妧回罵。「你是黑炭，大黑炭！你怎麼那麼黑，氣死猛張飛不讓黑李逵，你是從煤堆裡挖出來，從炭灰裡撿起來的吧？」

孩童敵不過楊妧的伶牙俐齒，嘴張了張，大哭起來。

「哎呀呀，怎麼回事，誰敢欺負我們周大爺？」身後傳來男子的聲音。

楊妧側眸望去。

來人大約十七、八歲，穿青蓮色團花直裰，腰間別一把象牙骨摺扇，身材高眺面如冠玉，生一雙桃花眼，眸光閃動間帶著令人無法忽視的輕佻與流氣。

這個人，楊妧認識，正是被楚昕戳瞎左眼的忠勤伯幼子——顧常寶。

第十三章

顧常寶眼瞎之後，脾氣大變，尋花問柳的本性卻不改，不但天天流連於秦樓楚館，就連良家婦人也不放過。彈劾忠勤伯教子無方的奏摺雪片般飛向御書房，元煦帝自覺愧對忠勤伯，一概留中不發。

顧常寶行事越發乖張，毫無顧忌，京都稍有姿色的姑娘婦人都躲著他走。

二皇子周景平繼位後，因顧常寶民怨太過，先判其宮刑，後將之絞殺，而現在，顯然還沒有發生杏花樓的事情。

可楊妧想到以前顧常寶的種種惡行，仍是心存懼意，不覺後退兩步。

孩童有了倚仗，指著楊妧嚷道：「是她欺負我，她推我，還罵我黑炭。」

楊妧昂著下巴輕蔑道：「我因何推你，因何罵你，你敢從頭說給大家聽聽？身為男兒，當有鴻鵠之志保家衛國，你卻只會欺壓弱小，敘事也是斷章取義，只說對自己有利的一面，你還算個男人嗎？空長一身膘，打不過就哇哇哭，丟死人了！」

孩童黑臉漲得紫紅，想哭又拉不下臉面，氣呼呼地嚷道：「我讓伯祖父誅你全家！」

楊妧譏笑。「真有本事，動輒把爹娘祖父掛在嘴邊，趕緊回家躲你娘懷裡哭去吧！在外面哭除了讓你丟人現眼，還有什麼用，能當刀使，把別人哭下一層皮？」

「喲呵，好一副伶牙俐齒。」顧常寶看向楊婉，唇角噙一抹玩味的笑。「妳是哪家的姑娘？」

楊婉板起臉。「我是誰家姑娘不重要，重要的是要分個是非曲直。這位小爺是不是該跟我妹妹和……弟弟賠個不是？」

「我不，我去找二舅舅！」那孩童嚷一聲，撒腿往樓上跑。

顧常寶抽出摺扇甩開，故作瀟灑地搧兩下。「小姑娘，妳攤上事了，妳可知道適才那位小爺是誰？」

楊婉方要開口，含光不知何時走過來，低聲道：「這裡交給我，四姑娘有事自去忙。」

適才的小男孩已把柳條籃子和羽毛毽子撿了起來，正笨拙地安慰楊嬋。「妹妹拿著吧，我把泥土擦掉了……我的彈弓不髒，妳想不想玩？」

奶娘不安地站在旁邊，好幾次想拉小男孩，都被他甩開了。

楊婉抿嘴笑笑，把柳條遞給春笑，一手牽著楊嬋一手牽著小男孩。「走，姊給你們編更好的。」

客棧一樓的暢廳有供客人歇腳的桌椅，楊婉讓兩個小孩坐下，自己坐在他們對面，把柳條上的殘葉去掉，十指如飛，迅速地編起來。

柔嫩的柳條像是有了生命，在她纖細的指間穿梭舞動，沒多大會兒一只精巧的籃子編成了。

楊妧遞給小男孩。「送給你。」

「謝謝姊姊。」小男孩拱手作揖。「姊姊真厲害！」

楊妧微笑，話裡有話地說：「咱們不惹事，可也不怕事，只要站得直行得正，走到哪裡都不用怕，天下總是講道理的。」

小男孩重重點頭。「我娘也這麼說。」

「少爺，」奶娘終於找機會開了口。「出來太久，奶奶該惦記著了。」

小男孩猶猶豫豫地捨不得走，楊妧輕聲道：「回去吧，別讓你娘擔心。」

小男孩看兩眼楊嬋，把手裡一直攥著的彈弓放到桌子上。「送給妹妹玩。」一步一回頭地跟著奶娘上了樓。

彈弓的弓弦用牛筋製成，手柄的木頭被磨得光滑油亮，可以想見小男孩定然非常喜歡，時常擺弄。他卻把心愛之物給了楊嬋。

小小年紀既懂事又知禮，不知是哪家孩子，如果以後能見面就好了，楊嬋可以多個玩伴。

只是楊家人暫居鎮國公府，不方便隨意走動，更不好擅自將別人請到家裡來。

相較之下，那個年紀大的孩童卻被驕縱得近乎跋扈，可他袍邊的玉珮是上好的岫山玉，頭上束髮的是羊脂玉簪，又是跟顧常寶在一起，顯而易見，是勛貴家中的少爺。

原本孩子們之間的爭執，楊妧並不想干涉，最多勸解幾句，這次卻有意摻和其中往大裡鬧。

楊嬋是她的逆鱗，不允許任何人碰觸。

不管哪家府邸，都少不了奉高踩低的人，楊嬋不會說話，被人輕視或者怠慢了也沒法訴苦。正好有這機會，內院的兩位嬤嬤和外院的管事小廝都在，楊妧要擺明自己的態度，若有人欺負楊嬋，不管對方是什麼人，她一定不會坐視不管。

再一方面，也想試探楚家的底線。日後到京裡各家走動，興許會與別人家的夫人小姐發生摩擦，楚家能不能容忍？又能容忍到什麼程度？

楊妧默默思量著，手下動作不停，把另外一只籃子也編成了，而且比先前在房間編的那個更精巧些。

楊妧塞到楊嬋手裡，柔聲道：「這個好看吧？小嬋記住了，要再有這種事情，小嬋要大聲說不，不給或者不讓看，好不好？」

楊嬋抬眸，眼裡一片茫然。

這時，含光走來。「四姑娘，忠勤伯府上二爺求見。」

楊妧順著他的目光望去，不遠處站了三、四位男子。正中的那位將近而立之年，面相謙和溫厚，他便是忠勤伯的次子，名叫顧常豐，也是忠勤伯家中難得沒有被稻糠雜草塞滿腦子的人。

楊妧應聲。「好。」

含光朝那邊點點頭。

顧常豐手裡緊緊拉著那位齜牙咧嘴、明顯滿臉不情願的孩童過來，開口招呼。「楊姑娘，我家外甥不懂事，適才多有冒犯。」

楊妧欠身福了福，沒作聲。

顧常豐將孩童拽到身前。「給楊姑娘賠禮！」

孩童翻著白眼，雙手合在胸前，胡亂揖了揖。

楊妧輕「呵」一聲。「這般沒有誠意，還是算了吧……我想提醒二爺一句，這世間總有些人你們顧家得罪不起，也總有些事情你們顧家罩不住。」

顧常豐聞言，著意地打量一下面前的少女。

楊妧穿件淡綠色素面繭綢褙子，月白色挑線裙子，耳垂上綴一對蓮子米大小的珍珠耳釘，青絲梳成簡單的纂兒，髮間插一支小小的珠釵。衣著很素淨，人也是，臉上脂粉未施稚氣猶存，目光卻明亮，有著與年齡不符的沈靜。

顧常豐輕輕頷首。「謝姑娘提醒，回去後我會多加管教。」

楊妧不置可否地笑笑。

剛才顧常豐一聲「外甥」提醒了她。忠勤伯的長女顧月娥嫁給了榮郡王次子，這個孩童是顧月娥的長子周延江。

楊妧沒見過周延江，卻多次聽到他的大名，也是個囂張跋扈的主兒。

有年不知道得罪了哪路神仙，被人套麻袋打得鼻青臉腫，兩隻胳膊也打斷了。雖然太醫接好骨頭，日常生活不妨礙，卻再不能動刀動槍。

宗室子弟吃了暗虧，整個皇家都跟著沒臉面，元煦帝責令順天府和五城兵馬司查案。汪源明剛好在五城兵馬司當差，被上司喝斥著到處奔走，足足忙了小半年，瘦了好幾斤。所以不等抓到凶手，他便棄了差事，在家裡胡吃海塞把掉了的肉雙倍補了回來。

卻原來周延江尚不滿十歲，就已經驕橫無禮了，這樣發展下去，絕對會重蹈前世覆轍。

楊妧瞧著他的背影搖搖頭。

含光道：「那位小爺是輔國將軍周景光的長子，如今宗室子弟凋零，幾位小爺都很受皇上喜愛。」

先帝當政時曾經有過宮變，榮郡王和安郡王因為年紀小，是碩果僅存的兩位宗室成員。榮郡王生育三子兩女，安郡王有兩子兩女，再下一代也不過五、六位男丁，元煦帝重視也是人之常情。

楊妧輕聲問：「國公府跟忠勤伯府關係很好嗎？」

含光遲疑著回答。「國公夫人不太喜歡出門應酬……顧家的爺們多愛絲竹綸音，世子爺閒著沒事喜歡往西山跑馬。」

張夫人既不應酬，而楚昕跟顧家人志趣不同，言外之意，鎮國公府跟忠勤伯府並無交情。

楊妧莞爾。「多謝告知……適才穿藍衫的小公子，也住在二樓，不知是哪家少爺？」

這次含光答得乾脆。「是金陵范家。范家想把絲綢送進宮，次子范真玉去歲便進京尋門路。他在四條胡同有座宅子，打算長住，這次是妻兒家眷前來團聚。」

楊妧恍然，笑道：「范家樹大招風，可皇商恐怕不是那麼容易當吧？」

「范真玉還在找路子。」

楊妧又笑。「即便不成，至少范家的布料不愁賣。」

含光真的詫異了。他沒想到楊妧聽得懂。年紀輕輕的小姑娘，養在深閨裡，家中又無產業，竟然一說便明白。

商人有錢但地位低，經常被地方官府欺壓，可要沾個「皇」字，立刻不一樣了，地方官不但不能壓榨，反而要敬著護著。畢竟給宮裡貴人供貨，若是耽擱了，誰能負得起責任？

另外，貨品的銷路也不用發愁，雖然市面上流通的跟供應宮裡的是不同花色不同面料，但貴人們都用他家的貨，那肯定是好唄。

范家敢謀皇商的職位，布疋質量必然沒得挑，所以不管成不成，口碑應該會起來。

楊妧輕輕揉著手裡的柳葉，啟唇微笑。

想必沒幾天又能見到范家三少爺了。

第十四章

路上泥濘，馬車跑不快，隔天晚上便歇在大興。

楊妧坐了一整天馬車，累得腰酸背疼，回客棧換過衣服，牽了楊嬋的手在門口溜達著活動腿腳。

好巧不巧，竟然又遇到了周延江。

他換了身淺藍色直裰，手裡捧一只竹篾編的籃子，得意洋洋地湊過來炫耀。「看小爺的籃子，比你的強多了。」

周延江塊頭大，其實還是個孩子，楊妧不跟他一般見識，笑問：「你從哪裡得來的？」

「三舅舅讓人買的，還買了筆筒，匣子好幾樣……我的籃子有蓋，妳會編嗎？」

楊妧掃了兩眼，竹籃確實很精巧，遂搖頭。「不會。」

周延江鼻孔朝天，輕蔑地撇下嘴。「我猜也是。而且妳根本打不過小爺，瘦得跟豆芽菜似的，小爺的力氣比妳大多了。但小爺是男人，懶得跟妳們女人一般見識。」

能講出這番話，肯定是昨天顧常豐教導的功勞。只是，說女孩子像根豆芽菜好嗎？

楊妧斜睨著他。「那昨天是誰嚇得哇哇哭？」

「不是我！」周延江跳腳。「我沒哭，軟腳蝦才哭呢！」

倒是知道愛惜臉面。楊妧不再揭他的傷疤，笑道：「其實我頂討厭動輒打架的人，君子動口不動手，幾句話就能解決問題，不講道理的人才會隨便動手。」

周延江氣急敗壞地喊：「我什麼時候不講道理了？」

「你急什麼，我又沒說你不講理……你這件衫子挺好看，顯得臉不那麼黑。」

周延江再度跳腳。「我不黑！我哪兒黑了？」

楊妧無語撫額。她真心覺得這件淺藍色衫子比昨天的米白色更好看。

這位小爺脾氣真是急，爆竹似的點火就著，腦子也憨，難怪前世得罪人也不自知。

楊妧輕咳聲，放緩語氣道：「剛才我並沒有指責你的意思，你急著跳腳，豈不是默認自己不講道理？即便我真的說你，你也不必急赤白臉的，就當作是說別人，反正沒有指名道姓，跟你完全不相干。還有，男孩子重要的是人品是才幹，文能提筆安天下，武能上馬定乾坤，膚色黑還是白有什麼相干？又不是小姑娘家。」

周延江眨巴著眼睛「哼」一聲。「小爺不想理妳。」撒丫子往客棧裡跑，身後兩個隨從緊緊地跟了上去。

楊妧啞然失笑，牽起楊嬋的手也慢慢走進客棧。

趙氏和楊姮站在樓梯旁。

楊姮換了件海棠紅繡山茶間夾梔子花的杭綢褙子，竹青色繡嫩黃忍冬花湘裙，頭髮也重新梳過，綰成精巧的雙螺髻，插一對亮閃閃的鑲芙蓉石金簪。這件褙子是錦繡閣做的，因為繡了兩種不同的花，工錢比其他衣服多了三百文。

都快天黑了，為何穿這麼隆重？

楊妧不解，只聽到趙氏明顯帶著怒氣的聲音。「阿妧，我有話跟妳說。」

楊妧跟在趙氏身後走進房間。

夕陽的餘暉在窗櫺間灑下一絲朦朧的光影，屋裡尚未掌燈，暗沈沈的。

楊妧白淨的面孔卻好似上了釉的甜白瓷光潔瑩潤，一雙黑眸更是熠熠生輝，使得屋子也好像明亮了幾分。

趙氏心塞得難受。

她不是說坐馬車頭暈嗎，哪裡來這麼大精神？昨天雨剛停就跑出去亂竄，還差點跟人打起來。

趙氏站在窗前看得清楚，小黑胖子扔了楊嬋的柳條籃子，楊妧舉起柳條想抽黑胖子。身為長輩，按理她應該去看看情況，可她不想管。

趙氏對三房的關氏母女深惡痛絕，死皮賴臉地跟到青州府不算，又跟到濟南府，還要跟著來京都，牛皮糖似的，黏上了就甩不掉。

如果沒有楊妧，她拿私房銀子多添置幾樣光鮮的首飾，帶著親生的兩個女兒進京，該是何等風光！

一路走過來，楊妧仗著那張狐媚子臉，處處拔尖搶風頭，正好借此機會讓楚家兩位嬤嬤和嚴管事看看，楊妧固然長得好相貌，卻是個愛招惹是非的，遠不如楊姮本分懂事。

誰知晚飯時，桌上多了兩罈秋露白，嚴管事說是庚號房的客人所贈，還給加了四道菜，以作賠禮。

莊嬤嬤笑盈盈地解釋，庚號房住的是忠勤伯府的少爺，跟楚家人原本就認識，沒想到住在同一家客棧，真是巧。

楊姮驚得筷子差點脫了手，趙氏也後悔不迭。她見過最大的官就是濟南府知府，正四品，還從沒見過勛貴長什麼樣子，更遑論宗室子弟。

早知道應該帶楊姮下去露個面，有棗沒棗打一竿子，說不定貴人腦子一抽，能瞧中楊姮。

所以，剛才趙氏瞧見楊妧跟周延江在客棧院子說話，連忙讓楊姮換衣服下樓，卻是撲了個空，不但兩位年長的少爺沒露面，小黑胖子也撒丫子跑了。

趙氏一股火藏不住，騰騰往上躥。「來之前，妳祖母千叮嚀萬囑咐，京都不比別的地方，最是講規矩。妳看看妳，昨天還沒長教訓今兒又顛顛往外躥，讓別人看到會怎麼說，以為咱們楊家姑娘都是這種輕浮刁蠻的性子？以後老老實實待在屋子裡，哪兒也不許去。」劈頭蓋臉就是一通訓斥。

顯然積怨已久，在濟南府有秦氏壓著，趙氏不敢妄為，這會兒沒長輩在，正好把火氣撒在楊妧身上。

楊妧冷笑。「伯母不許我在外面走，那二姊姊下樓是要幹什麼？我只是出去鬆散鬆散筋骨，擔不起輕浮的名頭……別人還不曾說什麼，伯母卻把屎盆子扣在自家晚輩身上。您剛才也說，我跟二姊姊同氣連枝，伯母這般作踐我，二姊姊又能得了好？」說罷屈膝福了福。「伯母若無他事，我先告退。」不等趙氏作聲，已輕快地走了出去。

「妳！」趙氏拍在桌面上，咬著後槽牙對楊姮道：「看看，四丫頭都張狂成什麼樣了？妳可得替娘爭這口氣！」

楊姮低頭看著裙子上摻著金絲線繡成的忍冬花，嚅嚅地問：「怎麼爭氣？」

趙氏恨鐵不成鋼地說：「嫁得比她好，將她一輩子踩在腳底下……反正娘會好好替妳打算，妳只管聽娘的話。」

翌日到達永定門時，剛過辰正，十餘丈高的城牆上，重檐歇山的城門樓傲然挺立，屋頂的琉璃瓦被陽光映著，折射出瑰麗的光彩。檐角用青石雕刻而成的鴟吻威猛凶惡，冷冷地俯視著地面上的紅男綠女。

馬車緩緩行在寬闊的街道上，路旁攤販的招徠叫賣聲、行人的寒暄問候聲不絕於耳。跟濟南府生硬的官話相比，京都官話語調快略嫌含混，帶著輕快的尾音。

楊妧心中百感交集。

這是她生活過十年的地方，記錄著她懵懂如花的情懷、初為人母的喜悅，也記著那些受盡冷落孤單難捱的歲月，更有埋藏在心底無盡的恨意。

她為陸家人做牛做馬日夜操勞，上要侍奉寡居的婆婆，下要照顧年幼的女兒，要服侍陸知海，打點他的三房小妾，還要應付挑剔多事的大姑姊。

陸知海卻半點情分不念，恐怕婆婆也沒有把她放在心上。

婆婆明知她在別院又逢地動，竟然不曾打發人過去看一眼。但凡記掛著她，她也不至於壓在廢墟底下生生餓死……

楊妧憤怒地攥緊了手指。

掌心的刺痛讓她清醒過來，抬眸正對上春笑驚恐的視線。

「姑娘，」春笑臉上的神情像是見了鬼，支支吾吾地說：「您沒事吧……眼睛怎麼發直？」

楊妧淡淡道：「我沒事，剛想事情想迷了。」

深吸口氣平靜了心情，悄悄撩起窗簾往外看了眼。馬車正走在荷花胡同，往北是簪兒胡同，再往北是槐花胡同。

這片地挨著積水潭，寸土寸金，住著很多勛貴世家。

長興侯府在槐花胡同最東頭，不到五十畝，但因子嗣少，屋舍頗為寬敞。所以楊嫿跟堂姊夫進京，想尋個僻靜的地方讀書，楊妧二話不說收拾出一座空著的院子給他們居住。

卻萬萬想不到，楊嫿竟能在她的眼皮子底下跟陸知海滾到一起。

思量間，馬車慢慢停下來。

楊妧戴好帷帽撩開車簾，立刻有穿靛藍小襖豆綠色比甲的丫鬟伸手攙扶。「姑娘一路辛苦了。」

「還好。」楊妧道謝，回身將楊嬋抱下來。

前頭兩個穿戴體面的婆子正滿臉含笑地給趙氏行禮。「……得了信，老夫人和夫人高興得不行，一大早就吩咐我們等著，總算把太太和姑娘們盼來了。」又趕著給楊姮和楊妧等人行禮。

小廝們有條不紊地搬卸箱籠，莊嬤嬤則引領著她們浩浩蕩蕩地往內院走。一路迴廊連著迴廊，拱門對著拱門，更有數不清的亭臺樓閣掩映在翠碧的綠樹中。

楊妧牽著楊嬋的手，不動聲色地打量。

遊廊下掛著典雅的宮燈，庭院裡堆著嶙峋的假山，竹亭邊斜著遒勁的古松，又有藤曼纏繞在翠柏間，不經意地彰顯出百年世家的底蘊。

走了約莫兩刻鐘，來到一座五開間的三進院落，是秦老夫人居住的瑞萱堂。

院子很寬敞，種了棵約莫合抱粗的梧桐樹，樹下擺了只陶瓷水缸，有蓮葉悄悄探出頭，隨風擺動，間或還有水聲響動，想必裡面養了魚。

正房裡並肩走出兩位少女，左邊的穿件玫瑰紅織錦褙子，明眸皓齒神采飛揚；右邊那位穿天水碧的素面杭綢褙子，容長臉柳葉眉，唇邊一粒小小的硃砂痣。

楊妧一陣恍惚。這兩人以前都沒見過。

身穿玫紅色褙子的少女眸中明顯有些不豫，敷衍地福了福。「是楊家太太和姑娘吧，祖母和母親等了好一陣子了，快請進。」

相比之下，那位穿天水碧褙子的姑娘卻笑靨如花，熱絡得多。「一早兒聽到喜鵲叫，姑母說貴客上門，果然應了這話……見過表嬸和姊姊妹妹。」屈膝端端正正行了個福禮。

莊嬤嬤笑著介紹。「個頭高的是夫人娘家二姑娘，稍矮點的是咱們府裡大姑娘。」

穿玫紅色褙子的是楚映。楊妧又打量她一眼，確信前世真的不曾見過她。

說話間，已經有丫鬟撩起門簾，聲音清脆地通傳。「楊家太太和姑娘們來了。」

楊妧斂眉，跟在趙氏身後緊走兩步進了廳堂。

黑檀木太師桌上首坐著位身穿孔雀藍鳳眼團花褙子的老夫人，相貌跟秦氏有三分像，卻明顯要年輕得多；頭髮烏黑，整整齊齊地綰了個圓髻，耳垂上綴著蓮子米大小的祖母綠耳墜，腕間籠著綠油油的碧玉手鐲，下巴微微揚起，帶一絲傲慢。

這便是秦氏的堂妹，鎮國公府老夫人秦蓉。

第十五章

秦老夫人下首坐著位三十五、六歲的婦人，穿玫瑰紅百蝶穿花褙子，梳墮馬髻，髮間插對赤金鳳釵，鳳口銜著粒龍眼大的紅寶石，打扮雍容華貴，只是面色蒼白，被鳳釵襯得更顯憔悴。

是楊妧以前在花會見過好幾次，卻從未有過交談的張夫人。前世張夫人便有些不足之症，這世好像還是孱弱。

「姨母……」趙氏喚一聲，聲音突然哽咽起來。「收到姨母的信，母親大哭了好幾場，一再囑咐給姨母磕頭。」左右張望著，作勢要往地下跪。

秦老夫人忙攔阻。「使不得。」話音剛落，張夫人已欠身扶住趙氏，將她讓到左邊椅子上。「表嫂快請坐，一家人不用講究那麼多虛禮。」

趙氏坐定，掏帕子摁摁眼角。「這些年母親也時時記掛著姨母，唸著姨母愛吃酥皮點心，喜歡鮮亮的顏色，還說姨母寫一手簪花小楷，讓姑娘們都跟著學學……妳們快給姨祖母請安。」

楊姮毫不猶豫地跪下去，楊妧也拉著楊嬋跪在地上，規規矩矩地磕了頭。

不等秦老夫人吩咐，丫鬟們已識趣地攙扶起三人，帶到老夫人面前。

楚映臉上閃過一絲譏刺，轉瞬即逝。

秦老夫人讚道：「堂姊會教養，孩子們個頂個地漂亮水靈。」先拉起楊妡的手。「看著就是個知書識禮的好姑娘。多大了，平常喜歡做些什麼？」

楊妡恭敬地回答。「十三歲多五個月，平日裡大都是針線，讀讀女四書。」

秦老夫人又看向楊妧。

楊妧敏銳地察覺到，秦老夫人的眼神驟然變得銳利，直直地盯著她，讓人無所遁形。不過數息，秦老夫人已經恢復成先前的慈愛，微笑道：「生得真齊整，花骨朵似的。」隨後去拉楊嬋。

楊嬋警戒地往後躲了躲。楊妧賠笑解釋。「回姨祖母，妹妹見人少，怕生。」

秦老夫人倒不勉強，仔細打量楊嬋幾眼，笑道：「這孩子長得一雙好眼，是個有福氣的。」

趙氏無意識地撇下嘴，心裡腹誹，連話都不會說，就是個啞巴，能有什麼福氣？

有穿茜紅色比甲掐墨綠牙邊的丫鬟端著海棠木托盤走上前，托盤上蒙了塊織錦緞面。

秦老夫人道：「幾個小物件，給妳們姊妹戴著玩。」

織錦緞面被揭開，三只手鐲靜靜躺在寶藍色絨布上。羊脂玉手鐲滑膩如牛乳，翡翠手鐲翠碧似松針，瑪瑙手鐲殷紅勝雞冠，都是那麼精巧漂亮。

楊妡心怦怦跳得厲害。

她該選哪一只？瑪瑙好看，但不如翡翠貴重，可這般成色的羊脂玉又實在難得，如果三只都給她就好了。

正猶豫不決，眼角瞥見楊妧落落大方地屈膝道謝。「謝姨祖母賞。」隨意拿起翡翠手鐲交給身後的春笑。

楊姮迅速抓起羊脂玉手鐲，緊緊地握在掌心。

托盤上還剩下瑪瑙手鐲。

秦老夫人掃一眼楊嬋纖細的手腕，笑道：「是我考慮不周，這鐲子留著六丫頭長大了戴。石榴，去把那條鑲百寶的瓔珞拿來。」

石榴便是剛才端著托盤的丫鬟，相貌溫柔可親，她低聲應著，很快捧著只匣子過來。匣子裡細細的一條鏈子，上面鑲著蓮子米大小的綠松石、黃豆粒大小的貓眼石還有蜜蠟、青金石和玳瑁等等……大小不一卻錯落有致，非常漂亮。

楊妧低呼一聲。「這太貴重了，小嬋年紀還小。」

別的先不提，單只那兩粒貓眼石就價值不菲，再加上做工，這條瓔珞怕不是要上百兩銀子？

秦老夫人和藹地道：「只有小孩子戴才好看，像妳們幾個大姑娘戴著就太過花哨了。早兩年，我還打算拆了鑲幾副耳墜子，又可惜這麼好的工藝……妳快給六丫頭戴上。」

長者賜不可辭，再推拒就有些失禮了。楊妧恭敬地接過，小心翼翼地套在楊嬋頸間，笑問：「好不好看？」

楊嬋不說話，兩眼亮晶晶地發著光。

張夫人也讓丫鬟取來了她的見面禮，是三只刻著事事如意、流雲百福等不同圖案的玉珮。

有了適才的經驗，楊妧毫無負擔地收下了。

張夫人又把先前見到的兩位女孩引見給她們。卻原來那位張二姑娘叫做張珮，今年也是十三歲，比楊妧大兩個月，楚映則比楊妧小兩個月，是十二歲。

四人見過，張夫人道：「表嫂和姪女長途奔波，連衣服都不曾換，先回去稍事休息，以後有得是機會契闊。」

秦老夫人笑著點頭。「都怪我，家裡難得這麼熱鬧，說起來就沒完沒了，都忘了她們坐了七天馬車，正是困乏的時候……荔枝和紅棗帶客人去歇著。」指了一個穿淡青色杭綢比甲、杏眼桃腮的丫鬟道：「她叫荔枝，妳們屋裡有什麼短的缺的，儘管打發人跟她要。都是自家人，別忍著自己受委屈。」

趙氏道：「多謝姨母和……弟妹，以後少不了麻煩妳們。」

幾人出了瑞萱堂往西約莫盞茶工夫，眼前出現一面鏡湖，湖邊楊柳婆娑，湖面荷葉田田，湖心有座八角亭以竹橋與岸邊相連。

荔枝不太愛說話，那位穿桃紅杭綢比甲的紅棗卻極善談，指著亭子道：「這叫望荷亭，東面那處紅瓦屋頂的院子是大姑娘的住處，叫清韻閣；旁邊竹林後面是竹香苑，二表姑娘住著。」

楊妧放眼望去，只見藍天白雲下，紅瓦映著綠樹，甚是清雅。

沿著石子甬道往北走不多遠，便見一座兩進三開間的院落，白牆青瓦，牆頭爬幾叢薔薇枝。門前廊檐下掛一塊藍底漆面牌匾，上面寫著三個描金大字「叢桂軒」。

紅棗笑道：「太太的住處到了。」

楊妲奇怪地問：「我跟娘不住一起？」

紅棗指著五丈開外，門前種著梅樹的另一處院落。「二姑娘住疏影樓。原是夫人想著太太在京都恐有舊識，免不了走動往來，二姑娘以後也會結識朋友，兩處住著更為便宜。二姑娘若不喜歡，回頭我稟過夫人——」

「夫人想得很周到，這樣安排就極好。」趙氏笑著打斷紅棗的話，對楊妲道：「客隨主便，不過幾步路，離得又不遠。」

楊妲忙應好。「那我先到娘這裡瞧瞧。」

紅棗陪趙氏走進叢桂軒，荔枝則引著楊妧轉而向南，再往西走過一座石橋，便見五、六株黃櫨，濃綠掩映中，露出青灰色的廊檐和粉白色的圍牆。

沿著青石板路走過去，兩扇黑漆如意門虛虛掩著，廊下掛塊楠木匾額，上面龍飛鳳舞地三個大字。

楊妧仰頭看了看，自嘲地笑笑。「我只認得最後一個字。」

荔枝微笑。「是霜醉居。先前叫靜深居，上上代國公爺曾把這裡當作書房，有次醉酒題了這個牌匾，就改成這個名字。凡是來的客人，十有八九不認得這三個字。」

楊妧再看兩眼，總算分辨出霜醉兩個字的輪廓。

字跡雖潦草，筆鋒卻甚是犀利，起承轉合間氣勢極足。

只停頓這一會兒，門內傳來細細碎碎的腳步聲，有個小丫鬟探出頭，清脆地喚聲「荔枝姊姊」，緊接著給楊妧行禮。「見過四姑娘、六姑娘。」

楊妧微笑著點點頭，邁進門檻，見又有幾個丫鬟匆匆自屋裡迎出來，齊齊行禮。

「個高的是青菱，稍矮點的是青荇。」荔枝指著頭前兩人給介紹，隨即板起臉，冷聲道：「老夫人既然把妳們指派到霜醉居，以後要聽從四姑娘吩咐，若有那種偷懶耍滑，或者欺負姑娘年紀小，不聽使喚的，先打了板子，然後讓妳們娘老子領了家去，咱們國公府不養欺主的奴才。」

眾丫鬟齊聲應道：「婢子不敢。」

荔枝臉色稍緩，淺淺漾出一抹笑，對楊妧道：「瑞萱堂午正時分擺飯，尚有一個時辰，姑娘先歇著，若有短缺不足之物，打發青菱她們跟我說。」

楊妧謝過她，自有小丫鬟送荔枝出門。

青菱恭謹地問：「我已經跟廚房要了熱水，先前嚴管事打發婆子將箱籠送進來，姑娘是要先洗漱還是……」

楊妧思量下。「妳隨我去整理箱籠，春笑和佟嬤嬤伺候六姑娘洗漱。」

青荇使喚著丫鬟們準備洗澡水，青菱則引楊妧走進西次間。

霜醉居是三闊帶兩間耳房的格局，因曾經做過書房，三間正屋均開有窗子，此時窗扇半開，陽光斜照而下，映得滿室燦爛。

楊妧彎唇微笑。這個住處，她很喜歡。

叢桂軒裡，趙氏關緊門戶，也在收拾箱籠。楊姮坐在旁邊滿足地摩挲著腕間的羊脂玉手鐲。

玉質溫潤滑膩，略帶涼意，襯著手臂分外白淨。楊姮越看越歡喜，問道：「娘，您說這鐲子得多少錢？」

趙氏瞥一眼。「之前妳爹給我買過一只，花了四十八兩銀子，成色還不如這個好，我琢磨著至少得六十兩。」

六十兩！楊姮低呼一聲。

來之前秦氏給了她一對鑲著紅寶石的金簪，趙氏估摸差不多值五十兩銀子，這玉鐲竟比那對金簪還貴？

趙氏瞧著楊姮欣喜若狂的表情，嘆道：「要說值錢，還得算六丫頭的項鏈，貓眼石最難得……便宜都讓三房占了，要是阿婉能來該有多好。」

楊姮壓根兒沒聽到趙氏的話。她心裡滾燙火熱，腦子裡想的全是進府來的所聞所見——雕梁畫棟的屋舍，精美雅致的擺件，別具匠心的花園，成群簇擁著的奴僕，都是作夢都想不到的奢華。

要是能過上這種日子，她再無他求。

第十六章

此時的正房院，張夫人微闔著雙眼斜靠在東次間大炕的迎枕上，楚映跟張珮一人捏一把美人錘輕輕給她敲著腿。

張珮朝楚映使個眼色，楚映不滿地咕噥道：「那位二姑娘看見鐲子，眼珠子都快掉出來了。四姑娘還好，可襖子裙子都是前年時興的布料，渾身一股子窮酸氣，土得掉渣。真不知祖母接她們來幹什麼，是嫌家裡太清靜？」

「阿映！」張夫人騰地坐正身子，厲聲止住她。「老夫人重病初癒，難得有娘家親戚登門探望，這種話切莫再說。阿珮也是，妳們跟楊家姑娘處不來沒關係，可面上務必要過得去，不能丟了咱家的體面……左不過她們住個一年半載的也就走了。」

楚映朝張珮擠下眼，又問：「那可難說，要是她們非賴在家裡呢？」

張珮下意識地咬了唇，靜靜等著張夫人的回答。

張夫人將兩人的眉來眼去瞧在眼裡，輕笑聲。「行了，別在那裡打眉眼官司了，妳們那點心思我還不知道？咱們國公府雖說不需要婚姻找助力，可也不是什麼破落門戶都能攀上……過幾日天候暖了，花兒開了，花會正經要辦起來，老夫人身體不好，我這精力也不濟，少不得要妳們兩個張羅，阿珮多幫襯提點著阿映。」

張珮輕聲應道：「我聽姑母的。」

張夫人看著張珮含羞帶怯的神情，無奈地嘆了口氣。

她一直想從娘家姪女裡挑一個娶進門，姑姪兩人齊心協力把這國公府管事大權捏在手裡，但楚昕的親事……著實為難。

一來楚昕性子倔，老早就放話，他的媳婦他要自己選，如果娶得不合心意，他立即出家當和尚。二來，府裡有個老夫人，宮裡有個楚貴妃，頭頂的兩尊大佛都眼巴巴地盯著楚昕的親事，哪一尊都繞不過去，否則早兩年她就把張珮定下了，何至於等到現在。

至於秦老夫人因何把楊家姊妹接到府裡來，她也不知道，可看到楊家姑娘的窮酸氣，她心裡突然就有了底。老夫人眼光再差，也不可能相中這樣的人家，就是楚昕，也萬萬瞧不上楊家人。

楊妧手腳俐落地把箱籠裡的東西都收拾出來，候著楊嬋梳洗罷，給她換好衣裳，又重新兌桶熱水，坐了進去。

楊妧舒服地輕嘆聲，問道：「這麼說，府裡中饋仍是老夫人管，但膳食和針線房要請夫人示下。」

青菱笑答。「頭幾年是這樣，可老夫人病這兩個月，都是夫人管著，以後怎麼個章程沒法說。不過府裡都有舊例，誰管都是按著舊例來。」

這便是世家的好處，凡事有章可循，主持中饋說是繁瑣，可一旦上手就很容易。

楊妧再問：「老夫人幾天請一次平安脈？是哪位大夫來診脈？」

「府醫是隔天診脈，太醫院的林醫正每五天過來一趟。」

林醫正最拿手的是大方脈，亦即五臟六腑的症候，擅長小方脈的則是周太醫。楊妧默默思量著，待會兒去瑞萱堂便提一下楊嬋，能盡快把周太醫請來最好不過。

洗澡這空檔，楊妧已了解了府裡的大致情況。

青菱幫她絞乾頭髮，簡單地綰個纂兒，把丫鬟們都叫進來，逐一介紹給楊妧。

霜醉居共指派有六個丫鬟，青菱和青荇原先是瑞萱堂那邊的三等丫頭，其餘四人則是從各處抽調來的，先前不曾近身伺候過主子。

客居在楚家，用的是楚家下人，楊妧自不好立威讓她們表忠心，便只逐個兒問了名字道了辛苦。

不到一刻鐘，霜醉居的動靜便傳到了秦老夫人耳朵裡。

秦老夫人默默聽著小丫頭稟報。「……箱籠是青菱幫著收拾的，洗浴也是青菱伺候的。四姑娘問了府裡的大概情況，梳洗之後讓青荇伺候筆墨，把老夫人和夫人給的見面禮造了冊。又寫了三封信，一封寄給楊家大老爺，另外兩封裝在一個信皮裡，是寄到濟南府何總兵府上。」

秦老夫人暗自點頭。

倒是個有心的，安定下來之後知道往家裡寫封信，不像疏影樓那位，這一個多時辰要麼盯著鐲子傻笑，要麼關著門窗跟趙氏嘀嘀咕咕，眼皮子真是淺，百八十兩銀子的東西都看在眼裡拔不出來。

秦老夫人眸中閃過絲不加掩飾的輕蔑，低聲問莊嬤嬤。「那府裡當真過得艱難？」

莊嬤嬤笑道：「艱難談不上，畢竟大老爺做著官，比莊戶人家強多了，但著實不算富裕……家裡十幾口人，賃了座帶跨院的二進院子，住得很窄巴。奴僕也少，丫鬟婆子加小廝總共十二、三人……兩位少爺都在鳴鹿書院讀書，每年束脩不菲。大少爺今年要參加秋試，聽說書讀得不錯，很有把握中舉。」

秦老夫人輕輕舒口氣，總算覺得安慰了些。

因為秦芷橫刀奪愛，她心裡一直梗著刺，即便嫁到國公府也不能平復。娘親勸過她好幾次，姻緣天定，各有各的福分，楊信章雖為少年進士，可家裡貧寒，生活未必過得如意。

秦老夫人不相信，畢竟秦芷的嫁妝不算少，因楊信章謀了外放，秦家沒陪嫁莊子店鋪，卻給了一萬兩現銀，滿滿一匣子銀票。

一萬兩，即便在京都，也足夠舒舒服服地過上幾十年。沒想到楊家竟然真的淪落到花用秦芷嫁妝的地步了。

莊嬤嬤雖不是秦老夫人的陪嫁丫頭，但跟著秦老夫人這些年，多少知道她的心結，便說得更加詳細。

「……楊老太爺是在文登任知縣時病故的，尚不到而立之年。當初治病花了不少銀子，老太太拖著三個兒子扶靈回鄉，楊家又無恆產，一大家子全仰仗老太太吃飯……大老爺考中進士那年，老太太拿出兩千兩銀子謀了曹縣縣丞的差事；二老爺頭一次春闈沒中，又考了第二次，老太太同樣出了兩千兩；三老爺只考過童生試就故去了，還沒來得及花錢。單是讀書舉業就花費了四、五千，再加上三門親事……也得虧幾位老爺讀書順當，要是像別人那樣考個三回五回的，早就拖著一屁股債了。」

而秦老夫人年輕時不順當，鎮國公常年戍邊，一年回不了兩趟，家裡又有個十二、三歲的繼女，秦老夫人獨守空房不說，還跟楚鈺為了雞毛蒜皮的小事隔三差五地鬧官司。

直到楚鈺進宮，秦老夫人才清靜下來，安安心心地守著兒子過。再後來，兒子得爵，秦老夫人再沒受過骯髒氣，也沒有因為銀錢的事情傷神過。

如此看來，姊妹兩人真說不上哪個過得更幸福。

可秦老夫人想想秦芷膝下十幾個孫子孫女，而自己只有楚昕和楚映，終有些意難平。

眼看著快到午時，青菱陪楊妧姊妹去瑞萱堂，途中拐進叢桂軒。

趙氏正在為見面禮焦頭爛額。

來之前，趙氏已經準備了土儀，可跟楚家給的手鐲和玉珮卻是沒法比。

楊妧把青菱手裡拿著的包裹交給她。「我抄的經書還有平常做的針線活兒，想孝敬給老夫人和夫人。」

趙氏接過看了看，有兩本《金剛般若波羅蜜經》，用麻線訂在一起，還特地用淡青色的厚高麗紙做了封皮，還有兩條額帕和兩只荷包。

趙氏知道楊妧字寫得好，否則也不會讓何公子看中去抄錄文稿，卻沒想到她女紅也這麼好，針腳細密勻稱不說，翠碧色荷包上一對灰色兔子活靈活現，另一只荷包則繡了隻閉著眼打盹的花狸貓，憨態可掬。

有了這幾樣東西，縱然見面禮不算貴重，可心意卻是十成十的足。

趙氏非常滿意，仍舊用包裹包起來，回頭又狠狠瞪了楊妲兩眼。

她比楊妧大一歲多，可無論寫字還是女紅，跟楊妧都差著一大截，而且傻乎乎地不知道用心思。如果平日裡也備著點針線活計，何至於事到臨頭兩手抓瞎？

一邊想著，趙氏喚了從濟南府跟過來的桃葉提著包裹，幾人簇擁著往瑞萱堂走。

這次沒走湖邊，而是穿過花園。

青菱笑著說：「從這裡比走湖邊更近些，順著這條石子甬道，走到岔路口往右手方向是去瑞萱堂，往左手方向是煙霞閣，先前貴妃娘娘的住處。煙霞閣門前有片芍藥園，種著好幾個品種的芍藥，可漂亮了。」

芍藥素有「花相」之稱，正合楚貴妃的身分。

到了瑞萱堂，趙氏呈上見面禮。

秦老夫人道謝接過，逐樣掃過去，見都是精而不費的東西，暗暗點頭，笑著讓楚映和張珮兩人分了，卻拿起經書，仔細翻看著。

滿篇的簪花小楷漂亮靈秀起合流暢，字體尚且不提，從均勻平整的墨跡來看，顯然抄寫經書時心境極為平和。

秦老夫人問：「字寫得不錯。誰抄的？」

趙氏指著楊妧。「這兩本是四丫頭抄的，二丫頭也抄了兩卷經書，原想著帶來，誰知竟是忘了。」

秦老夫人笑著看向楊妧。「能看得懂？」

先前的元后禮佛，滿京都的夫人太太也跟著信，不管懂不懂，隔三差五會邀著去寺廟聽大師講經。楊妧每年至少去三、五次護國寺，法會也參加過好幾回，更別提抄過的經書了，十幾年加起來足足有幾百部是有的，佛法的精義體會不了，大概意思卻是懂得。只是，她現在這個年齡卻不能說懂。

楊妧紅著臉，期期艾艾地說：「不太懂。我只能讀阿彌陀佛經，聽說金剛經是長壽功德之經，所以才抄給姨祖母。」

《阿彌陀佛經》不到兩千字，對於初次接觸佛理的人更容易，而《金剛般若波羅蜜經》足足有五千多字，經文要義很難理解。

秦老夫人微笑。「好孩子，難得妳有這份心。」轉頭把經書遞給張夫人。「四姑娘這字寫得好，過幾天宴請，讓她幫著寫帖子好了。」

張夫人大驚。

家裡宴請，送給爺們的帖子自有外院的清客相公代寫，要送給女眷的帖子則是內院姑娘們親手寫，可以借機了解家裡的人脈及京都勛貴圈裡錯綜複雜的關係。

老夫人是不是病糊塗了，竟讓初來乍到的楊妧參與這麼重要的事情？

張夫人打著哈哈道：「我原是吩咐了阿映和阿珮，她們想親手給趙家三娘子和秦五娘幾個交好的夥伴寫帖子，這下兩人就有藉口偷懶了。」

楊妧聞言知雅，推辭道：「姨祖母，我從來沒寫過帖子，怕寫錯，耽誤了事。」

秦老夫人瞥著手指無措地絞在一起的張珮，目光轉冷，面色卻越加和煦，笑咪咪地道：「幾位小娘子的請帖給阿妧和阿映寫，其餘的交給四丫頭……請帖有什麼難，都是現成的套話。」

楊妧只好應著。

紅棗進來稟報。「老夫人，夫人，世子爺回來了。」

趙氏侷促地看了眼秦老夫人。「姨母，是不是讓丫頭們迴避一下？」

秦老夫人笑道：「不用，頭一次見面先認認人，都是一家人，用不著迴避。」

說著話，門簾被撩起，有人闊步而入。

楊妧下意識地望過去，不由愣住。

第十七章

那人身材頎長，穿寶藍色遍地錦直裰，腰間掛著荷包香囊等物，精緻的五官若山巒迤邐，黑眸流光溢彩，彷彿蘊著漫天星子，眉梢高高挑起，帶著世家子弟都有的驕矜清貴。

正是鎮國公世子楚昕。

楊妡見過楚昕三次，彼時他已經在金吾衛任職，身材高大穿著護甲，一看就不好惹，又因聲名狼藉，楊妡壓根兒不敢直視。

沒想到尚未弱冠的楚昕竟是這般模樣，漂亮得像個女孩子似的，也難怪會被驕縱。

換做她，也不忍心斥責他。可惜……

楊妡腦海突然浮現出她見到楚昕的最後一面。

殘陽如血，他拖著長劍步履蹣跚地從懷恩伯府出來，身後一串血腳印。西天最後一抹餘暉斜照在他褐色的護甲上，折射出冰冷的光芒，空氣裡氤氳著濃郁的血腥味。

後來才聽說，楚昕持劍屠了懷恩伯府上下一百餘口，連孩童都沒放過。

今生前世，兩道身影漸漸融合在一起，楊妡看向楚昕的目光便多了些悲憫和探究。

楊妡卻是臉熱心跳，緊張得險些喘不過氣。

從沒有人告訴她，鎮國公世子會是這般人物，容貌昳麗、氣度高華、舉止灑脫，像從九天降落凡間的謫仙。

這是她的世子表哥。

秦老夫人溫聲介紹。「昕哥兒，這是你楊家伯母還有三位妹妹。」

楚昕隨意揖了下。「見過楊伯母、妹妹們。」

趙氏目光閃爍，笑容分外親切。「昕哥兒生得真是出色，只是稍嫌瘦了些，是不是平常讀書太過辛苦，平日多補補才是。」

噗哧！楚映捂著嘴笑。「哥哥讀書哪裡辛苦？我們家裡又不需要科考，倒是天天跑馬打獵辛苦。」言語間，譏刺意味甚濃。

勛貴子弟出路有的是，或是世襲或是恩蔭，再或者施點銀子謀個官職，難道還跟那些寒酸人家一樣，非得雪窗螢火不成？

趙氏聽出話裡意思，面色訕訕的。

秦老夫人瞪楚映兩眼，接著趙氏的話回答。「天天燕窩沒斷著，雞湯也是隔天燉一盅，正是竄個子的時候，吃多少也不長肉。」

楊妲捏著帕子，鼓足勇氣細聲細氣地道：「我哥也是，隔三差五喝雞湯，比世子表哥還要瘦。」

楚昕唇邊漾起玩味的笑，目光掠過楊妲和楊嬋，在楊妧臉上停了數息，轉瞬移開。

寒暄過幾句，楚昕告辭回到觀星樓，大長腿斜搭在茶几上，端著茶盅問：「這位楊四就是何文雋的義妹？長相還不錯，可也沒到傾國傾城的地步，離阿昭差遠了。」
阿昭是杏花樓的花魁，長得千嬌百媚，尤其一把細腰，比柳條都軟。
「爺。」含光聲音壓得沈，暗含不滿。
「好了，好了，我不拿阿昭亂跟別人比。」楚昕胡亂揮下手。「何文雋傷勢當真很重？」
含光點頭。「重且凶險，身體殘缺容顏大毀，但風采氣度卻極佳。這幾年何公子閉門謝客，誰都不見，唯獨四姑娘能隨意進出何公子居所……臨行前，何公子身邊的護衛特地找到客棧，說何公子相求，請世子爺照拂四姑娘。」
楚昕晃晃腳尖，鳳眼上翻，盯著承塵上精緻的雕花，漫不經心地說：「何公子相求，我就非得答應嗎？她途中怎麼招惹顧老三和周家小兔崽子，你詳細跟我說來。」
「是周家大少爺無禮。」含光原原本本地講了個清楚明白。「晚上，顧二爺添菜送酒算是賠禮。隔天周大少爺又找四姑娘說話，不知道說了什麼，周少爺氣跑了……四姑娘很愛護六姑娘，看得極緊，否則四姑娘那般聰明的人也不會想要掄著柳條鞭子抽周少爺。」
楚昕眼前浮現出那個匆匆瞥見的身影。
鵝黃色素面褙子，湖綠色織錦紋湘裙，膚如白雪眉若點漆，站在屋子裡，簡單又清麗，就像這初春的天氣，看著讓人心頭格外平靜。
「算了，若她不湊到我跟前討人嫌，看在何文雋的面子上，我勉為其難地罩著她好了。」

此時，瑞萱堂裡，楊妧正提起楊嬋。「……她並不癡傻，幼時也曾哇哇大哭過，這幾年伯父先後請過不少郎中，都說脈象無事……能不能等太醫給姨祖母請脈時，順便幫小嬋看看？」

秦老夫人開口道：「林醫正每隔三、五天就來請平安脈，讓他看看倒是無妨。但他擅長大方脈和千金脈，對於小方脈這科不太拿手……」

太醫很注重名聲，不擅長的科目通常會避開。楊妧心底微沈，抬眸看見秦老夫人別有意味的目光，情知還有下文，便靜靜地等著。

秦老夫人緩緩續道：「可六丫頭生得著實讓人心疼……自己家孫女，林醫正又是常來常往的，到時候我少不得豁上這張老臉讓他聽聽脈，再薦個擅長小兒病症的太醫過來。」

楊妧聽明白了，斂袂跪在地上。「多謝姨祖母周全。來之前祖母再三囑咐過，要把您當成她一樣孝順。」

秦老夫人強調一家人，言外之意是她可以幫忙請太醫，但以後若是有事差遣，楊妧也要責無旁貸。

楊妧進京便是為了楊嬋的病，只要能請到太醫，不管什麼要求，她都會儘量答應。

隔天，楊妧候著林醫正給秦老夫人請完平安脈，滿懷希望地把楊嬋帶了過去。

林醫正已聽秦老夫人提起此事，本就是舉手之勞，又見楊嬋生得冰雪可愛，便毫無芥蒂地執起楊嬋的腕，認真地試了脈。「脈象極好，不浮不沈從容和緩。」又看過舌苔、瞳仁、鼻孔以及耳廓。

心主舌、肝主目，腎主耳，五官各部位分別對應著五臟。五官既無異狀，意味著肺腑都康健。

林醫正搖頭嘆息。「老朽不才，實在是毫無頭緒。」

楊妡大失所望，垂眸看著花朵般嬌嫩乖巧的楊嬋，想起同樣粉雕玉琢般的寧姐兒，一時心酸，眼淚忽地湧出來，順著臉頰往下滑。

女孩子流淚總是能惹人心憐，尤其是這麼漂亮的小姑娘。

林醫正於心不忍，捋了捋鬍子道：「姑娘切莫傷懷，我先將脈象記下，回頭請教下同僚，若有所得，定會及時通報姑娘。」

楊妡忙拭去淚，赧然道：「先生高義，有勞您代為詢問。」

秦老夫人見她淚眼婆娑不似作偽，暗暗嘆了口氣。

她跟秦芷自幼不和，以至於近乎反目，連累兩家人都不和睦。秦芷行事固然太過強勢，她也有隨興妄為之時，如果兩人各讓一步，秦家人也不至於四分五散，咫尺天涯。

秦老夫人再嘆聲，吩咐荔枝伺候楊妡洗臉淨面。

剛梳洗過，二門小丫鬟送來拜帖，說范二奶奶帶了位公子求見楊四姑娘。

楊妧立刻想到在固安緣聚客棧偶遇的藍衫小男孩，簡單地跟秦老夫人說明緣由。「……范家小公子遭受池魚之災，被周家大爺推了個趔趄，還張手護著小嬋，臨走時又把彈弓送給小嬋。」

秦老夫人來了興致。「這份心性難得，叫進來看看。」

約莫盞茶工夫，紅棗陪著位身穿冰藍色繡著大紅月季花褙子的婦人走進來。

婦人正值花信年紀，個子略有些矮，目光卻非常明亮，左耳垂戴著只赤金鑲藍寶的耳墜子，右耳垂上戴只赤金鑲紅寶的耳墜子，襯得白淨的臉頰越發細膩。

她手裡牽著的小男孩則穿錦紅色直裰，腰間束了條玉帶，打扮得非常正式。

小男孩瞧見楊妧，目光驟然一亮，卻恭恭敬敬地跪在地上給秦老夫人磕頭。「小子范宜修見過老封君。」聲音清脆，禮數十足。

紅棗忙將他扶起來。

范宜修顛顛跑到楊妧跟前作揖。「姊姊好。」

秦老夫人喜歡得不行，招手將他喚到面前，從盤子裡拿了塊杏仁酥給他，笑著問道：「幾歲了？喜歡吃什麼點心？開蒙了沒有？」

范宜修落落大方地接過杏仁酥。「回老封君，我五歲零七個月，去年秋天開蒙，只學了《三字經》，爹爹說這幾天會請先生回來教授《千字文》。」

秦老夫人連聲誇讚。「這孩子教得真不錯。」

「是婆婆教得好。」范二奶奶與榮有焉地說：「婆婆是淮陰徐家的旁支，修哥兒從小養在祖母膝下。」

淮陰徐氏一族在江南很有名，曾經出過兩位帝師十幾位進士，如今雖不比從前顯赫，但盛名仍在。徐家的孩子不管男女，七歲之前都是在一起上課，七歲之後，男子去族學上課，姑娘則在內宅另請夫子。

范家竟然能娶到徐家姑娘，也難怪范宜修教養得這麼好。

秦老夫人又問幾句閒話，笑道：「在屋子裡拘得慌，讓紅棗帶你玩。」

楊妧道：「小嬋妹妹在摘花，就在花園裡，出了門往西走不遠。」

范二奶奶跟著叮囑一句。「好生照顧妹妹，別亂跑，也不許淘氣。」目光追隨著范宜修的背影，直到他走出門口，才不捨地移回視線。「這孩子腿腳快著呢，稍不留神就瞧不見人影。前幾日不當心唐突了兩位姑娘，二爺知道後惶恐得不行，剛安頓下來就打發我帶哥兒過來給姑娘賠禮……家裡沒別的能拿出手的東西，織出來的布倒還能見人，老封君和姑娘千萬別嫌棄。」

話說得很客氣而且中聽，范宜修並無唐突之舉，卻特地上門賠禮。

楊妧本已料到，等看到禮單，心裡更是明鏡似的。

禮單上寫著十二疋布，四疋織錦緞、四疋杭綢還有兩疋霞影紗、兩疋玉生煙，都是價錢不菲的好料子。尤其是霞影紗和玉生煙，因為染色不易分外難得，一疋紗的價錢幾乎抵得過一疋妝花緞。

京都的勛貴人家沒有誰會拿著銀子滿街逛綢緞店，都是有相熟的店鋪，隔兩、三個月或者進了新料子，送到府裡讓主子們挑。以前，長興侯府只用「新富隆」送去的布，半年結一次帳。

范真玉到京都將近半年，始終沒找到門路，還跟沒頭蒼蠅似的到處亂闖，這次好不容易搭上鎮國公府，顯然是要給自家布料造勢。

第十八章

楊妧想拉范家一把。待范二奶奶離開，她指著孔雀藍的織錦緞。「這個顏色適合姨祖母，您做件褙子花會的時候穿。」

秦老夫人看著緞面上精緻的紋路，微笑。「我有件差不多顏色的。」

「您說的是那件鳳眼團花紋的？那件顯富貴，這疋是纏枝蓮紋樣，乾淨清雅，可以做件短褙子；袖子也別太長，做成九分袖，正好把鐲子顯擺出來。」

秦老夫人哈哈大笑。「這只玉鐲子哪裡值當顯擺，不過我倒真收著幾樣好東西，回頭找出來給妳們分分。」

「不敢想姨祖母的好東西，能跟著開開眼就好了。」楊妧笑著指了另一疋妃紅色柿蒂紋織錦。「這個紋樣適合表嬸和大伯母，搭配石青色裙子或者薑黃色裙子都好看。映妹妹和珮姊姊氣度清雅，想必喜歡這疋雨過天青和藕荷色杭綢。」

秦老夫人聽著她逐一點評，突然來了興致，吩咐紅棗。「去請夫人、表太太和幾位姑娘。」又告訴莊嬤嬤開庫房。「臘月貴妃娘娘賞的那兩疋妝花緞還有幾疋貢上的杭綢縐紗，都拿出來。」

不大會兒，大炕上便擺滿了各色布料，人也都到齊了，擠擠挨挨地站了滿地。

秦老夫人樂呵呵地說：「范家送來十幾疋布，咱們都沾四丫頭的光，妳們瞧著喜歡哪塊，儘管挑了去。花會那天，打扮得漂漂亮亮的，把別家姑娘都比下去。」伸手扯起炕邊淺灰色的綃紗。「這料子細軟，穿著輕便，給二丫頭和四丫頭各做條裙子。」

張珮輕輕推了推楚映。

那疋綃紗叫玉生煙，是去年才在京都時興起來的布料，看起來不起眼，卻是極輕極細極軟，穿在身上如同仙子般步步生煙，故而得此名。

玉生煙只有三種顏色，一種是淺灰，一種是淡青色，還有種淺到近乎看不出的丁香色。張珮一眼就瞧中了這疋布，做條十八幅的湘裙搭配霞影紗的襖子，站在湖邊吹一管竹笛，幾多飄逸，幾多風雅！

楚映知其意，搶先開口。「這布灰突突的，不如玫瑰紅的杭綢鮮亮，二表姊和四表姊做條玫瑰紅的裙子吧！還有這疋遍地錦的妝花緞，價格不便宜。」

楊妧抬眸，掃一眼站在後面的張珮，輕笑。「那就聽映妹妹的。」

楊姮卻是真的不識貨，只覺得妝花緞確實既昂貴又厚實，比起那疋輕飄飄的紗不知要好幾倍。

如此皆大歡喜，楚映跟張珮如願以償地得了霞影紗和玉生煙，楊妧和楊姮各得兩疋妝花緞和杭綢。

秦老夫人人老成精，早將張珮的小動作瞧在眼底，目光轉冷，面色卻不動，仍是一片慈祥，叮囑張夫人。「告訴針線房，幾位姑娘的衣裳都經點心。」

張夫人連聲答應。「母親放心，我這就吩咐她們，別的事情先都放放，最緊要把二姑娘和四姑娘的幾身衣裳都趕出來，務必做得精細合身。」

楊妧聽著話音不對。

今天是三月十五，花會定在三月二十二，有七天時間，楚家主子少，針線房估計最多七、八人，要做的裙子卻不少；楚映跟張珮各兩身，她跟楊妡各四身，再加上楊嬋一身，怎麼可能做得完？

秦老夫人的意思是先把幾人花會要穿的衣裳準備好，張夫人卻曲解成把所有衣裳都做完，是存心把她和楊妡架在火上烤吧？

衣裳並不急著穿，而她們又不是國公府正經主子，這樣一來豈不把針線房得罪了？

下人們之間的關係也很複雜，彼此不是親戚就是朋友，往後廚房裡送飯的人晚一刻鐘，瑞萱堂打發傳話的耽誤幾息，再或者有人到秦老夫人跟前說幾句風涼話，她們楊家人的處境豈不是要艱難了？

楊妧可以容忍楚映在布料上耍心眼，也無意在花會上出風頭，只要穿戴整齊不失體面就好，而且她的衣裳足夠穿，妝花緞想留給關氏，但不想無視張夫人淺薄的心機。

堂堂一品誥命夫人，竟然暗中使這種絆子，可見其心胸狹窄。

楊妧笑道：「表嬸還是讓針線房緊著張姊姊和映妹妹的衣裳，我跟二姊姊可以拿到外面繡坊做。范二奶奶穿了條馬面裙繡工就極好，說是在她家裡真彩閣做的……順便也逛逛京城，都說天子腳下，滿地鋪的都是黃金。」

「嗤！」楚映鄙夷。「那得多俗氣啊？」

張夫人忍俊不禁，虛點著她的腦門。「妳這傻丫頭，俗不俗氣另說，哪裡有那麼多金子鋪地？」

楚映這才醒悟過來，赧然道：「我只想著滿屋子鋪天蓋地的金子了。」

大家笑成一團。秦老夫人也隨著笑，笑容卻不達眼底。

當初她怎麼就選了張氏這個蠢笨的兒媳婦？俗話說「爹蠢蠢一個，娘蠢蠢一窩」，張氏自己蠢，教導出來的閨女也是愚不可及，三番五次被人推出來當槍使。

也怪她，楚鈺老早說張家全是自私自利、眼高手低的主兒，她因為看不慣楚鈺頤指氣使的姿態，賭氣娶了張氏。

既然已經娶回家，也不能隨意休妻，只得拘著她少往外面犯蠢，也不給她機會敗壞家裡。可楚昕的親事卻由不得張氏，她絕不可能再娶個張家的姑娘進門。

秦老夫人深吸口氣，看向楊妧，滿臉慈愛地說：「去外面逛逛也好，讓莊嬤嬤跟著，多帶幾個護院。雙碾街有個味為先酒樓是咱家的本錢，乾炸響鈴、龍井蝦仁等幾道杭幫菜做得很地道。」回身吩咐紅棗。「叫人備著馬車，明兒辰正出門。」

張夫人面色突變。

她嫁到楚家近二十年，從來不知道味為先是自家產業。而且娘家幾個姪女，張珮也好、張瑤也好，隔三差五會來楚家小住，秦老夫人從來沒這麼熱情過。楊家人到底有什麼好，竟被老夫人看在眼裡？

張夫人滿心都是淒苦。

趙氏也極不高興，從瑞萱堂出來，便板著臉對楊妧道：「妳何必多生枝節，額外花銀子不說，別人還以為咱們家愛生是非不好相處。妳沒看到老夫人和夫人臉色都不好？再說說出去也不體面，還以為國公府不待見咱們。」

事實就是不待見呀！除了秦老夫人別有目的的熱情外，像張夫人、楚昕、楚映甚至表姑娘張珮，都沒有掩飾從心底而發的鄙夷。

楊妧無語。趙氏心思簡單，並不太會揣度人心，她其實很羨慕這種人。

趙氏的父親跟楊信章曾是同僚，相處極好，便約定了兒女親事。楊信章早早故去，家境遠不如從前，趙父卻不曾悔婚，反而準備好嫁妝，依約把趙氏嫁了過來，秦氏因此格外看重她。

趙氏家中只有一兄一弟，她是唯一的女兒，從小被嬌生慣養，不怎麼動心思。嫁到楊家後，有秦氏一力支撐，她當家也極為順當，可能趙氏這輩子最大的煩惱就是如何甩開三房一家吧？

楊妧低聲給趙氏解釋。「這麼多衣裳壓下來，針線房肯定有怨氣，她們不敢編排正經主子，還不敢編排咱們嗎？花會那天，有意無意地讓貴客們聽到，咱們楊家還怎麼在京都立足？大伯父面上何曾有光？」

趙氏並不蠢，稍琢磨便明白，面色變了變，狐疑地看向楊妧。「妳心思這麼重？」

楊妧在濟南府雖沈穩點，卻短不了跟關氏頂嘴，對秦氏的話也多有陽奉陰違，和楊婉一樣都是個不省事的，到了京都，怎麼一下子長了心眼？

楊妧歪頭輕笑。「來之前，祖母千叮嚀萬囑咐，遇事多思量幾分，我這不是聽祖母的話嗎？」

在濟南府，秦氏人老成精，關氏又是她親生的娘親，她總得收著些，以免露出破綻。而今在京都，身旁都是不熟悉的，她便是表現得超乎年齡，也不怕別人多心。

趙氏看向楊姮。「妳也是，以後多長個心眼。」

楊姮面無表情地點點頭。

楊妧乘機提起路上打尖時，餐桌擺著的榆錢餅。「我只是順嘴跟小嬋提了提，楚家人就記在心上，可見下人們訓練有素。伯母如今避諱著楚家下人，只用桃葉桃花，豈不知咱們一舉一動都逃不過下人眼目……咱們所作所為並非見不得人，莫若大大方方地使喚她們。不瞞伯母，青菱和青荇兩個都極能幹，又有眼色，用起來如臂使指，比春笑順手多了。」

趙氏目光複雜地看了楊妧兩眼，長長嘆口氣。

轉過天，楊妧等人在瑞萱堂用過早飯，略微整理下衣著，戴著帷帽往角門去。

門口停著兩輛黑漆平頭馬車，車夫攏著馬鞭悠閒地斜靠在牆邊，另有六個身穿藏青色裋褐，黑色羊皮底短靴，打著綁腿的護院正嘻嘻哈哈說著什麼。

瞧見楊妧等人出來，車夫立刻從車轅上搬下車凳，青菱接在手裡，擺在車門旁邊。

幾乎同時，護院們已經分成兩列，身姿筆直地站在馬車旁邊，果真是訓練有素。

楊妧先將楊嬋抱上去，又扶著青菱的手上了車，莊嬤嬤隨後上來，趙氏與楊姮則在前一輛車上。

車輪轔轔，馬蹄踏在青石板路上，發出節奏分明的噠噠聲。

莊嬤嬤悄悄掀開車簾一角指給楊妧看。「這邊住的都是百年世家，打太宗皇帝那會兒就擠滿了，新興起來的權貴一股腦兒地擠在仁壽坊，范家能在四條胡同置辦宅子也不容易。」

四條胡同位於仁壽坊，而真彩閣便在仁壽坊和照明坊之間的雙碾街上。

雙碾街是京都最繁華的地段之一，短短一條街，兩邊約莫七、八十間店鋪，泰半是綢緞鋪或者裁縫店。街口有座裝飾得雕梁畫棟的店面，匾額上三個金色大字閃閃放光——衣錦坊。

莊嬤嬤道：「是張夫人的嫁妝，先前只有一間，後來旁邊的店鋪開不下去，張夫人把店面買下來兩邊打通，連店面加貨品一共兩千兩銀子。」

「兩千兩？」楊妧訝然地低呼一聲。

第十九章

當初楊家開的小食鋪子在正陽門附近，不到這個一半大就花了兩千兩銀子，而她在國子監門前方家胡同的筆墨鋪子，花了將近六千兩銀子。相較之下，這可太便宜了。

楊妧眨眨眼，忽然明白，輕笑道：「張夫人運氣真好。」

「可不是好？」莊嬤嬤也笑。「咱府裡的布料大都從衣錦坊採買，價錢真正是好。」

說著話，車夫停了馬車，青菱俐落地把帷帽給楊妧戴上，扶著她下了馬車。

面前的店面有兩層樓，門窗的油漆都很新，像是才開業沒多久。開春本就是綢緞鋪的淡季，因為過年時大家都置辦了新衣，沒必要再花錢添置。再者這個季節糧米貴，省點銀子吃飯，真彩閣的門前彷彿更稀落些，幾乎沒人光顧。

一行人信步走進去，立刻有個打扮幹練的婦人笑迎上前。「太太、姑娘裡面請，門口擺的是男客的衣料，裡面才是咱們女眷的料子。」

楊妧道：「我們自己帶了布料，聽范二奶奶說這裡可以裁衣裳。」

「可以，可以。樓上請。」婦人指著轉角的木樓梯，問道：「敢問姑娘府上哪裡？」

「鎮國公府，我姓楊。」

婦人神情更加恭謹了些，對旁邊一個十歲左右的小廝使個眼色，小廝麻利地掀了門簾從後門出去。

真彩閣一樓擺滿了各式布疋，二樓則是量體裁衣之處，偌大的地方被隔成兩半，靠南窗一字擺開十二張繡花架子，五個繡娘正低頭專注地繡花。靠北牆則隔出四個不大的小房間，前三間沒有門，只掛著青布簾子，最盡頭那間則落了鎖。

婦人請她們到小房間就坐，笑問道：「不知太太想做褙子、襖子還是羅裙，我先替太太量下尺寸可好？」說著從牆邊小抽屜拿出張兩寸見方紙片、一支炭筆以及軟尺。

楊妧恍然，原來小房間是量衣之所，隔開來可以避免人多時候尷尬。心思真是細密，也不知誰想出來的法子。

幾人逐個量過尺寸，只聽簾外傳來細碎的腳步聲，接著門簾被掀起，范二奶奶笑著走進來。

許是來得急，她頭髮梳成個簡單的圓髻，只用根玉簪別著；身上是件八成新的墨綠色襖子，裙子是真紫色馬面裙，裙幅極寬，裙襬處用墨綠色絲線繡了一圈水草紋。

墨綠和真紫都是很挑人的顏色，非常顯老相，沒想到范二奶奶穿起來卻很好看，嫵媚中透著爽利，別有風情。

楊妧起身給趙氏引見。「這是我大伯母，娘家姓趙，這是真彩閣東家。范二奶奶，真不好意思，昨兒剛聽說真彩閣的名頭，今兒就上門叨擾。」

范二奶奶連聲道：「不叨擾，有貴客光臨，我還求之不得呢。」朝門外喊了句。「小蕓，沏壺茶來。」

楊妧指著旁邊的布疋。「貴寶號的布，我們瞧了都很喜歡，府裡過些天宴請，想做件衣裳花會上穿。」

范二奶奶聽話聽音，瞬間明白了楊妧的意思，笑意盈盈地說：「四姑娘放心，真彩閣做出來的衣裳，在京都絕對是獨一份……太太、姑娘且寬坐，我即刻便回。」撩簾出去，沒一會兒捧著本冊子進來。

冊子上畫的全是工筆美人，有瘦削的、有豐腴的，她們身上的衣服也各自不同，既有正時興的十二幅湘裙，也有看著頗為奇怪的百褶裙，還有的裙子像百衲衣一般用了好多不同花色的布拼湊在一起，林林總總約莫有幾十種衣裳花樣。

范二奶奶詳細地跟大家商討，穿什麼衣、配什麼裳，連髮型都考慮得無比周全。用了足足一個多時辰，才把諸人的衣裳款式和布料確定下來，又商定五天後過來試衣服，如果有不合身的地方，立時可以修改。

趙氏對范二奶奶的態度非常滿意，荷包便掏得順溜。「我先把工錢結算了。」

「太太可折煞我了。」范二奶奶攔住她。「我跟四姑娘一見如故，算得上是忘年之交，哪能收您的銀子。」

趙氏道：「親兄弟還得明算帳，您這是開門做生意，該收。」

范二奶奶笑道：「這次先算了，如果衣裳做得好，下次您再來，我保準收錢，行不行？」

趙氏半推半就地收起荷包。

范二奶奶送幾人下樓，走到門口，對一個穿櫻草綠裙子的婦人道：「王嫂子，這位是趙太太，以後趙太太來光顧，不管是買布料還是做衣裳，讓出兩分利。」

王嫂子爽快地應一聲，打量趙氏幾眼，記清了模樣。

陽光明媚，和煦的春風迎面吹來，不覺寒涼唯有清爽，味為先酒樓離此並不遠，幾人便不乘車，一路逛著走過去。

莊嬤嬤陪在趙氏身邊，低聲指著路邊店鋪，解說這間是誰家的本錢，那間又是誰家的嫁妝，哪家鋪子尺頭公道，哪家伙計最會服侍人。

楊妧側耳細聽，一一與腦海深處的記憶相印證，有些能合起來，有的則是完全不相干。畢竟都是老天爺安排好的事情，誰能真正看透天機？

就好比前世沒有楊嬋，這一世她卻多了個妹妹；前世她跟楚家形同路人，這一世她竟然住進了鎮國公府。

因提前有人來知會過，味為先酒樓不但上了秦老夫人提過的乾炸響鈴和西湖龍井，還上了東坡肉、八寶豆腐，以及一盆魚羹。

前世的楊妧聽陸知海提起過好幾次味為先，說菜的味道極鮮美，尤其一道宋嫂魚羹，令人難忘。可惜陸知海每天不是約文人墨客吟詩作賦，就是陪紅顏知己調琴作樂，竟是沒騰出工夫帶她來嚐，這世終於得償心願。

魚羹果然鮮美嫩滑，連楊嬋都吃了兩小碗。

飯後，一行人心滿意足地坐車回府跟秦老夫人稟報。

秦老夫人習慣歇晌覺，只略略問過幾句，便打發她們回屋歇息，卻留了莊嬤嬤。

莊嬤嬤坐在炕邊椅子上，搖著團扇細細稟了諸人言行。「……果真聰明而且老道，聽她跟范二奶奶說的那些話，不像沒出閣的姑娘，反倒像是哪家主持中饋的奶奶，比起楊大太太都不遑多讓……范二奶奶也極通透，很會來事，可惜在京裡沒有根基，否則真彩閣早揚名了。」

秦老夫人雙眼微合，靜靜聽著，忽然開口道：「妳說我把四丫頭許給昕哥兒怎麼樣？」

莊嬤嬤手一抖，團扇落在地上。她以為秦老夫人相中楊妧，是想送進宮給楚家留個後手，或者許配到哪家新興的權貴，不承想竟是為了楚昕。

莊嬤嬤彎腰撿起團扇，猶豫著道：「四姑娘的相貌品行，若配個侍郎、知府家的公子綽綽有餘，可大爺……別的且不說，只家世這點，差得太遠了。楊家大老爺如果能升到三品或者四品也還勉強夠得上。」

秦老夫人慢悠悠地說：「滿朝文武中，家世相當的有幾個？昕哥兒還說不得親了？」

萬晉朝具有國公一級爵位的僅四位，楚釗是唯一有職權的，而且是執掌二十萬大軍的實權，宮裡又有個盛寵不衰的楚貴妃。除去宗室之外，鎮國公府算頭一份的顯貴，單論門第，配得上的真不多。
莊嬤嬤思量片刻又道：「四姑娘漂亮歸漂亮，大爺卻是個眼楣高的，能看得上？」
「能看上。」秦老夫人睜開眼，唇角莫名帶出一抹笑。「昕哥兒被縱得滿身毛病，性子又野，不聽管束，得找個能壓服住他的；他又吃軟不吃硬，得順著毛捋，所以將來的媳婦一定不能刁蠻任性，否則家裡還不得天天上演全武行？」
莊嬤嬤點頭。「老夫人說得對，大爺是得找個性子和軟的媳婦。四姑娘脾性確實好，只看她待六姑娘的細心，便是親生娘親也做不到那份……不過事關大爺，無論怎麼慎重也不為過，而且大爺和四姑娘年紀都還小，先慢慢看著再說。」
秦老夫人長長嘆口氣，沒作聲，再度合上眼。
莊嬤嬤看她樣子像是睡著了，扇子搖得越發輕。
過了片刻，正要起身離開，瞧見秦老夫人眼角滾下一滴淚。「……昕哥兒現下有貴妃娘娘護著，可若貴妃薨逝……昕哥兒誰的話都不聽，一心想赴死，要是有個能讓他牽掛的人，也不至於連個囫圇屍首都保不住……」
聲音極低，需得仔細分辨才能聽得清。
莊嬤嬤嚇得心驚肉跳。
貴妃娘娘活得好好的，年前還回來探望過秦老夫人，平白無故地為什麼提起薨逝？
秦老夫人嫁到國公府那年十八歲，楚鈺跟楊妧現在這般大，不滿十三，已經掌了國公府的中饋，兩人因著雞毛蒜皮的小事時有口角，一晃三十多年過去，兩人仍是不太和睦。

可再不和，也不該說出這種不吉利的話。

又提及楚昕。楚昕是秦老夫人心尖尖上的肉，怎可能連個囫圇屍首都保不住？老夫人這是被夢魘住了，還是撞了邪？

身體虛弱容易被邪祟附體，老夫人的病還是沒好索利，抽空得勸著她往護國寺去一趟，請方丈唸幾卷佛經。

一念至此，莊嬤嬤斜眼瞧見旁邊楊妧抄寫的《金剛經》，忙拿過來，無聲地唸著。

第二十章

此時的正房院，張夫人也喚了董嬤嬤說話，卻是滿腔的酸楚與不平。

「老夫人這心真是偏到胳肢窩了！我嫁到楚家二十年，沒有功勞也有苦勞，老夫人死攥著中饋不撒手，不待見我也就罷了，現在……我讓針線房先緊著楊家兩位姑娘的衣裳做，我圖什麼，不就是想讓她們在花會上露個臉，長長面子？楊家人不領情不說，連老夫人都跟著作踐我。今兒人家一家子大張旗鼓地出去裁衣服，讓別人知道還以為我容不下她們，妳說我的臉面往哪兒放？」

家裡分明養著繡娘，卻讓客人巴巴地拿著布料到外面裁，話傳出去確實不好聽。可張夫人作為國公夫人，昨天的做法實在欠妥當。

董嬤嬤長長嘆口氣。如果楚映跟張珮能湊趣說兩句「不用急著全趕出來」或者「要不一起到外面做」，就能把話圓回去，但兩人只顧著嘀嘀咕咕咬耳朵，誰都沒作聲。

可能她們都沒聽出張夫人話裡的意思。

董嬤嬤有心把事情掰碎一一分析給張夫人聽，可見她正在氣頭上，只得壓下，先溫聲安撫著。「老夫人是因為前陣子病得凶險，看見娘家人高興，夫人且忍幾天。」

張夫人在楚映她們面前尚能表現得穩重得體，在董嬤嬤面前卻全不掩飾，攥條帕子摁著並不濕潤的眼窩，不停地抱怨。「她們姓楊又不姓秦，算什麼娘家人？自家酒樓，阿映都不曾去吃過……自己親孫女不管，卻把外人捧上天……就像這次花會，我辛辛苦苦地操持，卻是給她們做嫁衣裳。」

董嬤嬤耐著性子相勸。「府裡足足有兩年沒辦過宴請，上次還是大爺請封世子，就著由頭熱鬧了一次。眨眼間，大姑娘跟表姑娘都大了，正好跟夫人學個眉高眼低。」

這話說得不錯，難得有這個機會，讓楚映她們學著管家理事，屆時張珮跟在她身前身後迎接客人，大家看在眼裡，還不知道什麼意思嗎？動楚昕念頭的人肯定就少了。而張珮要相貌有相貌，要人才有人才，老夫人還會不同意？

張夫人心情好了很多，讓董嬤嬤伺候著洗把臉，喚了楚映和張珮來。

張珮小臉激動得泛出淺淺紅暈，話都說不索利了。「姑母如此看重……我一定盡心盡力不負姑母所託，還請您多多指點。」

「沒什麼難的。」張夫人笑著翻了名冊指給她看。「這次只請十六家，都是相熟人家，小娘子大概有十八、九位，我想好了，把綠筠園和臨波小築撥出來，再加上浮翠閣那一片，妳們小娘子吃喝玩樂的地方足夠了。」

張珮認真地盯著紙上的名字。

定國公林家、清遠侯李家、余閣老家、兵部尚書明家……果真都是經常來往的，有三、五家不太熟悉，也都聽說過名號。

張珮心念一動，笑道：「去年在安郡王家裡賞菊，遇到忠勇伯府上六娘子，她也喜歡摩詰居士的詩，又會釀酒，肯定能和映妹妹合得來，莫如給孫六娘子也下張帖子？」

「好呀！」楚映素來以張珮馬首是瞻，當即應和。「又多個清雅人，咱們可以聯句或者賽詩。二姊姊妳說要不要命題，以什麼為題？綠筠園景致最好的是那片竹，但古往今來的文人把竹都寫盡了，咱們再寫不出千古名句。過幾天芍藥花開，不如咱們挑幾盆開得好的擺到綠筠園，以芍藥為題好了，也不必限什麼韻，用本韻借韻都不為過……」

張珮想事情想得入神，根本沒聽清楚映說了什麼，敷衍著應兩聲，笑道：「綠筠園三間正房是打通的，東邊聯詩作對，西邊準備些筆墨顏料。林家二娘子擅長作畫，肯定要畫幅芍藥圖……再把琴和笛子、洞簫拿出來，會音律的可以在臨波小築彈奏，樂聲沾染水氣，格外溫潤。至於那些什麼都不會的，讓楊家姑娘陪她們在浮翠閣吃點心。」

楚映愛作詩，就帶一幫人在綠筠園作詩好了，她是一定要吹長笛的，而且要在臨波小築旁邊的平臺吹。

楚昕已經打發人整理船隻，十有八九要划船到湖心的望荷亭，屆時，她們的樂聲隔著水面傳過去，幾多清雅！

秦老夫人歇完晌覺，把楊妧喚來寫帖子。

楊妧掃一眼，名冊上的人，她泰半認識，其中並沒有忠勤伯府和榮郡王府，看來楚家跟顧家當真只是點頭之交而已。

十幾張請帖，小半個時辰便寫完了。等著墨乾的時候，張夫人笑盈盈地進來。「適才阿映說她早先應了孫家六娘子作詩，我想加張帖子送到忠勇伯府上？」

請了孫六娘子，沒有不請孫夫人的道理，還有家中的孫五和孫七姑娘。秦老夫人眸光暗了暗，楊妧卻是心頭猛跳。

忠勇伯府的女眷很少出門走動，因為家裡有個孫大爺。

孫夫人接連生下三個女兒之後，好不容易才得來個男丁，孫家上下寵得不行，誰知孫大爺五歲那年發高熱燒壞了腦子，從此行事便不太正常，十五、六歲的人了，動輒像四、五歲小兒般哭鬧。

孫夫人將兒子看成心肝肉，走到哪裡都要帶著，可又怕他驚擾女眷，故而能不外出便不外出，但總會有避不開的人情往來。

孫家四娘子嫁給了東川侯府裡的二爺，跟陸知萍是妯娌。孫夫人往東川侯府去過幾次，陸知萍回娘家時，就當著陸夫人和楊妧面前極其輕蔑地說：「二弟妹心氣高著呢，可惜弟弟不成器，滿院子追著小丫頭跑，孫夫人臉都青了。」

楊妧隔得遠遠地瞧見過孫大爺，他穿青色袍子，模樣很清秀，有兩個婆子寸步不離地跟著他。因為手裡的窩絲糖不當心掉了，他「哇哇」大哭，臉上一把鼻涕一把淚。

這一世不知道孫大爺會不會仍病著，而孫夫人是不是仍舊剛過四十，頭髮便白了大半？

楊妧感慨萬分地把忠勇伯府的帖子寫好了。

秦老夫人拿在手裡瞧兩眼，輕聲道：「孫家也是可憐，大姑娘嫁給安郡王的庶子，二姑娘嫁到沐恩伯府的二房，三姑娘跟清遠侯府的三少爺訂了親，說起來門楣都不算低，可沒一個好……只四姑娘有點福氣。」

楊妧憑直覺猜出，秦老夫人未曾出口的半句話應該是「沒一個有好下場」，心跳驟然停了兩拍。

元煦十九年，皇上重病，大皇子跟三皇子由暗爭改為明鬥，各自拉攏朝臣與權貴，孫家的幾位親家都處在大皇子陣營。

鬧騰了大半年，皇上龍體漸安，開始整頓朝綱，被查封抄家者近百人。

而東川侯府因為外室帶著私生子找上門，家裡幾乎成了一灘爛泥，東川侯家事都理不清，更別提國事了，便沒人找上他，幸運地躲過了這場禍事。

可現在離元煦十九年還早，孫家姑娘看起來嫁得非常不錯，秦老夫人為何說出這樣的話？莫非真如她之前猜測的，老夫人也是重活一世？

楊妧將筆架在筆山上，故作不解地問：「孫家大娘子嫁進宗室，有朝廷養著，吃喝不愁，姨祖母為什麼覺得她不是最有福氣？」

郡王嫡長子可承襲封號，其餘兒子的封號則降一等為鎮國將軍。鎮國將軍歲俸兩千八百石，合兩千多兩銀子，並非小數目。

秦老夫人長嘆。「妳年紀還小，等長到姨祖母這個歲數就明白了，權勢地位都不重要，能夠活著、看著子孫後代也平安活著才最難得。」

這是有感而發吧？當年秦老夫人先是聽聞楚釗戰死，接著楚昕被凌遲，再然後張夫人吞金身亡，兒孫們一個個都死在她前頭。

楊妧吸口氣，嘟起嘴，假作天真地說：「姨祖母肯定能長命百歲，看著表哥娶孫媳婦。」

秦老夫人逐個指頭數算。「昕哥兒今年十六，就算二十歲娶妻生長子，還有四年。長子二十歲娶妻生孫子，這是二十四年；再過二十年娶孫媳婦，還有四十四年。我今年五十三，豈不真要往百歲上數了？」

楊妧道：「可不是，到時候就是五代同堂了。」

「那我可得好好活著。」秦老夫人「哈哈」大笑，笑得眼淚都流出來了。

這時門簾晃動，楚昕闊步而入，樂呵呵地問：「在院子裡就聽到祖母的笑聲，有什麼喜事？」

楊妧連忙挪到炕邊找繡鞋。秦老夫人止住她。「一家人不用那麼講究。」

楊妧堅持著下了炕，對楚昕福一福。「表哥安。」

因見楚昕正堵在門口站著，她不方便避出去，便往牆角縮了縮，低眉順目地站著。

秦老夫人轉向楚昕，臉上笑容未散。「我跟四丫頭籌算你娶孫媳婦的事……看你這滿臉汗，往哪裡玩去了？快給大爺擰條溫水帕子來。」

荔枝看到楚昕一頭汗，早已經把帕子備好了，聽到吩咐立刻遞了進來。

「往豐臺跑了趟。」楚昕接過帕子草草擦兩把臉，下意識地瞥了眼楊妧。

楊妧側頭瞧著矮几上供著的一對青花折枝瑞果紋梅瓶，神情很專注，彷彿要把上面的紋路印在心裡似的。

楚昕哂笑。

他相貌生得好，自小就被人誇讚，這些年面貌漸開，越加受人矚目。姑娘見到他，沒有不臉熱心跳，羞答答嬌滴滴的。更有些大膽的，甚至打聽到他的行蹤，提前在半路等著「偶遇」。

分明剛見面那天，楊妧還目不轉睛地盯著他看，今天卻一副賢淑文靜的樣子，說不定正豎著耳朵暗搓搓地聽他說話呢！

楚昕頓生促狹之意，聲音揚起。「承影說豐臺有個獸醫特別擅長配馬，我從太僕寺借了匹大宛牡馬回來，想給追風配個種。」

追風是楚釗特地託人從西域運回來的牝馬，非常神俊，迄今已經四歲了，正是好時候。

說罷，又看向楊妧。

一個小姑娘，聽到「配種」這種事情，肯定會臉紅。

哪知道楊妧仍是低眉順目地盯著梅瓶看，臉上半絲紅暈都沒有，反倒更加白淨似的。

楊妧卻是聽到了楚昕的話，並沒當回事。牲口養大了，自然要生小的，就好像莊子裡每年都會給豬配種，讓母豬生崽。良駒難尋，如果有上好品種的馬匹，肯定要多繁衍幾個後代。

秦老夫人笑問：「可找到人了？」

「沒有，半路遇到顧家老三……那傢伙簡直蠻不講理，明天我們約了在杏花樓見面……」

杏花樓！楊妧心頭一跳，只見秦老夫人已勃然變色，怒斥一聲。「不許去！」

第二十一章

「為什麼？」楚昕臉色漲得通紅。

祖母向來對他言聽計從，這次卻當著楊家姑娘駁他的面子。楚昕負氣地說：「祖母，這事您別管，我是一定要去的。」

秦老夫人立刻醒悟到自己的反應有些激動，平靜下心緒，溫聲道：「外頭都說顧家老三品行不好，杏花樓也不是什麼好去處……想聽曲兒，叫幾個伶人來家裡唱，你是好孩子，別跟顧老三學，免得帶累自己的名聲。」

楊妧抿抿唇。

論起名聲，楚昕跟顧常寶是半斤八兩，誰也沒有好到哪裡去。可秦老夫人跟天下所有長輩一樣，孩子總是自家的好，即便做錯事，那也是被別人帶壞的。

楚昕分辯。「我沒跟他學，我是要教訓他一頓，誰讓他出言不遜。」

那更不行！秦老夫人巴不得楚昕跟顧常寶離得越遠越好，最好永遠不碰面，再度相勸。「昕哥兒不用搭理他，你大人有大量，犯不著跟他一般見識。」

楚昕很堅持，一定要出了心裡這口惡氣。

他們一行就要到豐臺了，好巧不巧遇到顧家馬車拉了一車花木回京，其中有棵枝繁葉茂的石榴樹，把路擋了大半。

只要顧家馬車稍微往旁邊一讓，楚昕就能過去，但顧常寶說怕蹭壞枝子，非要楚昕貼著路邊站著，等馬車先過。

論起不講理，兩人也是半斤八兩，誰都不讓路，站在路中間對峙。

顧常寶聽說楚昕要配馬，滿臉嘲諷地說：「你都沒開過葷，還惦記著給牲口配，先自己配上吧……哎，你是不是不行啊，還是花魁娘子不樂意伺候童子雞？」

楚昕打心底覺得與其看女人塗脂抹粉捏著嗓子唱曲，遠不如到西郊跑兩趟馬射幾隻野物來得痛快。可他不願在顧常寶面前認輸，梗著脖子嚷。「誰他娘的不行？那些臭娘們見了我恨不能往身上撲，爺懶得搭理她們！」

「喲，你就吹吧！」顧常寶萬花叢中過，因為模樣俊俏，銀子又大方，在青樓楚館裡極受歡迎，平生最得意的就是這點。他斜著眼問：「敢不敢跟老子比一場？明兒杏花樓，你我各擺一桌席，如果阿昭肯到你桌前喝酒，那就你贏，我跪下給你磕頭叫祖宗，否則你得給我磕三個響頭。記住了，午正兩刻，誰不去就是慫包，自動算輸。」

楚昕不可能認慫。要讓楚昕給顧常寶磕頭叫爺爺，比砍了他的頭都嚴重。

他有信心，有次定國公府林四爺在杏花樓擺席面，點了阿昭作陪，阿昭一雙丹鳳眼恨不得黏在他臉上，還扭著細腰直往他身上蹭。楚昕嫌脂粉味嗆人，損了酒香，一把將她推開了。

看著楚昕這般執拗，秦老夫人怒火上來，「啪」一下拍在炕桌上，震得筆墨硯臺作響。

楊妧忍不住提起心向楚昕瞧去。

他穿著玉帶白的直裰，腰間綴著石青色繡玉簪花的荷包和一塊刻著竹報平安紋樣的碧玉珮。縱然生氣，那張臉卻仍舊俊美得令人目眩，眼裡滿是桀驁與憤懣——是十六、七歲的少年獨有的桀驁，生機勃勃。

楊妧忍不住就想到他夕陽下步履蹣跚的情形，一雙眼眸空茫茫的，除了殺氣便是死氣。

當年定國公已召集了幾位朝臣想聯名上書保楚昕性命，但忠勤伯恨死了他，連夜將彈劾楚昕的摺子呈到御書房。

不等朝議，元煦帝便下旨定了他的罪名。

這麼漂亮的少年，楊妧怎忍心讓他再度聲敗名裂，甚至淩遲至死？

她輕輕咳了聲。「姨祖母，表哥說的顧家是不是忠勤伯府上？說起來，我們進京路上還有過一面之緣，不如給顧家送張請帖，正好辛苦表哥帶給顧家三爺？」

秦老夫人正發愁。

楚昕脾氣倔，決定的事情十頭牛都拉不回來。除非用繩子把他捆在家裡，否則他肯定會去杏花樓。捆一天可以，還能把他捆一輩子？

聞聽楊妧的話，秦老夫人腦子轉得飛快。

既然攔不住楚昕，只能順著他的性子。以前楚家跟顧家不相往來，楚昕跟顧常寶彼此不對盤，倘若兩家有了交情，他們應該不至於刀槍相見吧？秦老夫人當即應好。

楚昕不同意。「這不是讓我在顧老三面前認慫嗎？我不送！」

楊妧語調淡淡地說：「表哥不送也罷，那就讓含光送到顧家好了，說表哥給顧三爺賠禮，表哥明兒有事，不能去杏花樓，請他來家裡做客。」

楚昕黑眸瞪得跟銅鈴一般，怒氣沖沖地朝楊妧吼。「我為什麼要給他賠禮？含光是我的小廝，我不可能聽妳吩咐！」

「小廝不成，那只有勞動嚴管事了。」楊妧笑著看向秦老夫人。「不知顧家女眷有幾人，要分開寫還是寫一張？」

秦老夫人沈吟會兒，答道：「顧家兩位姑娘都已出閣了，家裡只顧夫人和兩位奶奶，寫成一張吧。」

兩人一問一答，完全視楚昕為路人。

楚昕嘔得不行，惡狠狠地對楊妧道：「我家裡的事，不容妳指手畫腳！」

楊妧只作未聽見，笑盈盈地喚紅棗進來，當著秦老夫人的面吩咐。「麻煩姊姊告訴外院寫請帖的相公，給忠勤伯府三爺補張帖子，大爺明兒要親自交給顧三爺。另外，交代含光和承影一聲，要他們提醒大爺別忘了……若是忘記也無妨，回頭把請帖送到忠勤伯府裡去。」

這是防著楚昕陽奉陰違，這會兒答應了，明天卻不把請帖拿出來。

「君子一言駟馬難追，我答應的事情幾時反悔了？」楚昕氣得跳腳，甩著袖子闊步離開。

秦老夫人笑得臉上開了花。她就知道，楊妧肯定能降得住自家孫子。她也堅信，楚昕定然會看上楊妧，沒道理前世喜歡而這世突然就不喜歡了。

隔天，楚昕平平安安地從杏花樓回來，而顧家也給了回音，說感謝秦老夫人邀請，屆時定然到。

秦老夫人長舒一口氣，連著唸了好幾聲「阿彌陀佛」。

張夫人則緊鑼密鼓地打發人各處送請帖，連她娘家也送了三張。

是張珮打發貼身伺候的丫鬟綠綺回去送的。張珮再三叮囑，務必把她珍藏的紫竹笛，還有放在妝盒下層的一對銀鈴鐺拿來。

張珮的祖母曾經養過一隻白貓，貓眼藍湛湛的如同寶石，可愛極了。祖母非常喜歡，特地打了對銀質鈴鐺掛在貓脖子上。後來白貓死了，祖母也病故，張珮便把鈴鐺占為己有，隔三差五拿出來玩。

那時候，張珮才七、八歲。這都五、六年過去了，竟然又想起這對鈴鐺。

楚映不解地問：「妳拿那個來幹麼？」

「有用處。」張珮神秘兮兮地俯在楚映耳邊，低聲說了幾句。

楚映低呼一聲，慌亂地說：「這不好吧？萬一傳出去……」

「囑咐下人嘴巴牢點就行了，誰要是多嘴，儘管打了板子發賣出去。只要做得嚴密，怎麼會傳到外面，妳難道不想攆她們走？」

「想啊，」楚映不滿地皺起眉頭。「我看到她們一家就煩，偏生祖母把她們當香餑餑捧著，一會兒要我跟著學寫字，又要我學針線。寫字我願意練，可女紅要那麼好幹什麼，家裡又不是沒有繡娘。」

「那不就是了？我肯定幫妳悄沒聲地把她們攆走。」張珮溫柔地笑著，心裡卻暗暗地想，她非把事情鬧大不可，最好人盡皆知，讓她們再沒臉留在京都。

楊四還算識點相，看見表哥總是規規矩矩的；楊二就太可惡了，每次都盯著看半天。

再兩天，趙氏帶楊妧她們依約去真彩閣取衣服。

繡娘們用了十二分的工夫把幾件衣裳做得美輪美奐，尤其楊妲的杏子紅小襖，腰身收得緊，襖子剛至臀線，湖水綠的裙子極長，裙幅也寬，上面沒有繡花，只用做小襖裁下來的綢布做成數十朵桃花，一朵朵綴在裙襬上，行走時如同漫步花間，有種翩然仙氣。

楊妲興奮得臉都紅了，趙氏更是笑得合不攏嘴。原本楊妲只有七分的美，被衣裳打扮著，十足十成了大美人。

相比之下，楊妧的衣裳則有些中規中矩。褙子是玫紅色的妝花緞，做成了稍微寬鬆的款式，因妝花緞本就豔麗，裙子則用了石青色來壓一壓，同樣沒繡花，卻在裙襬中間接了一圈兩寸多寬的妝花緞，沈悶的石青色頓時鮮亮起來。

趁繡娘包衣服的時候，那個姓王的管事捧出一只托盤，上面擺了七、八個香囊和一條額帕。「都是貴重料子不敢糟蹋，倉促之間趕出來的，姑娘若不嫌棄就拿去玩。」

香囊有妝花緞的、有杭綢的，是裁衣裳剩下的邊角料。

楊妧挑了只石青色繡金黃色萬壽菊的香囊，又拿了同樣是石青色的額帕，笑道：「這兩樣我喜歡，其餘的分給諸位嫂子吧，大家辛苦好幾天。」

王管事道謝，托著托盤退下。

回到車上，楊姮咕噥道：「阿妧只顧自己，怎麼不問問我的意思？我覺得香囊都很精緻，妳不想要我還想要呢！」

楊妧頗有些無奈地說：「二姊姊難道沒看出來，為做這些衣裳，幾位繡娘的眼睛都熬紅了……她們每月工錢都是固定的，幾個香囊賣出去多少能填補些。再者香囊本就是額外做的，她若不拿出來，咱們還能開口索要不成？」將香囊和額帕都遞給楊姮。「這兩樣都給妳吧，祖母五月十七日的生辰，二姊姊買些麝香冰片塞進去，再往額帕上鑲塊碧璽石便可以當成生辰禮了。」

趙氏聞言，難得地贊同道：「阿妧考慮得周到。」

第二十二章

花會那天，楚家人沒去瑞萱堂用早飯，各自在屋裡吃完後，打扮整齊了去給秦老夫人過目。

東次間地上一排站著五名小姑娘，秦老夫人逐個打量，笑道：「就六丫頭最漂亮。」

楊嬋穿妝花緞襖子、玫瑰紫裙子，烏黑的頭髮梳成兩隻小抓髻，插了對小小的南珠珠花，頸間套著瓔珞，粉雕玉琢般，要多喜慶有多喜慶。

張珮隨著楚映稱呼。「祖母說得對，我們誰都比不過六妹妹……前兒綠綺回家帶了對鈴鐺，送給六妹妹玩。」說著從懷裡掏出只匣子，裡面小小巧巧一對銀鈴，用條大紅色梅花絡子繫著。

張珮走到楊嬋面前，搖一搖，鈴鐺發出清脆悅耳的聲音。楊嬋目光被吸引。

張珮笑道：「好聽吧？我給六妹妹戴上？」伸手去抓楊嬋。

楊嬋本能地往後縮了縮。

「六妹妹戴著，走到哪裡都會叮噹響，好不好玩？」張珮聲音越發溫柔而親切，堅持要給她戴上。

楊嬋垂眸看兩眼，沒再排斥。

張珮抿了嘴笑。就說嘛，小孩子哪會不喜歡這種既好看又會響的東西？孫家大爺也喜歡，聽到鈴鐺聲音會跑過去追。楊妧跟楊嬋寸步不離，看到妹妹被人追趕肯定要阻攔，到時候，讓孫家大爺抱個滿懷……嘻嘻，這副情景想起來就令人開心。

張珮笑容更甚，視線掃過楊妲湖水綠的羅裙上，立刻僵住了。

國公府針線房的手藝自然是極好的，針腳細密平實，繡花精巧美觀，可在式樣上卻落後得多，總是要等到市面上時興起來，繡娘才會去學樣子。

所以張珮和楚映的衣裳精緻歸精緻，卻不比楊家姊妹給人眼前一亮的感覺。

這心思也太巧了些，大家都知道裙子上要繡花，誰能想到用綢布攢成桃花狀，一朵一朵縫上去？女孩子都喜歡時興樣子，這樣一來，大家都關注楊二去了，誰還能看得到她？

該想個法子，讓這位二姑娘也出出醜才好。張珮眼中閃過絲惡毒，很快掩飾過去。

秦老夫人卻沒錯過她的神情，心裡冷哼一聲。張家人不僅蠢笨，心眼還惡毒，那就讓她自食其果好了。

正想著，楚昕過來請安。

他也換了新衣，一襲緋色長衫用銀絲線繡出亭臺樓閣的圖樣，腰間白玉帶上綴滿了各色寶石，那張俊美無儔的臉上笑容張揚肆意，活脫脫一個紈袴少年。

這樣的意氣風發，這樣的生機勃勃，真好啊！

楊妧迅速地掃一眼，低頭行禮。「表哥安。」

身旁楊姮跟張珮也齊齊問安。

楚昕衝那兩人揖了揖，卻沒搭理楊妧，昂著頭直走到秦老夫人面前，行了禮笑問道：「祖母安，昨夜可睡得好？」

由衷的歡喜從秦老夫人眸中絲絲流淌而出，她笑著拉起楚昕的手。「睡得很好，人定時分歇下，一覺睡到卯正。你用過早飯沒有？用了什麼？今兒小廚房煮的雞絲粥不錯，味道極是鮮美，讓人給你盛一碗。」

「不用，外廚房煮了薏米粥，又吃兩個雞肉包子、一個核桃卷酥，已經吃飽了。」

秦老夫人便不勉強，仍是拉著他的手耐心叮囑。「今天來的都是客，昕哥兒好生照應著，別使性子，有吃不準的時候去問嚴管事……如果划船，可不許玩鬧，現下水還涼，要是落水凍著，筋骨一輩子受罪。」

楚昕心不在焉地答應著，眼角突然瞥見楊妧唇邊似有若無的一抹笑。

是在嘲笑他吧？這麼大了，還跟小孩子似的，什麼事情都要祖母叮囑。

楚昕臉上頓時熱辣起來，連忙甩開秦老夫人的手。「祖母，我都明白，您儘管放心……我到外院去了。」

走出瑞萱堂才後知後覺地醒悟，楊妧比他還小好幾歲，有什麼資格嘲笑他？

哼！她這樣怠慢他，有朝一日他總會叫她好看！

楚昕離開，秦老夫人笑容淺了些，對張夫人道：「再過大半個時辰，客人就該到了，廚房東西可備齊了？鋪在飯桌上的布、要用的碟子碗都齊整？」

張夫人笑道：「都備齊了，杯碟拿出來兩套，太太奶奶們用富貴牡丹，小娘子們大都愛風雅，用那套花中四君子。」

秦老夫人蹙起眉頭。「我想了想，今兒來的老封君就只四人，我們就不跟妳們摻和了，單獨在暖閣炕上擺一桌吧……就用那套海屋籌添的碗碟。」

張夫人愣了下，笑道：「那套碗好幾年沒用過了，可能在庫房裡收著，我看看找出來讓人趕緊清洗一下。」邁著碎步急匆匆地往外走，邊走臉上已經顯出不耐煩。

老夫人真是，想起一齣是一齣，客人都快進門了，還折騰什麼碗啊碟的，用哪套不都是吃飯？

秦老夫人又看向楚映。「綠筠園那邊怎麼樣？姑娘們洗手淨面的地方可穩妥？」

楚映頭一次領差事，聞言便有些忐忑，拉起張珮的手。「二姊姊和我再去看一遍。」

等她兩人離開，秦老夫人吩咐莊嬤嬤。「大姐兒和珮丫頭以前沒經過事，別人我不放心，待會兒少不得妳跟著幫襯一下。尤其臨波小築挨著湖，千萬仔細看著別落水。」

莊嬤嬤目光閃爍，隨即明瞭地笑。「老夫人且寬心，我這就過去。」

「去吧。」秦老夫人點點頭，又補充道：「昕哥兒他們要用兩條船，船塢裡還有一條，叫船娘撐出來備著，說不定姑娘們也要用。」

楊妧低頭聽著秦老夫人的吩咐，心中暗暗思量。

經過這些天觀察，楊妧已經有七、八分確定秦老夫人也是重生而來。現在，秦老夫人顯然是要把人一個個支出去，不知有何用意？

秦老夫人卻只笑著對趙氏道：「……來都是有交情的人家，不用太拘謹。待會兒錢老夫人可能會早來，讓她幫妳引見，她孫女余大娘子也很和氣，跟妳們肯定合得來。」這後半句是跟楊妧她們說的。

錢老夫人是余閣老的夫人，娘家姓錢，為人豪爽熱情，人緣極好，余大娘子性子隨她，心思非常通透。

前世楊妧跟余大娘子的關係就不錯，還有嫁到林家去的明家三娘子，每次花會，她們三人都往一起湊。

想到即將看見前世好友，楊妧頗為期待，可也有些小小的忐忑。她記得她們，可她們肯定不知道她是誰，這一世會不會還能合得來？

出人意外的是，最先來的並非錢老夫人，而是張夫人娘家的兩位嫂子。

張夫人的祖父曾任國子監祭酒，在士子中頗具清名，兩個兒子也都飽讀詩書，長子在禮部祠祭司任員外郎，次子是國子監五經博士之一，主講《春秋》。秦老夫人之所以相中張氏，泰半也是因為張家的好聲譽。

五年前，張祭酒過世，兩個兒子分了家卻不分居，仍舊住在謝家胡同的一座四進宅子裡。

張大太太容長臉，膚色暗淡，眉頭習慣性蹙著，心事重重的樣子。張二太太臉盤卻圓圓的，膚色白淨，看著很福相。

隨她們一起的是長房的張珺，行三，前世嫁到了清遠侯府。張珮是二房的姑娘，還有個大姑娘叫做張瑤，也是長房的，去年嫁給了安郡王的長子。

楊妧突覺奇怪。她見過張瑤和張珺，卻對張珮毫無印象，甚至都不曾聽說過這個名字。

楚映也是。雖然陸家敗落了，跟權力中心的楚家素無交集，但她在京都生活了十多年，總該聽說一二，竟是半點消息都沒聽到。

難不成就像楊嬋一樣，前世並沒有楚映和張珮這兩人？

第二十三章

正納罕，張夫人陪著位身穿石青色五福捧壽團花杭綢褙子的老夫人走來。

老夫人頭髮已經斑白，整整齊齊地梳成圓髻，鬢邊插了對赤金鑲綠松石的卿雲擁福簪，雖然已經年過六旬，可脊背卻挺得筆直，目光深邃，帶著絲令人無法忽視的威嚴。

進了門，老夫人四下梭巡一番，笑罵道：「妳這個老貨興頭起來了，外面兩個如花似玉的姑娘在迎客，屋裡還藏著兩個更水靈的……哎喲，這小丫頭長得真是招人疼，有四歲了吧？」

「快五歲了。」秦老夫人顯然已經熟悉老夫人這般做派，臉上絲毫不見惱色，反而笑得非常歡暢，對趙氏道：「這就是我跟妳說的錢老夫人，今兒妳只管跟著她，保證滿京城的事就都知道了……這是我外甥媳婦，娘家姓趙，這三個都是楊家的孫女。」

趙氏帶著楊妧等人齊齊跟錢老夫人行禮。

「都是齊整孩子，一個賽一個漂亮。」錢老夫人逐個問清她們的名字，目光在楊妧臉上停了數息，拉過一直跟在她身後，穿嫩粉色折枝花暗紋褙子，梳著雙螺髻的姑娘道：「這是我家皮猴兒，叫新梅，跟二姑娘差不多大，也是十三歲。」

余新梅嘟起嘴。「祖母，我哪裡皮了？每次您都誇別人家的姑娘而貶損我，就不能也誇我幾句？」

「好，誇誇妳。」錢老夫人爽朗地笑，隨即正了神色。「我這孫女吧，別的且不說，只這幾年跟隨她爹四處赴任，在眼光見識上很有可取之處。」

余新梅輕哼一聲，不以為然道：「這是因為琴棋書畫我樣樣不通，如果誇大了，待會兒姑娘們都來了怕我當眾露餡，祖母只好誇眼光見識，反正看不見摸不到，誇成一朵花也沒關係。」

眾人哄堂大笑。

秦老夫人幾乎繃不住，一把將她摟在懷裡，笑道：「我的兒，憑這幾句話，就知道妳是個大度開通的，這點誰都比不上。」

楊妧也笑個不停，眼眶卻有些濕。

前世曾陪她一起笑一起哭，一起痛罵男人沒良心，有了新人不顧舊人的好友，這一世絲毫沒變，還是先前的樣子。

說笑間，賓客陸續到來，瑞萱堂熱鬧非凡。

錢老夫人把趙氏留在身邊，給她指點，誰家的閨女嫁給誰家少爺，誰家的公子又娶了誰家千金，誰家跟誰家是連襟，哪家跟哪家之間不太和睦。

秦老夫人則忙著跟夫人太太們寒暄，眼角瞥見楊妧姊妹被眾姑娘圍著說話，遂笑道：「妳們小姑娘到園子裡玩去，不用拘束，當成自己家一樣……只一點，小心腳底下，別磕著絆著，摔破門牙。」
姑娘們嘻嘻哈哈地笑。「我們這麼大了，哪裡會摔著？」
張珮笑著招呼人。「阿映還在二門，待會兒才能過來，咱們先往煙霞閣挑芍藥，選幾盆好的去綠筠園作畫。顏料早就準備好了，我跟阿映親手調的，今兒妳們一定要畫出幾副絕世佳作來。」
「林二娘子和江六娘畫花卉最拿手，端看她們兩人了。」六、七人嘰嘰喳喳地跟了出去。
林二娘子的娘親，定國公世子夫人便笑。「瞧她們輕狂的，絕世佳作那麼容易畫？」
張二太太笑應。「且由著她們樂呵去吧，姑娘家也不過這幾年好日子，等出閣嫁了人，上要孝順舅姑，下要應付小姑，誰還有工夫寫寫畫畫。」
諸位有女兒的婦人都贊同地點點頭。
有人便問：「妳們家阿珮可許了人家？」
「這不正挑著？」張二太太道：「倒是有幾家上門求親的，家世人品都不錯，可我就只這一個姑娘，家裡老爺一直不肯鬆口，說最好能夠親上加親，人口清靜。」
不正說的是鎮國公府嗎？張氏是親姑母，而楚家人口簡單得不能再簡單，楚映又跟張珮合得來。
有心思轉得快的已經露出了然的笑。

秦老夫人只作沒聽見，和藹地看向楊妧。「妳們也去玩，浮翠閣景致最好，門前還有鞦韆架子，讓丫頭們搖著妳們盪鞦韆。」

楊妧剛要走，余新梅輕輕扯下她的衣袖，快言快語地說：「二姑娘先過去，阿妧陪我等等明家三娘子，她前兒才應了我要早點來。」

楊妡便招呼著四、五個人出了門。

沒多大工夫，張夫人和楚映陪著位三十三、四歲，打扮華麗滿頭珠翠的婦人和一位身材高䠷的少女進來。

婦人是兵部尚書明遠成的繼室明夫人，明夫人未有兒子，只生養了一個女兒，便是三娘子明心蘭。

余新梅拉著楊妧躥過去，朝明夫人福了福，接著轉向明心蘭。「怎麼才來，我眼巴巴等了妳半個時辰……快，我給妳引見，這是楊四姑娘，叫楊妧。她就是明三娘，閨名叫心蘭。」

這串話說得跟蹦豆似的，又快又急。周遭婦人都聽到了，有的面帶善意地笑，有的則鄙夷地側過頭。

楊妧哭笑不得，先端端正正地向明夫人行個福禮。「見過夫人。」又對明心蘭屈了膝。「見過姊姊。」

明夫人將髮間一支赤金鑲碧璽石的綠雪含芳簪拔下，替楊妧戴上，左右端詳番，笑道：

「小姑娘家，不用那麼素淨，打扮得鮮亮點才好看。」

楊妧行禮道謝。「多謝夫人。」

趙氏隔著窗櫺瞧見，心裡酸水直冒。那粒碧璽石約莫蠶豆大小，光芒閃耀，至少得有二、三十兩銀子，楊妲那個憨貨，怎麼不能多等會兒？

明夫人頭上還有三支釵，肯定也備著楊妲的分；現今楊妲不在，明夫人當然不會眼巴巴地遣人送過去。唉，白白損失了二十多兩銀子。

可轉念一想，這趟花會楊妲收穫頗豐，單是玉鐲子就有四個，全是成色極好的佳品，趙氏心裡又覺得安慰了些。

請帖上雖然只寫著芍藥花開，請各位夫人姑娘前來賞花遊玩，可有心人都會多問一句，知道楚家是專程為三位楊姑娘辦的宴會。所以，來人無一不帶著見面禮。只可惜楊婉不在，最終仍是讓三房得了便宜，兩個女兒什麼都是雙份的。

趙氏一會兒歡喜一會兒惋惜，再定睛望過去，早不見了楊妧的身影。

楊妧和余新梅、明心蘭正沿著石子小路緩步往煙霞閣走，春笑牽著楊嬋不緊不慢地跟在後面，銀鈴發出細碎悅耳的叮噹聲。

明心蘭瞧著楊妧的裙子問：「以往我只知道裙子最底下鑲邊，還頭一次看見在裙子中間鑲這麼一道，挺別緻的，是濟南府時興的樣子？」

「哪裡，我剛在京都做的。」楊妧盡職盡責地替真彩閣招徠人氣。「雙碾街有個真彩閣，是金陵范家開的綢緞鋪，可以在那裡買布，也可以帶了自己的布料過去做。妳瞧見我二姊姊的裙子沒有，也是她家做的。」

余新梅熱切地附和。「那個確實漂亮，能想出用綢布攢了花縫在裙子上，真一副玲瓏心竅。」

明心蘭蹙眉。「真彩閣……我怎麼沒聽過這個名號？」

「正月裡才開業。」楊妧笑著解釋。「鋪子是范二奶奶管的，妳可知道我頭一次去，范二奶奶是如何打扮？她穿墨綠色襖子和真紫色馬面裙。」

「啊！」明心蘭低呼一聲。「這能好看？真紫色最難穿了，連我娘都不喜歡那個顏色。」

「別人我不知道，但是范二奶奶穿得很漂亮。還有她戴耳墜，兩隻耳朵上的不一樣，一隻鑲藍寶，一隻鑲紅寶……真彩閣有本很厚的冊子，差不多一百來頁，上面畫的全是衣裳樣式，什麼樣子都有，讓人嘆為觀止。」

「真的？」余新梅也驚嘆。「哪天咱們一起去看看吧？阿妧，回頭我給妳寫信定日子，到時候來接妳。」

楊妧爽快地答應。「行。」心裡多少存了些疑惑。

前世，是何文秀替她引見余新梅的。

何文秀身為皇子妃，出門不方便，所以楊妧跟余新梅往來更頻繁，很快就成為好友。而現在，很明顯是余新梅有意示好。

但她並非是自來相熟的人，總是要相處一段時間才會慢慢敞開心扉，今天為什麼這般看護她？

不知不覺已走到煙霞閣。

芍藥園不算小，種了約莫百餘株芍藥，有些種在盆裡，大多卻栽在土中。眼下只有單瓣芍藥開了花，重瓣的都只坐了花朵，還得些日子才能開花。

余新梅指著一盆純白如雪的芍藥道：「我最喜歡這種顏色，前年在洛陽看牡丹，有跟這差不多花型的，但比這個還要大，麵碗似的。」

楊妧想起「眼光見識」的話，笑問：「妳去過許多地方嗎？」

「先前在蘇州待過六年，後來在洛陽待過兩年，都是隨我爹上任。前年祖母說我年紀不小了，把我哥和我接回京裡，四妹妹和弟弟都還在洛陽……我娘天天巴望著我爹能調到京裡任職。」

楊妧輕嘆。「京官何其難，我大伯父也想往京裡活動。」

明心蘭問道：「妳們這房一直跟妳大伯父赴任？」

楊妧把往事簡略地說了說。「大伯父養活一大家子著實不容易，兩位堂兄還要讀書，往年祖母總拿出嫁妝來貼補，後來升了同知日子才寬裕些……先前，大伯母跟我娘還有過不愉快。」

「可憐天下父母心。」余新梅長嘆。「妳娘完全是為了妳們好……跟著妳伯父，總歸是官家小姐，可要扔下妳們三人在村子裡，那真是一輩子沒有出頭之日了。別說讀書認字延醫問藥，就是吃口飽飯也不容易……沒想到妳日子這麼難，也難怪祖母一定要照拂妳。」

楊妧愕然地瞪大雙眸。「為什麼？」

余新梅笑笑，輕聲向她解釋。「我祖母娘家在廣平府，廣平府妳知道吧？那邊家家都會武，她的姪子姪孫好幾位在何大人麾下任職，何大人和何公子待他們多有關照。大概十天前吧，祖母收到何公子的信，提起妳要上京。原本楚家不辦花會，我們也要想法來拜會，這會兒倒省了找藉口……妳是何公子的義妹，應該見過他，他是什麼樣的人？聽說形貌非常可怖，宛如鍾馗……」

「不，完全不是。」楊妧斷然否認。「何大哥因為受傷雖然損了容貌，風儀卻極其出眾，又有一身好才學。」

楊妧頓時想到墨綠色窗框裡如水墨畫般淡雅的玄色身影、想到白色紗幔後伏案用功的身影，想到那張浮著溫柔笑意的臉，一股酸辣的熱流猛地衝上來，眼底一片潤濕。

余新梅瞧見，極快地側開頭，指著另一株花苞鼓脹，幾乎馬上要綻開的芍藥。「這朵像是深紅色的，等開了可以簪發。」

明心蘭斜睨她一眼。「別糟踐東西了，還少了妳的花兒戴？妳要喜歡，我那裡有幾朵宮紗堆的山茶和牡丹，回頭送給妳，這種單瓣花太單薄，不如重瓣的戴著富貴。」

余新梅笑道：「絹花沒有香味……嗯，芍藥似乎也不香，倒是有幾種牡丹的香氣很濃郁。」

幾人正圍著芍藥看，有個穿紅綾小襖薑黃色挑線裙子的丫鬟從小路上笑盈盈地走過來。「原來三位姑娘在這裡。表姑娘那邊正等妳們過去賽詩，夫人特地送了只翡翠鐲子過來當彩頭，姑娘和表姑娘也分別出了一支釵，用來獎賞最佳的三首詩作。」

余新梅大剌剌地說：「我們可沒那才學，肯定得不到彩頭。」

楊妧笑道：「不作詩可以品鑒啊，給她們做評判……我二姊姊也在嗎？」

丫鬟笑應。「二姑娘她們在浮翠閣投壺盪鞦韆。」

「咱們也去浮翠閣吧。」明心蘭建議。「我想看看妳二姊姊的裙子。」

楊妧從善如流。「行啊。」回頭去瞧楊嬋。楊嬋站在花圃旁，盯著朵玫紅色的花出神。

春笑解釋。「六姑娘在看蜜蜂採蜜。」

楊妧走過去，掏帕子給楊嬋擦一下腦門上的細汗，柔聲道：「這會兒開始熱了，咱們去喝茶吃點心好不好？待會妳搖妳盪鞦韆。」

楊嬋伸手握住楊妧的手，手腕晃動，鈴鐺聲叮咚悅耳。

丫鬟引著她們往樹林裡走。「這邊近，沒有太陽曬著，能涼快些。」

春笑、青菱和余家、明家的兩位丫鬟緊跟在後面。

走不多遠，果然聽到嬉鬧聲，聲音稚嫩卻清脆。「來追我們呀！」

轉過拐角，便見三個未梳頭的小丫頭正繞著假山四散奔跑，有個穿靛藍長衫的男子歡快地叫著在後面追趕。

男子身高腿長，眼看要追上其中一人，小丫頭卻掉頭朝楊妧這邊跑來。

不等跑近，適才引路的丫鬟已尖聲喊道：「快來人，孫家大爺唐突了四姑娘！」

有婆子不知從哪裡跑出來呼喝著喊打喊殺，楊嬋嚇得抱住楊妧低聲哭泣，孫家大爺卻越加興奮——

花廳裡，秦老夫人正跟女客們閒談，門口突然出現個身穿豆綠色比甲的丫鬟，捂著胸口氣喘吁吁地說：「老夫人，夫人，不好了，孫大爺唐突了楊姑娘！」

趙氏腦子「嗡」一聲，只覺得血突突地往上躥，臉頓時漲得通紅。

孫夫人已站起身，神情難堪之極。「是旺哥兒闖禍了？我過去瞧瞧。」

孫福旺高熱壞了腦子，她不放心單獨放到外院，只好放眼皮子底下看著，原想寒暄幾句禮數到了就早點離開，誰知道才半個時辰就惹出事情。

秦老夫人伸手拉住孫夫人，臉上絲毫不見異樣，溫和地說：「別擔心，我跟妳一道去看看。」

錢老夫人拍一下秦老夫人肩頭。「妳要不嫌我多事，我替妳走一趟。」

門口，張夫人滿臉焦慮地正準備往外走，她周遭的幾人也蠢蠢欲動，想跟著去看熱鬧。

眾口鑠金，經過這麼多人的嘴，小事也會變成大事，務必要有人在此穩住陣腳。

秦老夫人笑罵一聲。「妳這老貨，我攔著妳就不多事了？快去快回，回來接著給我們講古。」仍舊坐下，對著那些各懷心思的婦人道：「讓錢老夫人跑一趟算了。都是聽話的孩子，出不了大事，再說都有下人們照看，咱們自管樂呵咱們的。」

錢老夫人便拉著趙氏。「妳也來。」昂首挺胸身姿矯健地走出花廳，張夫人與孫夫人跟在後面。

錢老夫人的品行，大家都知道，她為人周正行事坦蕩，在女眷中極有聲望，再加上秦老夫人這般雲淡風輕，女眷們按捺住心思，依舊吃茶說笑。

唯獨張二太太心裡發虛，乾笑一聲。「我去淨個手。」提著裙角快速追出去。

秦老夫人完全不擔心楊妧。一早她就打發荔枝過去照看，荔枝穩重仔細，即便有天大的事情，也不可能打發個粗使丫鬟咋咋呼呼地過來傳話。

站在花廳門口就嚷嚷，是生怕大家不知道嗎？

她只病了兩個月，府裡就亂成這樣，看來該好生整治整治了，別什麼阿貓阿狗的都留家裡住。

錢老夫人一行隨著粗使丫鬟走到假山旁，只見孫家大爺正坐在蔭涼地的椅子上嚼著窩絲糖，手裡不停地搖著兩隻鈴鐺，看著很快樂。

專門看顧孫大爺的兩個婆子在不遠處的樹蔭下站著，旁邊余新梅、明心蘭以及另外兩個姑娘圍著楊妧，嘰嘰喳喳地不知道做什麼，有五、六個丫頭則靜靜地等著傳喚，一片喜樂安詳，壓根兒沒有大家預想中的雞飛狗跳。

趙氏四下梭巡一番，沒看到楊姮那條顯眼之極的裙子，先舒了口氣。

孫夫人也跟著舒口氣，只覺得兩腿發軟，渾身好像脫了力。

孫大爺瞧見娘親，揮舞著鈴鐺歡快地跑過來，大聲炫耀。「娘，追紅衣裳妹妹……要鈴鐺……吃糖。」

錢老夫人沒聽明白，和藹地問道：「旺哥兒說什麼，再說一遍。」

孫大爺咬一口糖，含混不清地說：「追到妹妹給糖吃。」

荔枝上前屈膝福了福，解釋道：「孫大爺的意思是，有人告訴他，如果追上戴鈴鐺的妹妹，就給他糖吃。」

孫夫人臉色驟變。

孫福旺只有五、六歲孩子的心性，聽到有糖吃，還能不上當？當即便要將欺哄他的那人揪出來。可身在國公府，張夫人就在身旁，她倒不好出這個頭，便哄著孫福旺要來鈴鐺，皺著眉頭問：「這鈴鐺是誰的？」

錢老夫人瞧兩眼，樂了。「這不正是之前嫻姐兒娘親蘇老夫人逗貓的那個？我家有對一模一樣的。當初蘇老夫人看中了，照著樣子也打了一對，說給貓繫脖子上。因怕弄混，讓匠人在鈴鐺裡面刻了個『蘇』字。我眼睛不好，妳看裡頭是不是刻著字？」

張氏閨名張嫻，母親娘家姓蘇，生前大家都稱呼她蘇老夫人。

孫夫人仔細看了看，果然在鈴鐺內沿刻了個小小的「蘇」字，兩個裡面都有。轉身遞給張夫人，話裡有話地說：「必定是您家姑娘的鈴鐺，實在對不起，旺哥兒孩子脾氣，受人哄騙才要了這鈴鐺。張夫人千萬別見怪。」

張夫人接也不是、不接也不是，期期艾艾地說：「這不是阿映的……」

荔枝賠笑接了話。「回夫人，原本是張家二姑娘的，張二姑娘今兒早上送給楊家六姑娘的見面禮，還特地給她繫在手腕上。」說著指了指站在楊妧身旁，穿著大紅妝花緞襖子的楊嬋。

楊嬋本就瘦弱，因才剛哭過，眼底淚意猶存，看上去怯生生的，分外叫人心疼。

孫夫人正要開口，只聽錢老夫人恍然般，長長「哦」了聲，看向張二太太的目光裡明顯帶著幾分不屑。

養貓逗狗的玩意兒，當成見面禮送人。這是把別人當貓狗？

張二太太臊得面皮紫漲，恨不得尋個地縫鑽進去，卻還惦記著替女兒往回找補，尷尬地笑笑。「母親養貓的時候阿珮還小，原不知有這回事，只因這鈴鐺精巧，阿珮非常喜愛，平日裡也時常拿著玩，出於好意才送給楊六姑娘。」

楊妧聽聞，牽著楊嬋緩步過來，朝諸人行個禮，盈盈笑道：「既是二姑娘心愛之物，我們也不便奪人所愛，仍舊還給二姑娘吧。我替妹妹謝謝二姑娘的好意。」

「好意」兩個字說得格外重，其中意味不言而喻。

錢老夫人輕輕摸一下楊嬋的頭。「乖，好孩子不哭，我那裡收著好幾樣有趣的玩意兒，回頭打發人都給妳送來。」

楊妧屈膝替楊嬋道了謝。

孫夫人這才插上話，看著楊妧問道：「先前旺哥兒是不是嚇到六姑娘了？」

楊妧遲疑一下。「是有點沒想到，還好荔枝姊姊帶著糖。主要是丫鬟婆子不懂事，喊打喊殺的，不知道的還以為賊寇進了家……只怕府上大爺也受了驚嚇。」

孫夫人聽出她話外之音，是真的嚇著了。也難怪，自家兒子已經十五了，身長六尺有餘，面前這個小姑娘才三、四歲又生得嬌滴滴的，冷不防後頭有個男人追，誰不害怕？

孫夫人連聲道：「實在對不起——」

「夫人無須道歉。」楊妧溫聲打斷她。「不是大爺的錯，要怪也只能怪那些挑唆的人，夫人平常夠不容易了，不用太過自責。」

孫夫人眼圈泛紅。她沒想到楊妧小小年紀，竟這般體諒人，說出如此暖心的話，一時更覺內疚，便將那兩個專門看著孫大爺的婆子喚來，厲聲問道：「不是讓妳們在花廳外面，怎麼走到這裡來了？也不好生看著大爺？」

兩個婆子跪下。「夫人恕罪！原是在花廳外面，有位姑娘說乾坐著怕大爺不耐煩，找了幾個沒留頭的小丫頭陪大爺玩會兒，我們兩人可以抽空喝口水，又說此處沒旁人過來，妨礙不了人。」

婆子天天寸步不離地跟著孫大爺，既嫌煩又嫌累，能有個偷懶的機會當然求之不得。而且她們親眼看著假山周遭沒有旁人，也是親眼看到三個五、六歲的小丫頭陪著孫福旺捉迷藏，兩人就放心地喝茶吃點心。

誰知道一錯眼的工夫，小樹林裡就鑽出幾個人，她們急匆匆往這邊走，眼睜睜地看著，孫福旺尚未碰到楊家六姑娘，那個丫鬟就「哇哇」開始叫喚，然後婆子出來呼喊，六姑娘這才放聲哭泣。

孫福旺也受了驚，癟著嘴想哭，另一個丫鬟塞給他幾塊糖，他就沒心沒肺地樂了，卻還眼巴巴地盯著六姑娘腕間的鈴鐺，四姑娘便摘下來讓他玩。

婆子能說會道，又急於替自己脫罪，把事情原原本本地說了出來。孫夫人恍然大悟。

孫家跟楚家交情一般，可六娘子跟張珮卻很親近，時常書信往來。請帖上又是張珮的字體，分明存心想利用旺哥兒禍害楊家姑娘的名聲。

小小年紀，心思竟這般惡毒。

孫夫人明白，錢老夫人更如明鏡似的。就連余新梅、明心蘭以及旁觀的兩位姑娘也猜了個八九不離十，彼此對視兩眼，均露出不屑的神情。

恰此時，鏡湖那邊傳來一管笛音，悠揚婉轉，恍若山谷中清風徐起，令人神清氣爽。

余新梅毫不客氣地補刀。「肯定是張二姑娘。張珮最擅竹笛，只有她這般清雅的人才能將〈空谷幽蘭〉吹得如此空靈動聽。」

孫夫人冷笑，惡狠狠地瞪張二太太一眼，打發了隨身丫鬟去找孫六娘，轉身對錢老夫人道：「麻煩老夫人轉告秦老夫人，我家裡有點急事，先行告辭，便不過去當面道別了，改天有空再來給她請安。」又對趙氏點點頭。「得閒帶姑娘們到府裡玩。」喊上孫福旺揚長而去，完全忽略了站在旁邊的張夫人。

事情已然水落石出，如何處置下人是楚家自己的事情，錢老夫人不便多摻和，招呼著趙氏和張夫人回花廳。

荔枝緊走兩步，識趣地攙住錢老夫人的胳膊。

張二太太僵硬著臉留在原地，呆站數息，用力搓搓臉頰，拚命擠出個笑容，快步跟上去，攙住錢老夫人的另外一隻胳膊。

一路伴著清亮的笛聲，錢老夫人抿著嘴沒說話，卻在踏上花廳臺階的瞬間綻出笑容，樂呵呵地走進去，對秦老夫人道：「沒什麼大不了的，旺哥兒跟幾個沒留頭的丫頭躲貓貓，又爭著要糖吃，動靜大了些……孫夫人帶他回去洗臉換衣裳，就不留下用飯了。」聲音不高不低，恰能讓周遭人都聽到。

以往孫夫人也不留飯，都是匆匆坐一會兒，很快就趕回去，其餘人並不意外，又見趙氏神情歡快，張夫人和張二太太面色也很平靜，情知並沒大事，也就熄了打聽的心思。

錢老夫人繼續眉飛色舞地講她年幼時隨著父親學武的事情，趙氏聽得津津有味。

原來這位老夫人出身並不高，娘家非富非貴，只是個開武館的，倒是好運氣，成了閣老夫人。楊家兩代人都做官，雖說官聲不顯，可也能算得上書香門第，比起錢老夫人的家世強多了，說不定楊姮也能嫁個閣老，走到哪裡都被逢迎討好。

趙氏浮想聯翩，完全沒注意荔枝藉著有事要請示，已將秦老夫人請到了外面。

荔枝話少卻幹練。「孫大爺朝著六姑娘撲過來，我原想擋在前頭攔一攔，四姑娘遞給我兩塊糖。孫大爺看到糖就直了眼，四姑娘又哄著六姑娘把鈴鐺解下來給了孫大爺……把四姑娘引到假山旁的桂花、哄騙孫大爺的四兒、兩個灑掃上的婆子還有那三個沒留頭的小丫頭都被關在思過樓，劉嬤嬤帶人把守著。」

秦老夫人點點頭。「沒驚動別人？」

荔枝抿下唇。「浮翠閣有幾位姑娘聽到動靜出來看了眼，又都回去了……楊二姑娘也是。」

大宅院養出來的姑娘精明得很，絕不會往自己身上沾腥，所以看到了也只作沒瞧見。可楊姮是楊妧的堂姊，她實不該坐視不管。

秦老夫人又問：「楊大太太怎麼說？」

「一言未發。」荔枝如實稟告。「開始挺緊張，後來沒看到二姑娘在場，鬆了好大一口氣。」連她離著尚有七、八步都能看出趙氏如釋重負的神情。

楊妧娘親沒在，這種情況下，趙氏理應替楊妧出頭，至少得追問張二太太幾句，而不是讓楊妧以晚輩的身分來面對。

秦老夫人想起趙氏明顯輕鬆愉悅的臉色，眸中浮起層冷色，默一會兒道：「妳去吧，好好照看四姑娘。」

荔枝屈膝福了下正要退下，秦老夫人卻又喊住她。「我記得昕哥兒手裡有個能唱曲的匣子，說是西洋來的。他一個半大小子，哪有玩這個的？打發人跟他要了來，就說我說的，六姑娘今兒受了委屈，借她玩幾天。昕哥兒要是喜歡，讓他自己再淘弄去。」

荔枝笑應聲，轉身離開。

秦老夫人略站片刻，喚了個丫頭服侍她往淨房去了趟。

臨波小築那邊甚是熱鬧，剛才只有一管竹笛，這會兒多了琴、尺八、檀板還有一管洞簫。簫笛相合，檀板卡著節拍輕叩，一曲〈江南春〉聽起來頗有韻味。

楚昕沒往賞荷亭去，他拜託了林家四爺代為招待那些喜歡舞文弄墨的風雅公子，他則跟一幫紈袴在松濤院鬥雞。

鬥雞是顧常寶帶來的。

上次在杏花樓，兩人算是化干戈為玉帛，這次來赴宴，顧常寶特地帶了兩隻鬥雞。

一隻是魯西鬥雞，顧常寶特地託人從兗州府採買的，身高約莫兩尺，一身烏黑的羽毛油亮亮的，展開翅膀，裡面的茸毛純白如雪，叫做烏雲蓋雪。另一隻則是西域鬥雞，一身紅毛，體型不若魯西鬥雞高大，樣子卻極神俊，尤其雞冠和肉垂鮮紅似血，甚是威猛，取名紅將軍。

顧常寶身著錦袍，搖著摺扇，擺出一副玄奧的架勢。「烏雲蓋雪跟別人比過六回，回回都贏；紅將軍年歲小，還沒在外面鬥過，今兒算是破處。我也不知道誰的勝算大，我兩邊各押五兩銀子。」

其餘眾人均出了賭資，二兩、五兩、十兩各自不等，其中賭烏雲蓋雪贏的占八成，看好紅將軍的只占兩成。旁邊有小廝用紙筆記著各自下注的數目。

楚昕端量著兩隻雞，烏雲蓋雪昂首挺胸傲氣十足，紅將軍則步履穩重極其沈著，還真不好分辨誰贏誰輸。

想一想，扔出一枚十兩的銀元寶。「我押紅將軍。」

少頃，眾人都下完注，專門餵養鬥雞的小廝打開籠子，將兩隻鬥雞放出來。烏雲蓋雪趾高氣揚地「咕咕」叫著朝紅將軍逼近，紅將軍邊後退邊與之周旋，僵持數息，烏雲蓋雪跳著腳朝紅將軍冠子抓去，紅將軍騰跳躲過，反而抽冷子啄了烏雲蓋雪一口。

兩隻雞廝打在一起，你啄我一口、我蹬你一腳，紅將軍雖然身量小，但在烏雲蓋雪咄咄逼人的攻勢下，竟然絲毫不慌且從容無懼。

顧常寶彎著腰時而給烏雲蓋雪加油，時而給紅將軍鼓勁，激動得不行，恨不能親自上場比試。其餘之人也都屏住氣息，目不轉睛地盯著場上戰況。

約莫一刻鐘，兩隻雞均已現出疲態，小廝上前將牠們分開，分別噴了水。

稍事休息，第二局開始。

烏雲蓋雪本來心高氣傲，但第一局沒占到便宜，有些心煩氣躁，在紅將軍從容不迫的反擊下節節敗退，很快只有捱啄的分，沒有還手的力氣。

顧常寶頗有些惋惜。「輸這一場傷了士氣，總得調教小半年才能再出去鬥。」又指著紅將軍道：「沒想到這小子挺厲害，真是雞不可貌相，楚大爺留著玩吧。」

「不要。」楚昕斷然拒絕。

顧常寶不解，瞪著眼問：「為啥不要？這是西域雞跟中原雞配的，共孵了三十多隻雞，其中公雞十八隻，就挑出這麼一隻好的。」

楚昕端一盅茶，極其不雅地癱坐在藤椅上，黑色皂靴上下點著。「我祖母知道我養雞，明兒就能把牠宰了燉湯……這鬥雞肉香不香，應該很有嚼頭吧？」

「打住。」顧常寶忙收回先前的話，生怕遲一步真叫楚昕宰了。「這可是我親自孵的，好幾百兩銀子一隻，還燉湯，別硌掉你大門牙！」

楚昕「噗哧」一口茶噴出來，忙掏帕子擦擦下巴。「你什麼時候學會抱窩的本事了？」

顧常寶乜斜著他，連聲吩咐養雞的小廝。「趕緊坐車送回去上藥，稻穀、肉蟲子都給添上，千萬伺候好了，知道不，牠就是你祖宗。」

小廝清脆地應著。「是，三爺放心。」

鬥雞散了，大家覺得有些無聊。

顧常寶突然聽見天空飄來似有若無的樂曲聲，問道：「內院裡叫了伶人，是哪個館的？挹芳閣新來個唱曲的，叫做柳眉，一把嗓子絕了，能唱得讓你骨頭都酥了。」

清遠侯府李三爺擠眉弄眼地笑。「在哪兒唱的，床榻上？」

眾人嘻嘻哈哈樂起來。顧常寶頓時來了興致，搖著摺扇得意地說：「還是個清倌，明年及笄之後才掛牌……不過嗓子真是絕了，腰也好，跟阿昭有得一比。但有一點不好，不如阿昭媚骨天成。」

「想媚還不簡單？」李三爺挑起雙眉。「調教個兩、三回，那股子媚就發出來了。」

話題很快轉到各大青樓楚館的妓子伶人身上，楚昕懶得聽這些，趁人不注意，起身從松濤院後門出去，繞過那片松林來到演武場。

演武場方方正正的，從南到北約莫三十丈，最北頭豎著箭靶。楚昕自兵器房拿出一張角弓，緊緊實實握正了，抬臂、扣弦、拉弓，箭矢破空而去，穩穩扎在箭靶最中央的紅心處。

一連四枝箭射出去，箭箭正中紅心，楚昕再取一枝箭搭在弦上，側頭看一眼含光，隨口問道：「有事？」

含光道：「老夫人打發人來取一個會唱曲的小匣子，說是楊姑娘被人欺負受了委屈，借給她玩兩天。」

楚昕手一抖，箭矢脫靶，插在旁邊樹枝上，顫巍巍地晃動著。

「楊四是大爺我罩的人，誰敢欺負她？」話出口，楚昕立刻想到前不久楊妧駁了他好大面子，當即改了口，冷笑道：「憑什麼她受委屈要來借我的東西？不借！她不是挺厲害，又仗著有祖母撐腰，不欺負別人就算好的，誰能欺負得了她？」

第二十四章

「不是四姑娘，是六姑娘。」含光低聲將內宅發生的事情簡單講述一遍。

楚昕不以為然地「切」一聲。「哼，她只對付我有能耐，為何當時不把鈴鐺扔到表姑娘臉上？」

含光無奈道：「四姑娘遠來是客，怎能如此放肆？且趙氏作為長輩待她不管不問，否則何公子也不會請託世子爺照拂四姑娘。」

「那也不借。」楚昕再抽一枝箭，對著箭頭吹口氣，搭在弓弦上。「除非四姑娘向我認錯，以後不在祖母面前出餿主意……看見我態度要恭敬，我就勉為其難地把八音匣子送給她。」一張弓、拉弦，箭矢穩穩地插在靶子中央。

含光暗暗點下頭，隨即又搖搖頭。「那我照此回給文竹。」

文竹是瑞萱堂的小丫頭，剛十一歲，口齒非常伶俐，經常被使喚著往外院跑腿傳話。

楚昕毫不在意。他的東西，想借就借，不想借就不借，便是秦老夫人也奈何不了。只是想起何文雋的請託，不免有些心虛，似乎並未盡到照拂的責任。

楚昕目光一閃，揚聲對即將走遠的含光道：「讓遠山過來伺候。」

含光跟承影是他請封世子那年，貴妃娘娘賞賜的侍衛，同時還賞了兩個丫鬟，蕙蘭和劍蘭。

含光一身好功夫，行事也穩重，就是太愛管閒事，動輒說這樣不對、那樣不妥，遠不如自小跟隨他的遠山和臨川來得好用。

等楚昕把囊中箭矢盡都射完，身穿靛藍色裋褐的遠山屁顛屁顛地跑進來，氣喘吁吁地說：「世子爺有何吩咐？」

楚昕放下弓。「去買點東西，不拘價錢，要快，最好趕在未初之前回來，多買點。」

遠山茫然地眨眨眼，猛地拍一下腦門，明瞭地說：「世子爺瞧好吧，準保誤不了事。」

射這一會兒箭，楚昕已出了滿身薄汗。

他回覽勝閣洗把臉，換了件鴉青色長衫再出來，小廝臨川回稟說，松濤院那幫人待得無聊，跑去划船了。

楚昕晃晃悠悠地往那邊走，離得近了，只聽得陣陣喧鬧，卻是顧常寶等人分成兩隊，每隊四人，各搖一艘小船正比賽誰划得快，其餘人在岸邊助威打氣。

林四爺身旁站著一人，穿緋色長衫，約莫二十歲左右，膚色白淨氣度斯文，竟是長興侯陸知海。

楚昕請封那年，陸知海承襲長興侯的爵位，去禮部謝恩時，兩人曾有過一面之緣。

陸知海笑著過來見禮。「不請自來，多有打擾，還請楚世子見諒。」

楚昕笑道：「是我考慮不周，早應該送張帖子過去，待會兒我自罰三杯給侯爺賠罪。」

兩人正寒暄，相隔十丈開外的臨波小築，張珮煩躁得不行。

小半個時辰之前，綠綺告訴她，桂花、四兒等都被看管了起來，那對惹事的銀鈴也還給了張二太太。

張珮沒當回事。天塌下來有姑母頂著，只要姑母還是國公夫人，她就毫髮無傷。更何況，她是為了楚映，楚映討厭楊家人，她才出這個頭。

煩躁是因為自己的計劃被打亂了。

本來演奏完這支曲子，她藉口廚房要做荷葉雞，乘船去摘荷葉，然後裝作不小心落水。那片荷花離賞荷亭極近，楚昕水性也不錯，他作為表兄，而且是在自己府裡，肯定要跳下去救人。

大庭廣眾之下，兩人濕漉漉地抱在一起，姑母和娘親再從中斡旋幾句，親事基本就板上釘釘了。沒幾年大家只會記得她是世子夫人，至於這場親事是怎麼來的，誰還會在意？

可眼下，湖面兩條船像瘋了似地來回划動，世子表哥又不在船上。她若掉下去，指不定被誰救上來。

張珮百般無奈地打消了這個念頭，目光卻不受控制地朝遠處瞄，搜尋著那件緋色衣衫。

或高或矮或胖或瘦的人群裡，只一人穿緋衣，很容易便看到了。頎長的身材、挺直的身姿，袍襬被風吹動，衣袂翩飛，將周遭人襯托得黯然無光。

張珮癡癡望著，只可惜「楚昕」始終未回頭，以至於她沒能看到那張俊美的臉。

賽舟會很快結束。顧常寶半邊衣衫都打濕了，懊惱地從船上下來。「只差了半個人身遠，要是再加把勁，今兒就賺大了。」

「還不是怪你？」東平侯秦家的二公子跟在他後面下船。「還差三十丈，你就袖著手不搖櫓。」

顧常寶怒極。「怎麼能怪我，我手都磨破了，疼得厲害。」兩手伸開，細嫩的皮膚上，虎口處的水泡格外明顯，還有道磨紅了的血絲。

秦二公子也伸出手。掌心不見血絲，也沒有水泡，卻布了層薄繭，一個連著一個。

顧常寶訕訕地說：「我沒法跟你比力氣，你從小習武，又上沙場打過仗。」

「你能跟我比什麼？」秦二公子似笑非笑地看著他。「比讀書？」

顧常寶讀書也不行，他開蒙後連《論語》都沒讀完，而秦二公子卻取得秀才的功名後又棄筆投軍。

顧常寶文不成武不就，臉上也有些難堪，嘴上卻不服輸。「比我強的人多得是，你要有本事就跟何公子比，你能比得過他嗎？」

秦二公子坦然地說：「差之遠矣……何公子天資聰明，聽說對布兵排陣極有心得。去歲冬，我專程往濟南府拜會，卻是無緣得見。說起來，我也是受他啟發才去寧夏，雖然寸功未立，可這兩年邊關生活使我得益匪淺……好男兒自當保家衛國，成就一番蓋世功業。」

陸知海笑著搖頭。「非也，征戰沙場固然能封妻蔭子，讀書讀得好不照樣名動天下？歷朝歷代，留下墨寶的文人士子可比會打仗的武夫多出好幾成。」

秦二公子不敢苟同，卻無意與他爭辯，遂淺笑著拱拱手。「你我見解不同，各持立場即可。」

男客這邊午飯擺在松濤院的三間暢廳裡，分成兩桌，林四爺、陸知海等文人一桌，秦二公子等喜歡舞刀弄槍的一桌。顧常寶左看看右瞧瞧，哪桌都融不進去，遂擠在楚昕身邊坐下了。

相較於男客的隨意，女眷這邊的席面則井井有條。

夫人太太們坐了兩桌，姑娘們是三桌，秦老夫人、錢老夫人以及忠勤伯夫人等四位上了年紀的，則單獨在裡間炕上擺了一桌。

張珮蝴蝶般穿梭在各桌席面間，時而吩咐下人給夫人們倒茶，時而招呼著給姑娘們上酒，忙得不亦樂乎。

錢老夫人隔著屏風瞧見，笑道：「真是個心思玲瓏的……梅丫頭說，姑娘們那邊玩得很盡興，除了賦詩作畫，還編排了曲子，聽說都是張二姑娘張羅的？」

「珮姐兒是個能幹的。」秦老夫人話裡有話地說：「張氏身體原本就差，伺候我這兩個月精神更是不濟。珮姐兒心疼她姑母，過來幫襯幾天。我尋思著得空進宮，求了貴妃娘娘的恩典，怎麼也得給她挑個家世好、人才好的夫婿。」

言外之意，她壓根兒沒打算把張珮許給自家孫子。

午飯過後，丫鬟們撤去碗筷上了茶水點心，大家略略用了點，幾位年長的要歇晌，年輕的則惦記著家裡孩子，紛紛起身告辭。

張珮笑盈盈地隨在張夫人身邊送客。

蕙蘭捧了只精緻的海棠木匣子走過來，屈膝福了福。「表姑娘，世子爺送給您的東西。」聲音清脆，恍若黃鶯出谷。

花廳裡尚有三、五位夫人仍在敘話，聞言不約而同地看向這邊。

張珮騰地紅了臉，心中既喜且驚。蕙蘭是楚昕身邊伺候的大丫鬟，她親自過來送東西，會是什麼呢？含羞帶怯地接過匣子。「多謝姊姊專門跑一趟，打發個小丫頭就是了。」

蕙蘭笑道：「世子爺吩咐不敢不從，世子爺還說請表姑娘當面打開看看，喜不喜歡？」

呀！竟然問她喜不喜歡？十有八九是打聽到她的喜好了。

她最喜歡點翠的首飾，還有羊脂玉、岫岩玉也可以，但是必須要成色好的才行。這麼大的盒子，應該是一整套的頭面吧？

張珮激動不已，匣子差點脫手。蕙蘭忙伸手幫她托住匣子底部，張珮顫巍巍地打開蓋子，頓時目瞪口呆。

裡面大大小小七、八只鈴鐺，有黃銅的、有包銀的，小的約莫鵪鶉蛋大，大的足足有成人拳頭那般。

蕙蘭指著那只黃銅鈴鐺。「是從南市張屠戶那裡得來的，原本是繫在羊脖子上的。」又指著拳頭大的鈴鐺。「是從興順車行買的，用來拴騾子的……那幾隻小的，有的是拴狗的，有的是拴貓的。世子爺得知表姑娘專愛這些畜牲戴過的玩意兒，所以特地買了來……」

楚昕還吩咐蕙蘭把最大的鈴鐺幫張珮戴在脖子上，因為那隻聲音最響，隔著老遠就能聽見。

可看到張珮面色慘白如紙，蕙蘭生生把這句話嚥下了，臉上依舊帶著笑意。「世子爺還說，這些留著表姑娘慢慢戴，以後遇到好的，定然會替表姑娘搜羅來。」說罷，屈膝再度福了福，鬆開托著匣子底部的手，轉身欲走。

張珮手抖得根本拿不住，匣子落地，大小鈴鐺滾得到處都是。

第二十五章

幾位夫人面面相覷，既懊悔沒有趕緊告辭，又隱隱有些激動。多麼難得的閒聊話題啊，得早點回家說給家裡人聽聽，卻苦於找不到適當的機會脫身，只靜靜地等著，生怕有人注意到她們。

余新梅也沒走，想笑又不敢笑，手緊緊地捂住嘴巴，跟楊妧大眼瞪小眼。好不容易把笑意憋回去，俯近楊妧耳邊。「楚世子這行事做派……太合我心意了，這丫鬟也是，別被打板子發賣才好，得設法保住她。」

楊妧抿唇笑，輕聲回答。「是貴妃娘娘賞賜下來的丫鬟。」換成別人，未必敢這麼大膽。

張珮傻傻地看著腳前的鈴鐺，腦中一片空白，只有蕙蘭清脆的話語不斷地回響。表姑娘留著慢慢戴。留著慢慢戴。慢慢戴……

她才不要戴牛呀、馬呀用過的東西，這不是羞辱人嗎？說她牛馬不如，表哥怎麼能這般對待她？虧她還是嫡親的舅舅家的表妹……

張珮委屈得不行，淚水簌簌而下，順著臉頰落在地上。

張二太太急衝過來，沒想著給張珮拭淚，而是一把抓住她的手，哭喊道：「阿珮，我可憐的阿珮！妳說這是何苦來，跑前跑後忙活好幾天準備這花會，辛辛苦苦就是為了讓別人作踐妳？」

張二太太扭頭問張夫人。「她姑母說句話，阿珮到底做了什麼天怒人怨的事情，昕哥兒這般對待她？如果傳出去，阿珮還怎麼嫁人，還讓不讓人活了？」拉著張珮的手，四處找柱子，呼喊著要撞牆。

「嫂子放心，我定然會給妳個說法。」張夫人臉色紅一陣白一陣，咬了牙道：「來人，把大爺叫過來！」

秦老夫人面帶鄙夷地看著張夫人，心裡一陣陣發冷。這個蠢貨，該不會又想借機讓楚昕娶張珮吧？就像前世一樣。

錢老夫人見秦老夫人臉色發白，輕輕拍了下她的手臂，勸道：「妳這病剛好，千萬不能上火。氣大傷身，妳身子骨好了，這一家大小才能過得好。」

秦老夫人深吸口氣，勉強擠出個笑。「我明白，讓妳見笑了。」

「哪家沒有點糟心事，誰笑話誰啊？」錢老夫人揚聲招呼余新梅。「梅丫頭，吃飽喝足了，咱也該回去了。」

經過張二太太身旁時放慢步子，溫聲道：「都還是孩子，鬧著玩而已，沒有別的意思。」

張二太太尖聲道：「哪能算了？在自己親姑母家都被欺負，若是到別家去，還不得被人踩到腳底下！」

送上門的好機會，她一定得抓住了。

自從公爹過世，來往走動的人少了不說，家裡進項遠不如以前，得虧張夫人時不時往家裡貼補點；但小姑性子軟，至今也沒有把持楚家的中饋，貼補非常有限，每年不過七、八百兩銀子，哪裡夠花用的？

張珮卻聰明又果斷，如果能嫁進國公府，姑姪兩人齊心合力，熬死秦氏老太婆，偌大的家業豈不就完全握在張家人手裡了？

張二太太所要不多，給她換座五進五開間的敞亮宅子，幫兩個兒子謀個像樣的差事，再每年從手指縫裡漏個三、五千兩銀子給她，日子就過得很舒坦了。

錢老夫人不跟她糾纏，昂首挺胸地往外走。其餘幾位夫人見狀，緊跟著起身告辭。

楊妧跟秦老夫人知會聲，主動請纓去送客。將客人送至二門，正要回身，聽到腳步聲響，卻是楚昕大步流星地從外院進來。

楊妧福一下，往旁邊讓了讓。

楚昕只作沒瞧見她，抬著下巴「哼」了聲，擦著她的身子經過。

楊妧失笑。自從那天強押著楚昕給顧常寶送請帖之後，他再沒搭理過她，這都過去好幾天了，看樣子火氣還沒消呢，心眼也是夠小的。

可楚昕相貌著實出色，即便是鼻孔朝天的傲嬌模樣，也讓人感覺賞心悅目。

遠遠看著楚昕身姿矯健地踏進花廳，楊妧略思量，對青菱道：「我不過去了。妳去花廳等著，若是有人問起來，就說我回霜醉居看著六妹妹歇晌覺，沒人問就算了。」

張二太太肯定要跟楚昕掰扯一陣子，她在場不適合，不如避開為好。

青菱答應著，悄悄溜進花廳，找個不起眼的角落，眼觀鼻鼻觀心地站定了。

張珮瞧見楚昕，心裡百般委屈都湧上來，眼淚跟斷了線的珠子般撲簌簌往下掉。

楚昕看都不看她一眼，躬身給秦老夫人行個禮，親暱地問：「祖母辛苦一上午，怎麼不瞇會兒眼歇一歇？」

秦老夫人笑道：「這不還有客人在。外院怎麼樣，人可散了？」

「東平侯秦家二哥在演武場跟承影切磋功夫，顧家老三沒事幹，死賴著不走，其餘人都走了。」說罷，楚昕看向張夫人。「娘喚我，不知何事？」

張夫人指著桌面上已經收在匣子裡的鈴鐺。「這是你送給阿珮的？」

「是啊，打發遠山跑了好幾處騾馬市才尋到這幾個。」楚昕漫不經心地應著，尋把椅子坐下，蹺著二郎腿四下梭巡一番，指著角落裡的青菱。「一點眼色都沒有，過來倒茶。」

青菱打開壺蓋看了眼。「是去年的六安茶，要不要給世子爺換壺龍井？」

這會兒還早，新茶不曾下來。

「龍井不也是去年的？不拘什麼茶，趕緊沏一壺來，別太熱，要溫的，渴死了！」

青菱忙應「是」。壺裡茶湯顏色還深，應該剛沏沒多久，青菱不再另換新茶，往裡續了半壺開水，斟出一盞，恭恭敬敬地奉到楚昕面前。

楚昕一口喝完，指指茶盅示意再倒。「四姑娘呢？秦二爺打算去濟南府拜會何公子，想請教些許事情。」

「六姑娘歇晌覺，四姑娘回去守著了。」青菱依著楊妧先前的吩咐回答。

張珮聽著兩人一問一答，跟自己半點關係都沒有，只覺得無限心酸淒苦，掏帕子擦把淚，裊裊走到楚昕面前，幽怨地道：「表哥，我可是做錯了事情？你為何用這些東西來羞辱我？」

她臉上淚痕猶存，一雙桃花眼盈盈含淚，看著楚楚動人。

「羞辱？」楚昕訝然挑眉。「表妹誤會了。」隨手拿起一個黃銅鈴鐺搖了搖。「多好聽的聲音，妳不是喜歡牲口戴過的鈴鐺嗎？」

「我……」張珮噘了嘴，眼淚又要往下落。「我幾時說過這樣的話？」

楚昕輕笑，帶幾分鄙夷。「二舅母親口所說，難不成我的丫鬟聽錯了？因為二表妹最喜歡鈴鐺，所以才將外祖母養貓的銀鈴送給楊六姑娘做見面禮，不是嗎？」

張珮嘴唇張了張。這樣的問題叫她怎麼回答？

張二太太想起先前錢老夫人說的話了，笑著打圓場。「阿珮不過一時調皮跟六姑娘開個玩笑，這不已經要回來了？昕哥兒也是，怎就當真了？」

「我也跟表妹開玩笑。表妹不喜歡正好，過陣子追風下了崽，給小馬駒繫上，省得另外找鐵匠打。」楚昕笑著，再度搖搖鈴鐺，鈴聲清脆，傳遍了花廳每一個角落。

張珮不喜歡，所以楚昕要給馬崽子繫。

張二太太面上撐不住，笑容也擠不出來了。「玩笑哪能隨便開？阿珮正是要說親的時候，被你這玩笑牽連，嫁不出去怎麼辦？」

一邊說一邊朝張夫人擠眉弄眼，只待張夫人跟一句「若真嫁不出去，只能讓昕哥兒負責」，那麼她立刻順著桿爬上去。

張夫人跟她都樂見其成，好不容易抓到這個機會，無論如何要把親事定下來。

張二太太這張嘴變得極快，說開玩笑是她，說不能開玩笑也是她，只要對自己有利，反正是張口即來。

楚昕渾不在意地說：「那就剩在家裡好了。表妹這種人，只許州官放火不許百姓點燈，嫁到誰家誰家倒楣。」

秦老夫人幾乎要拍案叫好。

事實就是如此，前世楚昕不過沾了張珮的邊，已經夠倒霉了，如果真要娶回來，楚家恐怕再無安寧的一天。

張二太太怒了，氣急敗壞地看向張夫人。「妳聽聽！嫡親的表妹，就這麼咒她？」

張夫人道：「昕哥兒，不許胡說！」

秦老夫人卻揚聲道：「我覺得昕哥兒這話沒錯……荔枝，把人都帶上來。」

沒多大工夫，桂花、四兒等人便被婆子押送過來。起先四兒還嘴硬，「啪啪」幾個嘴巴子之後，便說了實話，綠綺給了她二兩銀子，讓她把孫家大爺哄騙到假山那邊。三個小丫頭卻是藕紅吩咐二門上的吳婆子去找的，都是家生子。引著楊妧等人抄近路的桂花則是聽藤黃說了一嘴。

綠綺是張珮的丫鬟，藕紅和藤黃是楚映的丫鬟。

張珮沒有否認，捏著帕子抽抽泣泣地說：「阿映討厭楊家姑娘，不想讓她們在家裡住，所以就想了這個法子，好叫楊家姑娘丟了臉面……我跟阿映從小要好，當然要幫她。」把事情主因完全推到楚映身上。

秦老夫人看向楚映。「是這麼回事？」

楚映大剌剌地說：「沒錯，我就是討厭她們，土裡土氣的還喜歡裝模作樣。祖母，她們要住到幾時？」

真是沒有最蠢，只有更蠢！被人賣了還傻乎乎地幫人數錢。

秦老夫人氣得渾身顫抖，只覺得一股腥氣從腹部往上頂，她咬牙壓下去，抓起面前茶盅擲了出去，茶盅「噹啷」落地，碎成數半，茶水四濺飛出。

楚映不認錯，反倒急著抖了抖裙子閃避到一旁，眸中甚是不忿。

見狀，秦老夫人越加憤怒，哆哆嗦嗦地指著楚映。

「我怎麼養出妳這個蠢笨惡毒的孫女！回去把《孝經》和《女四書》各抄一百遍，幾時抄完了幾時出來見人。」

「祖母！」楚映不滿地甩著袖子，又可憐巴巴地看向張夫人。「娘，一百遍，我就是抄到年底也抄不完。」

張夫人瞪她一眼。「快跪下給祖母賠罪。」

楚映這次不情不願地跪在地上，仰著頭問：「祖母，孫女實在不明白，到底哪裡做錯了？」

秦老夫人微合雙眸，深吸口氣，吩咐荔枝。「妳伺候大姑娘回去。記著，告訴守門的婆子，沒有對牌不得放大姑娘進出。」

荔枝應聲「是」，走到楚映面前，低聲道：「姑娘，走吧。」

「我不走！祖母，妳要罰我總得有個理由，不能只因為我看楊家姑娘不順眼就這樣待我？到底誰是妳的親孫女？」

秦老夫人喝一聲。「還不拉出去？」

立刻過來兩個婆子，極其俐落地用帕子塞住楚映的嘴，一人一隻胳膊架了出去。

楚映「唔唔」的掙扎聲很快消失不見。

張珮驚恐地看向張二太太，張二太太瞪大著眼睛不知所措，又轉頭看向張夫人。這完全不是她們預想中的畫面。

秦老夫人素來跟彌勒佛似的，很少動怒，對膝下僅有的一個孫子和一個孫女更是親切和藹，從沒有黑臉的時候。今天到底是怎麼了，竟然不顧情面地發落起楚映來？對待自己的親孫女尚且如此，對張珮豈不還要更嚴厲？

張珮兩腿一軟，不由自主地跪在了地上……

第二十六章

沒有想像中的聲色俱厲，秦老夫人的臉上反而顯出一絲和藹，聲音也溫和親切。「趕緊把張二小姐扶起來，哪好讓客人下跪？」

「祖母？」張珮愕然抬頭，很快又改口。「老夫人，我錯了。我比阿映大，理應勸著她大度和善、友愛客人而不是……而不是由著她胡鬧，請老夫人責罰。」

秦老夫人微笑，笑容卻不達眼底，聲音依舊和藹。「妳有妳自己親生的爹娘，我一個外人老婆子，連自個孫女都沒管教好，哪裡能管教別人？收拾東西隨妳娘回家去吧，以後再別來了……記著，楚家不歡迎妳，不歡迎妳們張家的人。」這後一句用足了力氣，使得她的臉竟然有些猙獰。

一語出，滿座皆驚。

張夫人幾乎不敢相信自己的耳朵，尖聲道：「娘，您這麼做，是把我們張家的臉面置於何地？」

董嬤嬤皺緊眉頭，連忙扯扯張夫人衣袖。「您現在是楚家兒媳婦，國公府的夫人。」

秦老夫人冷笑。「開口我們張家、閉口我們張家，妳想自請出族？」

「不是……」張夫人被這句話噎著，支吾半天又道：「娘，張家是我娘家，以後不許我娘家人上門，兒媳婦還怎麼有臉面出門走動？」

秦老夫人道：「妳若不願，可以跟著回去，我寫信讓阿釗寄休書回來。」

張夫人一張臉白得沒人色，再不敢出聲，只默默垂淚。

張二太太卻扯著嗓子問：「老夫人這話講得沒有道理，她姑母有何過犯？休妻也得有個理由，我們張家不是那麼好欺負的。」

秦老夫人不理她，只看向張夫人。「妳在雙碾街的綢緞鋪子衣錦坊，原先只一間，後來又擴出去一間，妳可知是怎麼來的？」

張夫人正抽泣著，愣了片刻，才哽咽著回答。「旁邊店鋪經營不善連年虧本，二哥從中說合，那人便連鋪面帶貨品都賣給我。」

秦老夫人聲音平靜卻冷酷，充滿了譏諷。「雙碾街那個地方，就沒有不賺錢的鋪子，妳二哥張承文是打著國公府的旗號從別人手裡強行搶了來。妳也不動腦子想想，兩千兩銀子能買到店鋪？妳承妳二哥的情，每月給他多少銀子？」

張夫人有點慌。她確實每月都給二哥銀子，但都是私下給的，老夫人怎可能知道？她瞥一眼張二太太，低聲回答。「鋪子收益一直不錯，而且二哥時常去幫忙對帳，所以每月給他兩百兩工錢。」

「嗯。」秦老夫人應一聲。「咱家裡主子只四人，除去宮裡隔三差五的賞賜之外，每年在衣錦坊買布料差不多要三千兩銀子……就是穿金子也用不了三千兩吧？這還不算，妳長兄張繼文酷愛古籍，這幾年得了好幾本吧？聽說四司八局的掌事公公都曾捧著古籍上門求見。妳那個姪子，考了三次才考過童生試那個，聽說要外放當縣丞，如今當官門檻這麼低嗎？妳還有個姪子，考了三次連童生試都沒考過的，肩不能挑手不能提，打算到宣府當兵混軍功……妳動腦子想一想，這一件件一樁樁，都是拿貴妃娘娘和國公府的名聲給張家謀利！」

事實擺出來，秦老夫人恨得牙癢癢，張家就是個抄家滅門的大禍害！

張夫人兩眼迷茫，傻愣愣地站著。這些事情她都知道，甚至有些還是她主動提出來的。父親過世之後，娘家兩位兄長的日子就不好過。當年出閣，因為嫁的是國公府，娘親拿出家裡幾乎所有現銀才置辦了體面的嫁妝。現今她日子過得好，不應該報答兄嫂、拉拔姪子嗎？

那些古籍是太監主動送上門的，長兄難得喜歡，還能給退回去？大姪子當縣丞也是真定府的知府舉薦的，他學識一般，再考也未必考得中，能做官真是千載難逢的機會，傻子才會推辭吧？

二姪子已經年滿二十一，從眼下來看顯然不是讀書的材料，楚釗在宣府當總兵，每年都打仗，讓他跟著去待上兩、三年，混個軍功，再回京謀個一官半職多好啊！

她是張家姑娘，不拉拔娘家人還能拉拔誰，難道去拉拔那個八竿子打不著的楊家？娘家的幾個姪子混好了，對楚昕也是個助力。於情於理的事情，老夫人為什麼生氣？難道要跟老夫人似的，娘家門裡的親戚都不走動，楚昕連個幫襯的人都沒有，這就好了？

張夫人憤懣不已，秦老夫人已經開口吩咐紅棗。「去竹香苑幫張二姑娘把東西收拾好，別落下。」撐著椅子把手顫巍巍地站起身。

楚昕忙上前攙住她。

秦老夫人拍拍他的手。「外院還有客人，你去好生照應著，別讓人說咱怠慢。」

「不妨事。」楚昕堅持。「我先送祖母回去歇著。」

秦老夫人看著面前活生生的、漂亮得不像話的大孫子，目中驟然溢滿了淚，掩飾般側過頭，慢悠悠地往瑞萱堂走。

到了瑞萱堂門口，秦老夫人嘆口氣，輕聲道：「昕哥兒，別怪祖母沒給你娘臉面，你娘糊塗啊，不點醒她，她還得糊塗一輩子。」

「我明白。」楚昕低低應著。「含光跟我提過，這些年，兩位舅舅實在不像話。」

以後還有更不像話的時候。秦老夫人再嘆一聲，續道：「你已經十六歲，年紀也不小了，你娘相中了你表妹——」

「我不喜歡她。」楚昕漲紅著臉打斷她。「我誰都不喜歡，祖母，我去外院了。」甩著袖子小跑著往外走。

看著他倉皇離開的身影，秦老夫人情不自禁地微笑。

莊嬤嬤打趣道：「大爺還是個孩子呢，聽到娶媳婦臉漲得通紅，再過兩年就要惦記別人家姑娘了。」

可不是？秦老夫人仰頭看著枝葉繁茂的梧桐樹。

那年就是在這棵樹下。

大概是四月底，天已經有些熱了，梧桐樹開了花，一串串淡紫色的，散發著清甜的香氣。

十八歲的楚昕肩寬腰細，半蹲在她面前，眸光璀璨得像是天邊星子，耳根泛著微紅，羞澀地說：「祖母，我相中了一個女子，能不能託人上門求親？是吏部文選司郎中楊溥的姪女，從濟南府來，她在家裡行四。」

秦老夫人勃然大怒，厲聲道：「不行，絕無可能！」

她養在心尖尖上的寶貝孫子，怎麼可能娶秦芷的孫女？

楚昕漲紅了臉，小心翼翼地問：「為什麼不行？楊家四姑娘長得很漂亮，性子也溫順——」

「不行就是不行，沒有原因。」秦老夫人不客氣地打斷他的話。「我這裡不同意，你娘必定也不同意。就算你強行把人娶進門，楊四就能過得好？」

剛進門的小媳婦，上頭婆婆跟太婆婆都不待見，這日子還有法子過嗎？

楚昕咬著唇，眼眸裡的星子一點點熄滅，瞬間變得黯淡無神。從此，他只跟著林四爺往青樓裡混，再沒說過要娶誰。

不是沒人願意嫁，可不是貪圖國公府權勢，就是迷戀楚昕的相貌，正經好人家誰會把女兒嫁過來？

偶爾有一、兩個看著家世人品還不錯，楚昕只是搖頭。「祖母想娶儘管娶，只有一條，姑娘進了門，我立刻走，再不回這個家。」

當初她怎麼對楚昕，楚昕反過來怎麼待她。

想到從前，秦老夫人心裡堵得難受。如果當初順從昕哥兒的心意該有多好？也不至於讓他到死都孤單單一個人。

莊嬤嬤服侍著秦老夫人在東次間大炕上躺下，攥著美人捶一邊給她捶腿一邊勸道：「老夫人身體才剛見好，何苦來生那麼大氣？雖說夫人行事有些過，畢竟是姑娘和大爺的娘親……俗話說，眼不見心不煩，且由著她們去吧。」

秦老夫人低聲道：「我忍不了。」

前世，正是考慮到張氏生養了一對兒女，而且楚釗遠在宣府，經年累月不能回家，張氏嫁進門，泰半時間是在守活寡。她知道獨守的苦，所以體恤張氏，明知道她經常貼補娘家，經常扯著國公府的大旗給娘家人謀利，她也睜一隻眼閉一隻眼，權當不知道。

抄家的旨意上列數了國公府十八樁罪，其中張家人惹出來的禍事便有十四樁。也是因為張家太過肆無忌憚，開罪了趙家，否則趙家何必在軍需糧餉上動手腳？

瓦剌人最愛在冬春時節犯邊，那年冬天偏生又格外冷。趙良延作為戶部右侍郎負責募集糧草，催運軍需，一鍋飯煮出來差不多有兩碗沙，而看著厚厚的冬衣裡面全是柳絮，風一吹都透了。將士們凍得連刀都握不住，怎麼能夠禦敵？

楚釗大敗，戰死的士兵八千有餘，還有五千多人被俘。

瓦剌人讓他們一排排跪在地上，箭矢射過去，一排排倒下的全是屍體，鮮血把整個地面都染紅了。

戰報傳來，楚昕抓起長劍衝進趙府——

前世她忍了，結果落得個抄家褫爵的地步，現在有機緣重活一世，如果不能隨心所欲，那還有什麼意義？白髮人送黑髮人的痛，她絕不想再經歷一次。

莊嬤嬤聽出秦老夫人聲音裡的倔強，沒敢再勸，只暗暗地嘆口氣。

自從鬼門關裡轉過一圈，老夫人真是性情大變，往常她最是和氣慈愛，何曾這般不顧臉面過？

正思量著，聽到外間傳來窸窣的腳步聲，荔枝探進頭，低聲問：「老夫人歇下了？」

秦老夫人回答。「沒歇，進來吧。」

莊嬤嬤忙拿只墨綠色絨面大迎枕墊在身後。秦老夫人歪著頭問：「映姐兒可想明白了？」

荔枝賠笑道：「大姑娘一時鑽了牛角尖，等明兒送飯，我再跟她嘮叨幾句。」

剛才她已經跟楚映掰碎了，從張珮寫帖子邀請孫六娘開始到綠綺回家拿銀鈴，再到丫鬟哄騙孫大爺，一點一點捋這個事情。

可楚映油鹽不進，非說張珮是替她受過，而丫鬟拿了楊妧的好處，故意冤屈張珮。荔枝哭笑不得。楊家人進府不到十天，各個院裡的大丫鬟都沒認全，能賄賂誰去？再者，青菱得楊妧重用，幾乎寸步不離地跟著，還能看不見？

秦老夫人看荔枝神情，已猜出八九不離十，淡淡地說：「再勸她幾次，如果半年裡，她仍是不長腦子，就早早給她相看個人家，拘在家裡待嫁。」

楚家人都有些倔，楚昕如此，楚映也如此。

楚昕還好，早早搬到外院，嚴管事雖然管束不了他，總也能規勸點。楚映卻完全養在張氏眼皮子底下，把張家人看得比什麼都重，給別人作了嫁衣都不自知，牛心左性到這種地步，前世被張珮害得早早亡故不說，這世又被她矇騙。

第二十七章

秦老夫人記得清楚，正是元煦十年，也是個三月，好像還更早一點。鏡湖邊楊柳堆煙桃花灼灼，美不勝收。張夫人說難得一片好景致，不如請交好的幾家人過來鬆散一天。

那天請的人少，只定國公、清遠侯和余閣老等四、五家，小娘子們在臨波小築賦詩作畫，公子少爺們則搖著船在湖面飲酒賞景，張珮提出也想划船。

因為都是相熟人家，秦老夫人便沒拘束她們，讓船娘搖了船出來。

兩艘船起先一南一北互不相干，慢慢就離得近了。不知怎麼回事，楚映突然掉進水裡，楚昕作為兄長，自然要跳下去相救，其餘人或者穩著船，或是伸手準備拉人。

眼看楚昕就要抓住楚映，張珮一個趔趄也落了水，恰恰撲進楚昕懷裡。楚昕只得將張珮先抱上船，回身接著撈楚映。楚映已經閉過氣去了，折騰了小半個時辰才緩過來，卻是臥床不起。

張家說張珮濕漉漉的身體被楚昕抱過，名聲有損，迫著楚昕娶她。

張夫人滿口答應，楚昕卻不樂意，梗著脖子道：「若非得要我娶，我立馬把張珮扔到湖裡！」

張夫人時而絕食時而裝病，苦苦相逼，楚昕懶得待在家裡，便經常跟定國公府林家四爺去青樓喝花酒，硬是把自個的名聲糟蹋了。

有天，林四爺藉著幾分醉意說，他影影綽綽看見，好像是張珮沒站穩把楚映撞到水裡。但那船上都是小娘子，他沒敢多看，只眼角瞟了下，並不十分確定，只提醒楚昕以後防著這位表姑娘。

楚映受了寒，身子虧虛得厲害，請醫延藥一個多月都不見好，既畏寒又怕熱，六月裡貪涼，夜間開了少許窗子，不幸染上風寒，從此香消玉殞。

張珮卻毫髮無傷安然無恙。

楚映下葬後，秦老夫人在護國寺做法事以超度亡魂，張家人也跟了去。當夜張珮便失蹤了，張二太太連尋三日，活不見人死不見屍。

張大太太不許她再找，怕連累自家兩個閨女的名聲。

畢竟兩個夜裡不見人影，誰知道會發生什麼事情？遂假借張珮暴病身亡，立了個衣冠塚。

大家都說張珮是被楚映接走的，不知是索命還是想找人作伴。楚、張兩家極有默契地把傳言壓下去了，從此京都再沒人提到過此事，鎮國公府也沒再辦過花會。

這次晌覺歇得久，秦老夫人睜開眼，天色已全黑，矮几上一燈如豆，發出昏黃的光。

一時間，秦老夫人竟不知身處前世還是今生，晃了會兒神，瞧見身上石青色綢面繡著南山不老松的薄被，這才回過神。

流徙到滄州後，她蓋的是一床髒得看不出底色的爛被子，枕的是疊在一起的破棉絮，何曾有過這般舒適時候。

莊嬤嬤聽到窸窣聲，撩簾看了看，端杯茶進來，笑道：「老夫人這覺睡得倒香，原想再不醒就得把您喚起來。」

秦老夫人淺淺抿兩口茶。「什麼時辰了？」

莊嬤嬤拔下髮間銀簪，挑亮燈燭。「酉正一刻。剛才大爺來過，見您正睡著，說待會兒再來。楊家姑娘們也來請安，我沒讓她們進門，叫她們回去各自用飯……都這個時辰了，您也該餓了吧，吩咐人擺飯？」

秦老夫人默了會兒才開口。「不怎麼餓，要是有現成的粥，給我盛一碗來。」

莊嬤嬤笑道：「猜著老夫人想吃這一口，讓廚房備了薏仁粥和小米粥。」

「要碗小米粥就行。」

莊嬤嬤起身吩咐人去盛飯。沒多大會兒，紅棗端著托盤進來，除了濃稠的小米粥之外，還有核桃卷酥和兩碟小菜。

一碟是醃蘿蔔條，上面撒了白芝麻，滴了香油；另一碟是涼拌婆婆丁，裡面放了醋和糖又加了兩片蒜，吃起來清爽可口。

秦老夫人胃口頓開，把一碗小米粥吃得一乾二淨，又嚼幾片茶葉去了嘴裡蒜味，輕聲道：「打發人去問問四姑娘，若她得閒，請她來幫忙抄幾卷經書。」

楊妧剛吃完飯，正跟楊嬋在院子裡溜達著消食。

她已從青菱那裡得知，今天所有涉事的下人都被攆了出去，那三個小丫頭也不例外，再不能進內院當差。

下人受到的懲罰在情理之中，畢竟要殺一儆百，處置這幾個，對於其他下人也有警示作用。讓她始料未及的是秦老夫人竟然把張家母女也攆了，並且再不許她們上門，無疑是重重打了張夫人的臉。

按說自家兒媳婦，即便是看在楚昕和楚映的面子上，秦老夫人也不該如此衝動……

正思量著，聽秦老夫人那邊傳喚，楊妧把楊嬋交給春笑，回屋換下身上半舊的青碧色襖子，換了件在濟南府新做的嫩粉色褙子，配了湖藍色羅裙，與青菱一道匆匆趕往瑞萱堂。

東次間的炕桌上已經鋪了紙筆，紅棗跪坐在旁邊研墨。

楊妧笑問：「姨祖母想抄什麼經文？」

秦老夫人回答。「抄《地藏經》吧，不用全抄，把第一品抄完即可。」

先前抄的《金剛經》是長壽之經、功德之經，而《地藏經》卻是出離輪迴，免遭三惡道苦的經文，很少有人長持《地藏經》。

楊妧訝然地望過去，秦老夫人垂眸坐著，眉宇間悲憫而蒼涼。

她不敢多瞧，忙提筆蘸墨，全神貫注地抄寫，不多久便沈浸在經文中，渾然忘卻了周遭事情。

她每抄一頁，秦老夫人就拿在手裡靠近燭火烤著，待墨乾，按著順序摞在一處。

荔枝探進半個身子，悄聲道：「大爺過來了。」

話音剛落，楚昕一頭闖進來，含笑問道：「祖母幾時醒來的？吃過飯沒有？」

秦老夫人指指楊妧，做了個噤聲的動作。楚昕這才看到奮筆疾書的楊妧，笑意頓散，下巴自然而然地昂起，輕輕「哼」了聲。

楊妧已知楚昕進來，但這卷經書只剩下最後幾個字，正好一蹴而就，便沒打招呼，直到抄完，將筆架在筆山上，這才笑盈盈地喚。「表哥。」

楚昕從鼻孔裡擠出一聲「嗯」，算是應了。

「睡到酉正才醒，用了一碗粥。」秦老夫人回答了他適才的問話，突然又想起先前問他的事。「我記得你四、五年前得了只會唱曲的匣子，得空找出來給六姑娘玩玩。」

楊妧眸光一亮。那個叫做八音匣，是從南洋那邊來的舶來品，轉動把手，裡面有小曲傳出來。只是舶來品極少能流入京都，往往在福建那邊就被瓜分了，如果楊嬋有個八音匣子玩，肯定會很開心。

楊妧連忙道：「多謝表哥！」

「呵呵。」楚昕心裡滿是不屑。

剛才他進門，她好像沒看見似的愛答不理，這會兒想索取東西，又忙著道謝。求人要有個求人的態度，乾巴巴一句「多謝」算什麼，毫無誠意！

楚昕不想輕而易舉就答應，但是當著秦老夫人的面又不好推辭。八音匣子是小孩子才喜歡的東西，他一個大男人總不能說自己留著要玩吧？

楚昕眸光閃一閃，開口道：「秦二公子去歲備了寶劍名畫去拜會何公子，未能得見，過幾日他還想再去一次，不知道何公子喜歡什麼，如何才能見到他？」他才不會白白把東西送給她。

楊妧蹙眉。

其實她也不清楚何文雋到底喜歡什麼。在靜深院裡，她最常見的就是何文雋在白紗幔帳後面運筆如飛，再就是站在沙盤前面移動沙石旗子。

可何文雋對文房四寶並不執著，他有幾方好硯臺，但最常用的除了給她的那方蕉葉白，便只是用了許久的澄泥硯。筆也是，各種紫豪、羊毫、大白雲、小白雲都是清娘從文具店鋪買的最常見的種類。

俗話說寶劍贈英雄，何文雋是武將，按說應該喜歡兵刃的，上次含光帶去一把短匕，他不就收了嗎？

可為什麼沒見秦二公子呢？

楊妧猶豫會兒開口。「何公子並無特別喜好，他每天忙於讀書撰文演練兵法，應該是騰不出時間應酬客人……不知道秦二公子幾時去濟南府，能不能順便帶封信給何公子？」

楚昕面露不悅。

她每天出入靜深院會連這個都不知道？應該是有意瞞著，不想說吧？那他也不讓秦二帶信。

遂開口道：「這一、兩天就動身，恐怕——」

「四丫頭就在這裡寫吧，」秦老夫人笑著打斷他的話。「現成的筆墨，用不了多少工夫。」

楚昕無可奈何。

紅棗已經識趣地往硯臺裡再續些水，硯好一池墨。楊妧略思量，鋪開一張宣紙，提筆便寫。

先寫她見到錢老夫人，錢老夫人及孫女待自己多有照拂，感謝何文雋的回護之心。又寫給秦老夫人診脈的林醫正待人和善行事方正，讓何文雋把他的脈案寄過來，她可以請林醫正幫忙看看。最後寫她閱讀《治國十策》，其中多有不明之處，向他請教。

楚昕跟秦老夫人說著閒話，眼角時不時瞥向楊妧。

她離燈燭近，一張臉整個展露在暗黃的光裡，肌膚白淨透著瑩潤，眼眸低垂，看不出亮不亮，兩彎纖細的眉毛卻是弧度正好，如遠山霧籠。鼻尖小巧，略有些圓。

按說圓鼻頭的女孩應是嬌憨的性子，楊四卻是……精明得讓人討厭！

楚昕別過頭，可過沒一會兒又忍不住側眸打量。

臉型長得還不錯，下頜圓潤，略帶嬰兒肥，手長得也好，纖細修長。

最好的應該算是身姿。她跪坐著，脊背挺直，兩肩端正，脖頸彎成美好的弧度，身上嫩粉色褙子被燭光映著，透出一股恬靜溫柔。裙子是湖藍色，上面密密匝匝繡一圈水草紋，鋪散在炕上，整個人如同置身碧波間，清雅中又帶著家常的親切。

楚昕用審視馬駒般挑剔的眼神將楊妧打量個夠，得出來結論。

楊四還是挺漂亮的，雖然不如杏花樓的阿昭有種入骨的媚，可這份恬靜淡然卻難得。

只是，她到底要寫多久？寫完一頁又一頁，這已經是第三頁了，而且全是密密麻麻的簪花小楷，她跟何文雋哪來這麼多話要說？

楚昕撇撇嘴，不以為然地「哼」了聲。

第二十八章

秦老夫人把楚昕的神情盡數收在眼底，心裡歡喜，面上卻不顯，伸手舉著那幾頁《地藏經》假裝看得入神。

楊妧寫了整整三頁，舒口氣把筆放下，拿起信瀏覽一遍，輕輕吹乾墨。

紅棗找來一只硬黃紙的信皮，將信折好塞了進去，用漿糊封了口。楊妧在信皮上寫下「何文雋親啟」幾個字，雙手呈給楚昕。「有勞表哥。」

楚昕單手接過，下意識地捏了捏。厚厚的一疊，也不知道裡面都寫了些什麼。

這時荔枝閃身進來，笑道：「外面起了夜風，剛青荇打發綠荷給四姑娘送披風過來。」

秦老夫人側頭瞧一眼屋角更漏。「都快人定時分了，你們趕緊回去歇著。二門定然落了鑰，昕哥兒從西角門出去，順路送送四姑娘。這大晚上的，別有野貓躥進來嚇人一跳。」

荔枝點了盞氣死風燈交給綠荷，青菱則伺候楊妧披上月白色綢面披風。

外頭果然起了風，吹動枝葉婆娑作響，半邊餅子般的下弦月靜靜地掛在蔚藍的天際，散發出清冷的銀輝。

空氣裡隱約有暗香浮動，說不清是花香還是女子的脂粉香味，淺淺淡淡的。

楚昕嫌綠荷走得慢，將氣死風燈要在自己手裡，健步如飛。起先還能聽到細碎的腳步聲跟在身後，慢慢地，腳步聲便遠了。
楚昕回頭，看到清淺月色下披著披風的裊娜身影，不緊不慢從容不迫，一時有種挫敗感衝上心頭。
路旁枝椏晃動，映在地上張牙舞爪的，像是隱藏在黑暗裡的怪獸，有些猙獰。
他以為楊妧會害怕，會小跑著跟上他的步子，那他就走得更快點，讓她趕不上。
沒想到……楚昕垂眸，瞧見地上石子，心念微動，使個巧勁用腳尖將石子勾起，順勢一踢，石子朝楊妧飛過去，正打在她小腿上。
楊妧不防備，「哎喲」出聲，綠荷本就害怕走夜路，受到驚嚇，跳起來往青菱身上撲。
「鬼啊！救命，不要吃我！」
青菱氣得罵。「發什麼羊角風，看嚇著姑娘！」
楚昕計謀得逞，得意地咧開了嘴，待她們走近，方收住笑意，語調輕鬆地問：「怎麼了？」
楊妧道：「沒事，不當心被樹枝掛到裙子了。」
適才沒看清楚，這會兒楚昕看得一清二楚，那雙眼睛非常亮，在月光輝映下，漫出清淺笑意——完全沒有被驚嚇的恐慌。
楚昕頓感無趣。就如他七、八歲時，往夫子的書袋裡塞了兩隻毛毛蟲，看著夫子被蜇痛，他心裡樂開了花。

夫子卻好像什麼都沒發生似的，照樣檢查他背書、提問他釋義、不滿時拿起竹篾打他手板子。

現在也是，楊妧平和的神情讓他的得意大打折扣，這僅存的一點歡喜還不能跟旁人分享。

不能告訴含光，更不能跟祖母說，沒法顯擺出去的快樂，還有什麼意思？

楚昕訕訕地把氣死風燈塞給綠荷。「我不需要，妳拿著吧。」轉身往西角門走。

夜風揚起他袍襬，越發顯得身形頎長而瘦削。

「表哥。」楊妧開口。楚昕愣了下，回過身靜靜望著她。

楊妧彎唇微笑。「多謝表哥。您慢點走，小心看著路。」

這晃目的笑讓楚昕有些呆，連心跳都好似停了半拍似的。

他一言不發，撒開腳丫子，一口氣跑到西角門。

值房亮著燈，守門的兩個婆子攥了把黃豆猜數目字，楚昕沒叫門，估摸下圍牆的高度，再看眼牆邊的老槐樹，矮身用力一蹬一躍，抓著槐樹枝子再一蕩，輕飄飄地翻過了牆頭。

未及站穩，牆根突然出現兩名護院，揮著長刀撲過來。

楚昕縱身閃開，只聽其中一人狐疑地問：「世子爺，大晚上的，您怎麼翻牆過來？」

「多事！」楚昕斥一聲，穿過松柏林回到觀星樓，也不叫人過來伺候，只頹然倒在羅漢榻上，兩手交疊著枕在腦後，長長出了口氣。

不知道為什麼，他覺得渾身不對勁，可又說不出到底哪裡不對勁。

燭光好似太暗了，而房間又好似太空曠，冷冷清清的。

楚昕獨自彆扭片刻，坐起身，揚聲喚蕙蘭。「把我先前玩的那個八音匣子找出來……妳去問朱嫂子，她知道放在哪裡。」

回到霜醉居，楊妧對著燭光挽起膝褲，除了方才刺痛的地方有些微紅之外，再無別的感覺，遂舒口氣，沒當回事。

洗漱罷，倚在靠枕上看了會兒經書，睏意噴湧而至。

這一天確實累。雖說大都是吃喝玩樂，但應酬也很費神，尤其她還得時刻提防著，別說錯話，以免在余新梅和明心蘭面前露餡。

可再累也是值得。

能夠見到前世的好友，而且重活一世還是朋友，有什麼比這更令人開心的呢？

還有讓她感覺痛快的是，那一匣子大大小小的各式鈴鐺。

她幾乎要為楚昕叫好。想必明天，這事就會傳遍京都。張珮也會成為大家的笑柄。

楊妧根本不同情她。張珮是搬起石頭砸自己的腳，而且若非她早有準備，還有荔枝跟著照應，說不定孫福旺瘋勁頭上來，就把她抱住了。旁邊的丫鬟婆子大呼小叫再招了人來，她再怎麼解釋也沒法抹去跟男人摟摟抱抱的事實。

張珮只是被捉弄丟了臉面，而自己不但丟臉，甚至會丟掉將來的姻緣。有誰願意娶一個曾經被瘋男人抱過的女子？楊妧不想嫁人，但也絕不會背負這樣的名聲，被迫留在家裡。

她原本打算謝謝楚昕替自己出氣的，可話到舌尖又覺得不妥。楚昕素來狂狷無行，必然是一時興起而為，自己趕著往上貼，未免太自作多情自以為是了吧？就當是感謝楚昕順路送她回霜醉居好了。

楊妧一覺睡得香甜，直到青菱喚她，才迷迷糊糊地睜開眼，打著呵欠道：「沒睡夠。」

「吃完早飯睡個回籠覺。」青菱笑著把帳簾攏在架子床旁邊的銀鉤上，伺候楊妧穿好衣裳，低聲道：「昨兒半夜，正房院又是請府醫又是煎藥，折騰了好一會兒。」

楊妧驚訝地問：「怎麼回事？」

「夫人夢魘著了，沒法安睡，哭鬧著說過世的祭酒夫人指著她罵不孝。」

楊妧頓時了然，張夫人是病給秦老夫人看的。

可既然請醫問藥了，她當然要去問安。

「那就先繞到正房院看望夫人，再去瑞萱堂吧。」

她要在瑞萱堂用飯，若是吃完早飯再去正房院，怕有失禮數。

離正房院尚有段距離，楊妧便聞到一股濃郁的湯藥味，像是藿香那種苦澀的味道。

紫蘇滿懷歉意地在正房院門口攔住了她們。「昨夜夫人沒怎麼睡，快天亮時才迷糊過去，眼下還在歇著。」

楊妧表示了解。「那我們就不進去叨擾了，明兒再來請安。姊姊辛苦了。」

紫蘇忙道：「伺候主子是本分，哪裡說得上辛苦？」

送走楊妧等人，紫蘇臉上的笑容霎時不見，取而代之的滿是委屈。

總算還有人能體恤到她們的辛苦。主子生病，下人要緊跟著忙活，尤其張夫人生病生得勤，每次不鬧得人仰馬翻不算完，這次也不例外。

約莫申正，張二太太和表姑娘離開，夫人就攥著帕子哭天喊地，說自己沒用，說對不起張家，以後九泉之下沒臉見爹娘。

董嬤嬤溫聲勸解半天，好不容易消了聲音，可吃完晚飯又開始抹淚。哭得累了，不到人定便歇下，誰知交子時分突然醒了。醒了便不安生，一會兒說心口疼，一會兒說腦殼疼。

府醫診了脈說沒事，夫人說他診得不仔細，讓再診。這次府醫足足診了半盞茶工夫，終於診出個心神不寧、氣血不足的症候，把之前開過的養氣方子另寫一遍，斟酌著加了一錢高麗參，又加了半錢的藿香，再三叮囑張夫人需得安心靜養，切莫動氣。

張夫人這才滿意，吩咐下人立刻煎藥。

昨晚當值的幾個丫鬟，都是一宿沒合眼，實在熬不住去睡了。白天一整天，紫蘇作為大丫鬟就要勉力頂起來。可晚上……誰知道張夫人會不會再鬧？

楊妧走進瑞萱堂時，趙氏和楊妲正說起昨天的花會。「……錢老夫人走路真快，虎虎生風，我隨在旁邊還得緊趕著。」

「她身子骨好著呢！」秦老夫人樂呵呵地說：「比我還大七、八歲，頭髮雖然白了，牙口卻好，席上那道蔥燒蹄膀，她一人啃了半碟子，我看著饞，卻啃不動。」

楊妧不由彎起唇角。錢老夫人最愛啃蹄膀，也愛啃雞腳，前世去余家做客，每次都有這道菜。

秦老夫人看到她，笑容明顯真切了許多。「到正房院去了？」

楊妧笑答。「想過去給表嬸問安，紫蘇姊姊說還在歇著，便沒進去打擾，在門口站了會兒。」

楊姮笑著接話。「娘已經猜到表嬸沒醒，就讓桃葉跑了趟。」

打發下人去和自己親自跑一趟總是有所差別，趙氏不去情有可原，楊姮不去不太妥當。當著秦老夫人和屋子裡下人的面，楊妧不便多說，只笑了笑。

趙氏接著先前的話題繼續問：「錢老夫人是廣平府人，余閣老是鳳陽府人，怎麼就成了一家人？」

「說起來都四、五十年前的事了。」秦老夫人笑嘆。「余閣老進京趕考，一路遊山玩水，走到安陽地界時，被人偷了包袱，裡面銀錢、路引、換洗衣裳都沒了。錢老夫人的父親錢老太爺剛好走鏢路過，不但贈送了盤纏，還請託相熟的人幫他重新辦了路引。余閣老高中二甲傳臚之後，親自去廣平府道謝，就做成了姻緣……這人和人之間的緣分啊，都是老天爺安排好的，任誰都改不了。」

就好像前世楚昕相中了楊妧，這世仍舊對她另眼相看。

可隨即變了臉色。

楚昕雖然未曾婚配，但楊妧卻是嫁給了長興侯，還生養了孩子。秦老夫人忿忿不平地想：她才不管什麼天定不天定，只要昕哥兒願意，她就一定要把四姑娘娶進門。上天如果要罰，就罰她好了，反正她已經是賺了半輩子。

正想著，聽到紅棗清脆的聲音。「大爺安。」

楚昕邁著大步意氣風發地走進來，身上一件象牙白的綢面箭袖長衫，挺拔得彷彿清晨原野上茁壯成長的小白楊。

楊妧跟楊姮忙屈膝問好，順勢往旁邊退了退。

楚昕淺笑答應，目光落在楊妧瑩潤如朝露的臉龐上，停了數息，眸底浮起淺淺一層惱怒。

都怪她，在月光下面朝他笑，害得他昨晚集中不了精神練習吐納功夫……

第二十九章

楊妧察覺到他的怒意，頗有些莫名其妙。大清早的，她什麼都沒做，怎麼招惹到這位祖宗了？

也難怪前世張夫人為他的親事發愁，名聲不堪，脾氣無常，哪個當娘親的不捨得讓自己女兒受苦？

不過，秦老夫人是再生之人，必然會想方設法管束他，以免重蹈前世覆轍。楚昕的親事大概不用愁，楚家也不會再遭查抄奪爵之災，那她就可以安安穩穩地把鎮國公府當靠山。

楊妧打算開間繡鋪或者做點小生意，攢夠銀錢之後，她拿出來跟伯父楊溥合買一座宅院，最好是四進五開間的，她們三房住在後罩房，在後圍牆單獨開扇門，這樣她們不會因為是孤兒寡母受人白眼，又能住得理直氣壯舒服自在。

宅子買得離六部近，方便伯父上衙，而又離護國寺足夠遠。最重要得是價格便宜，四進宅院差不多要五千兩，按人頭來算，三房能出一千兩銀子，在楊家就很有底氣了。

只是，眼下何文秀還不是皇子妃，祿米生意落不到她頭上。楊妧沒有別的門路，唯有繡活能拿得出手，還有前世見過的衣裳裙子，只不知能不能入了范二奶奶的眼。

楊妧決定，盡快做出一、兩身衣裳，再跟范二奶奶商討。

早飯後，秦老夫人打發人帶楊嬋到芍藥園看花，她則留了楊妧跟楊妲在跟前說話解悶。

莊嬤嬤捧著兩個木匣子進來。「齊整的高麗參就只這三棵，餘下的都是缺胳膊少腿的。山參倒還有五、六棵，年歲都不太久。」

秦老夫人打開匣子看兩眼。「都送過去吧，再包二兩燕窩……我記得還有根靈芝，放著四、五年了，找出來一併送過去。告訴紫蘇，張氏想吃什麼用什麼，儘管吩咐廚房，府裡若是沒有，打發人往外頭去買……伺候好了，我這裡另有賞賜。」

楊妧恍然，原來是給張夫人找的補品。

昨天當著眾人給張夫人沒臉，今兒又把她捧得高高的，一手大棒一手甜棗，治家有道的人都會這麼做。

莊嬤嬤領命離開，楊妲問道：「表嬸病得很重？」

「不能算重。」秦老夫人長嘆一聲。「她身子本就虛，加上這幾天忙碌，昨兒被表姑娘她們氣得上了點火，都趕在一起，不就激出病來了？」抬手從炕櫃最上面的抽屜翻出一張紙。「趙先生開的方子。」

趙先生就是府醫。

楊妲看兩眼遞給楊妧。方子不複雜，四物湯的川芎、白芍藥、熟地和當歸，再加了紅棗、黃耆、高麗參。

楊妧目光落在最後一味藿香上，唇角微彎，將方子還給秦老夫人。

秦老夫人別有意味地笑。「趙先生為人素來端方，現如今也學得婉轉了，最後這味藿香加得好，極其對症。」

方子前幾味藥都是養血補氣的，藿香卻有解暑發表的功效，可能趙先生怕滋補太過引起燥熱。更重要的是，藿香味道濃郁，隔著二里地都能聞到，想不知道張夫人生病怕也難。

果然，能在大家族裡當府醫，也必須有顆七竅玲瓏心。

說了會兒閒話，楊妧眼角瞥見荔枝掀著簾子往屋子瞧，猜想她定然有事稟告，便告辭離開。

秦老夫人沒留她們，倒是吩咐廚房中午給三人各添兩道菜。

國公府的規矩是一早一晚在瑞萱堂用飯，中午則是各人在自己屋裡吃，每隔五天，廚房會呈上菜單交由各人點菜，每餐有兩葷兩素四個菜。這些是公中的例，如果想要臨時添換，則要備好銀錢給廚房。

國公府的生活比起楊家要安逸舒服得多，卻是略嫌無趣。

在濟南府，楊妧每天去靜深院不提，楊姮也隔三差五往街上跑，或是買紙筆或是買頭花，或者買半斤炒栗子。而在楚家，只能在內宅裡打轉，出二門需得拿了對牌才行。如果要上街，更得先稟了老夫人，吩咐外院備車，再帶上丫鬟婆子，勞師動眾的。

最初的新鮮過後，楊姮開始感到無聊，問楊妧。「妳平常都幹些什麼，我怎麼找不到事情做？」

楊妧笑道：「可做的事情很多啊。早飯後我看著小嬋描紅，描半個時辰讓春笑帶她到花園裡走動，我練字抄經。中午趁小嬋睡覺，我做針線，繡點帕子、香囊或者荷包什麼的，若是有客人來，可以當作見面禮，免得措手不及。這幾天我在給祖母做中衣，她不是快過生辰了嗎？」

楊妲皺起眉頭。「我不想練字，要不我也繡荷包吧！昨天林家七娘子送我一只香囊，我還沒回禮。但是針線活兒也不能整天做，總低著頭，空得頭疼。」

楊妧給她出主意。「妳可以學著做膏脂或者釀酒，這會兒桃花梨花都開敗了，但過幾天市面上有杏子、梅子賣，讓人多買些回來，如果釀得好，不但可以自己喝還能送人。」

「可我不會釀酒，而且還要買白糖、酒麴，做不出來豈不是白花銀子？」

「所以才要學啊，學東西哪可能不花銀子，再說國公府每月給咱們四兩銀子月錢……買點杏子梅子才幾個錢？」

楊妲俯在她耳邊低聲道：「我娘讓攢起來。妳想每月四兩，一年下來光月錢就有五十兩，再加上姨祖母的賞賜、別人給的見面禮……這才十天，我得的東西差不多一百三、四十兩銀子，住兩年，半副嫁妝就出來了。」

楊妧無語。敢情大伯母住在楚家是賺銀子來了，算計得也太精明了點。

「銀子是靠賺的，而不是攢出來的……見面禮都是第一次才給，楚家交往的人就這些，以後別指望了。這都是人情，總歸要還回去的，不是咱們還就是姨祖母還。」

「我可沒東西還別人。」楊姮摸著腕間略帶涼意的羊脂玉鐲子，悻悻道。

「隨便。那妳繼續閒著無所事事吧。」楊妧不願多說。「我去找小嬋，玩了這些時候該口渴了。」說著與青菱拐向煙霞閣。

楊嬋不在，只有個四十多歲的婆子在給芍藥花澆水。

青菱上前問了話，婆子笑答。「六姑娘捉了隻很大的黃蝴蝶，出了一身汗，綠荷姑娘帶著回去換衣裳了。」

楊妧莞爾淺笑。

她覺得帶小嬋來京都，是再正確不過的事情。楚家地方大，單是花園裡就有許多好玩的去處，另外還有假山、竹橋和小溪。下人也多，先前一直是春笑照看著，這幾日跟青菱、綠荷她們熟悉了，楊嬋也願意跟綠荷出來逛。

如今天氣漸暖，花兒開得多了，楊嬋每天不是摘花就是撲蝶，漂亮的杏仁眼總是亮閃閃的。

楊妧沿著石子甬道慢慢溜達回霜醉居。剛進門，便聽到一陣清脆的樂曲，不是琴曲也不是簫聲，卻很悅耳。

楊妧急走兩步繞過影壁，不由愣在當地。

楊嬋坐在石榴樹下的石凳上，楚昕半蹲在她面前。因是背朝著門口，楊妧看不到他的神情，只聽到他的聲音。「……曲子唱完，就轉這個把手，往上擰十下再鬆開，匣子又就唱歌了。六姑娘試一試？」

楊嬋不試。楚昕把八音匣子放到她手裡，自己轉動把手，歡快的音樂聲再度響起來。

楚昕輕笑。「妳看，我沒說錯吧！」聲音細緻又溫柔。

這副情景何其熟悉！

楊妧只覺得胸口陣陣酸澀，一股熱流從心底直衝向眼窩，她慢慢抬起手，捂在臉上。

楊嬋瞧見她，跳下石凳，歡快地跑來扯她的裙襬。

楊妧張臂抱起她，臉埋在她衣衫裡，深吸口氣，用力將淚水逼了回去。

楚昕居高臨下地站著，下巴微揚。「祖母說把這個八音匣子給六姑娘玩，秦二公子明天一早動身……妳若是還有家信要帶，就趕緊寫，我打發人送過去。」

楊妧抱著楊嬋不便行禮，只微微彎了腰，啞聲道：「多謝表哥。」

昨天在瑞萱堂，她就想順便給關氏寫封信，可看到楚昕臉上明顯的不耐煩，她識趣地沒提。

沒想到，楚昕會主動提出來。

驛站雖然也能寄信，但時間不定，短則三、五日，長的時候半個月也有，不如讓秦二公子捎過去。他快馬加鞭，最多五、六日肯定能到。

楊妧鬆開楊嬋，輕聲道：「姊給娘寫信，妳先在這裡玩。」

楊嬋抬手撫向她眼角，拂去一滴清淚。

進了屋，隔著窗櫺看到楚昕復將楊嬋抱到石凳上，半蹲著轉動八音匣子的把手。

楊妧微合雙目，淚水噴湧而出，瞬間淌了滿臉。

她有機緣能夠重生在世，可她的寧姐兒再也回不來了！

前世，陸知海與楊嫿兩人之間的醜事終於敗露，堂姊夫陳彥明一紙休書扔在楊嫿臉上讓她歸家。

大伯母趙氏幾番懇求未能說服陳彥明，氣急敗壞地找到陸府，指著楊妧的腦門罵她為了討好陸知海不惜算計自家親人，又下令讓她接楊嫿進府作為平妻。

趙氏前腳剛走，後腳陸知萍從婆家趕回來，罵楊妧故意引個禍害敗壞陸家名聲，堅決不許楊嫿進門。

楊妧被罵了個狗血淋頭，兩邊不是人，始作俑者陸知海卻連個屁都不放，婆婆也不曾有半句寬慰之語。

楊妧心灰意冷，帶著寧姐兒到戒臺寺聽經。

戒臺寺位於京西門頭溝，與潭拓寺相距不遠，從京都坐馬車過去要一個多時辰。

楊妧夜裡不能成眠，早晨又起得早，在戒臺寺用過午飯便迷迷糊糊地睡過去。剛合上眼，聽到乳娘說大小姐不見了，她驟然驚醒，連頭髮都顧不得梳，急匆匆往外走。

一路尋到後山，隔著老遠就瞧見寧姐兒手裡攥一大把狗尾巴草坐在大石上，楚昕半蹲在寧姐兒面前，正跟她說著什麼。

他穿象牙白細棉布道袍，頭戴黃竹木髮簪，午後陽光照射下來，彷似給他籠了層金色的薄紗，將周遭萬物都隔絕在外面。含光手持長劍恍若雕塑，靜默地守護在旁邊。

及至走近，楊妧聽到了寧姐兒稚氣的聲音。「小兔子喜歡吃狗尾巴草，你養過兔子嗎？」

「沒養過。」

「我家裡養過。過年時候，田莊的趙大叔送給我一對白兔子和一對黑兔子，你知道牠們的眼睛是什麼顏色嗎？」

「不知道。」

寧姐兒得意地回答。「白兔子眼睛是紅的，黑兔子眼睛是黑的。」

楚昕輕笑。「是嗎？竟然是這樣，我還以為兔子都長著紅眼睛。」

寂靜的山林裡，清風徐徐，寧姐兒清脆的聲音彷彿嘰嘰喳喳的小麻雀，細碎而輕快。

楊妧下意識地止住步子。

陸知海在女人身上肯用心思，對女兒並不親近。相應的，寧姐兒很怕見到父親，在陸知海面前也總是唯唯諾諾地不敢張嘴，卻沒想到，跟陌生男子竟會有這麼多話。

楚昕站起身。「妳娘來了，別讓她久等。」目光朝楊妧掃射過來。

那張臉像是美玉般泛著光澤，五官昳麗如同初昇的朝陽，可眼眸卻冷厲，盯得人心裡發寒。

那個時候，楚昕已經「名」動京城。

楊妧初次見到他時也沒留下什麼好印象，遂不敢多言，只屈膝福了福，匆匆帶寧姐兒回到客舍，事無巨細地詢問她怎生遇到那位公子，都說了什麼。

寧姐兒興高采烈地回答。「我採狗尾巴草編兔子，走著走著找不到路了，就看到公子……公子說娘一會兒就來了，讓我別亂跑……公子很笨，連兔子都不會編，也不會編籃子。」

楊妧長舒一口氣。

雖然寧姐兒只五歲，可若是大肆宣揚地去尋找，免不了會惹來閒話。陸家因為陸知海跟楊嫿的醜事，本就被人指指點點，倘若寧姐兒再出什麼意外，陸家的聲譽就全毀了。

慶幸之餘，仍厲聲吩咐寧姐兒。「以後不許說見過這位公子，跟誰都不能說，祖母和父親都不行。」

寧姐兒懵懂不明。「娘，為什麼呀？」

楊妧沈默片刻，回答道：「他是壞人，咱們不跟他玩。」

第三十章

楊妧匆匆寫完信，揚聲喚青菱進來。青菱瞧見她眼底的紅腫，嚇了一跳。「姑娘……」

「以前從沒出門，頭一次離開家，有點想我娘了。」楊妧赧然解釋。「妳把信交給世子爺，我不方便見人。」

青菱了然地點點頭，接了信出門，很快領著楊嬋進來。「大爺走了。我叫人打水，姑娘洗把臉。」

楊嬋走近，把八音匣子放到楊妧掌心。

楊妧看著她那張跟寧姐兒有五分肖似的臉，眼眶又酸澀，端量許久，遲疑著開口道：「小嬋，妳能不能……」

能不能喊我一聲娘？

楊嬋抬起頭，烏漆漆的瞳仁茫然不解，少頃，轉動起八音匣子把手，曲聲叮咚，一遍一遍迴盪在屋子裡。

楚昕捏了捏手裡信皮，手感很薄，似乎只有一張紙，遠不如給何文雋那封信厚實。

上面寫著「濟南府楊溥轉交關氏」，字體勁秀工整……只是這信也太薄了吧？

楚昕從抽屜裡翻出昨天晚上的那封信，封口抹了漿糊，封得挺嚴實，又對著窗口照了照。

信皮是藤黃紙，根本透不出光。楚昕琢磨著要不要用針挑開封口看一看，心念剛轉，聽到含光略帶惱怒的聲音。「世子爺！」

「我又沒幹什麼！」楚昕色厲內荏地說，揚手將兩封信一併扔到含光懷裡。「讓遠山送去給秦二爺。」

含光低聲道：「世子爺今天的大字還沒寫。」

「我知道。」楚昕不耐煩地打發他離開，身體往椅子上一癱，兩隻腳搭在書案上，黑色皂靴輕輕點著，腦子裡莫名浮現出楊妧的面容。

白白淨淨一張俏臉，眼眸烏漆漆的，像蘊著一潭靜水，毫無波瀾。

還是個黃毛丫頭，卻總板著臉裝成大人模樣，也難怪祖母喜歡她，上了年紀的人都喜歡看起來聽話懂事的姑娘。

他才看不上這麼無趣的人，以後要找一個……楚昕還沒想好要找什麼樣的，反正不會是張珮那種嬌柔做作的。

分明她做錯事，卻還假惺惺地掉眼淚，像是誰冤枉她似的。難道誰會哭誰就有道理？而且哭得還奇醜無比！

楚昕眼前突然閃過楊嬋抬手拂在楊妧眼角的動作，又思及她低啞到近乎哽咽的聲音。

她哭了？誰又欺負她了？

楚昕「嗖」地站起來，因起身太急，兩腿卡在書案與椅子中間，險些摔倒，幸好他腿腳靈便，極快地穩住了身形，書案上一摞書卻掉在地上。

惠蘭在外間打絡子，聽到聲音探進頭，楚昕朝她揮揮手。「沒事，不用妳。對了，妳去霜醉居一趟——」

話未出口又嚥了下去。楊妧哭不哭干他屁事？又不是他揍哭的。

蕙蘭等了會兒沒有下文，疑惑地問：「世子爺，去霜醉居幹啥？」

楚昕腦子轉得快。「把我那套皮影戲還有魯班鎖、華容道都找出來送給六姑娘玩，順便問問六姑娘，有什麼想吃的點心，我打發人去買。」

蕙蘭笑盈盈地去了，約莫兩刻鐘，回來回話。「四姑娘身體不爽利，歇下了。青菱接了東西，說謝過世子爺，待四姑娘醒來，會如實轉達世子爺的話。」

楚昕納罕。差一刻午正時分，馬上要吃午飯了，睡的哪門子覺？

傍晚去瑞萱堂請安時，楚昕從秦老夫人那裡得知楊妧因為想家病倒了。

楊妧這次病來得急。

中午只覺得頭有些沈，歇完晌覺開始起熱，到下午，臉頰已經燒得燙人。喝完藥強了點，半夜再度燒起來，又是哭又是鬧，胡話不斷，霜醉居伺候的丫鬟忙得雞飛狗跳。

秦老夫人怕丫頭們伺候不力，特地指了莊嬤嬤跟荔枝去幫忙。好在平日時分，楊妧終於退了熱，沈沈睡去。

清早，張夫人得知，劈手把剛燉好的燕窩盅摔了。當值的丫鬟嚇了一跳，忙跪在地上。

董嬤嬤嘆口氣，斥道：「怎麼當的差，毛手毛腳的？還不快收拾了，讓廚房另外燉一碗。」

丫鬟忙拿簸箕將碎瓷片和軟糯的燕窩撮了出去。

張夫人攥著帕子摁眼窩。「嬤嬤，我怎麼能不生氣？那個犄角旮旯來的丫頭片子都快爬到我頭上了。我病了這些年，老夫人只打發人問一聲，楊家姑娘生次病，把體己人都調派過去伺候。滿府的下人都看在眼裡，他們會怎麼想？我堂堂一品誥命夫人，連鄉下丫頭都不如？」

董嬤嬤倒杯茶遞給她。「夫人這麼想，可真是大錯特錯。楊姑娘遠來是客，要是在咱府上有個好歹，還怎麼跟人家長輩交代，老夫人這不是擔著責任嘛？再者說，楊姑娘歲數小，院子裡的丫鬟也沒有經過事的，不等老夫人那邊有動靜，夫人倒應該先指派個老成的下人去壓壓陣。」

張夫人想一想，確實是這個理。霜醉居裡除了青菱和青荇原先是三等丫鬟外，其餘都沒近身伺候過，遇到這樣的事情，肯定絆手絆腳。

董嬤嬤見她面色緩和，無奈地再嘆一聲。

先前的祭酒夫人最是大度精明，怎麼生養出張氏，卻是這般……不著調。

按說張氏這個身分，既是長輩又是當家主母，合該拿出國公夫人的氣勢來，不待老夫人吩咐，便將楊家太太和幾位姑娘身邊的事情打點好。衣裳該做的做，器具該添的添，左不過是百八十兩銀子的事，再做點面子上的功夫，每日裡打發人噓寒問暖，楊家人感激她，老夫人也會覺得她識大體。

張氏可好，老夫人前頭打點，她緊跟著在後頭使絆子。裁衣裳是一樁，花會又是一樁，這會兒又因為使喚丫鬟較勁。

楊家四姑娘可是個精明人，還能看不出來？

想到這裡，董嬤嬤喚了紫藤進來。「把昨兒老夫人給的那包燕窩送到霜醉居，問下四姑娘的病可好點了？就說夫人本打算親自過去看望，可精神不濟，怕兩下添麻煩，反而不美……順便看看，若是人手不夠，妳在那兒支應一會兒。」

紫藤應聲離開。

張夫人期期艾艾的，終是開了口。「老夫人給的都是上等燕窩，市面上不好買，打發人到外頭隨便買點不就行了？我大嫂最近身子不好，面色枯黃，本來我想花會那天包些藥材讓她帶回去……楊家姑娘又吃不出好壞，可惜了的。」

董嬤嬤無語。

她已經跟張夫人說過無數回了，她現在是楚家的媳婦，應該以楚家為重，而不是天天惦記娘家，恨不得一根針一匝線都往娘家搜刮。偏偏張夫人還以為別人都是傻子，看不出她安什麼心思。

也難怪老夫人一直把持著中饋不讓張氏沾手，否則國公府早就改姓張了。

張夫人完全不明白自己做法有不對之處，又開始抱怨。「嬤嬤，老夫人這裡是不是出了問題？」伸手指指腦袋。「還是沾惹了不乾淨的東西，就跟變了個人似的……我心裡直犯嘀咕，她會不會真打算跟楊家結親？」

董嬤嬤不太確定。原先她覺得家世相差太大，這幾天冷眼瞧著，秦老夫人對楊家姑娘確實好得出奇，經常留她們在跟前說話，對張家幾位表姑娘可從沒這樣。

董嬤嬤斟酌片刻，給張夫人出主意。「您還是趕快養好身子，陪老夫人去趟護國寺，那些鬼魅魍魎的東西最怕佛門聖地……讓大姑娘也跟著去。這抄一百遍經書，要抄到猴年馬月去？過幾天各府的花會就會陸續辦起來，夫人多帶楊家姑娘走動，把話放出去，兩位楊姑娘相貌都不錯，肯定有願意求娶的。按說大姑娘的親事也要留心了，正好兩樁合成一樁辦。」

張夫人眸光一點點放亮。如果楚映能放出來，她跟張珮最要好，讓她去求老夫人，說不定能勸服老夫人。

她的娘家，怎麼能撒手不管呢？

楊妧病了足足五天。

秦老夫人自不必說，一日三次打發人去問候，張夫人也是天天派人噓寒問暖。

錢老夫人遣人來過兩次，頭一次送了套七巧板、木頭玩偶，得知楊妧生病，又送了些銀耳燕窩等補品。

第六天早上，楊妧用完早飯見陽光正好，對青菱道：「幫我找件出門衣裳。病這幾天讓老夫人和夫人跟著擔憂，這會兒大好了，過去問個安，順便讓她們安心。」

青菱看著空蕩蕩的衣櫃發愁。楊妧的衣裳本就不多，有幾件還是緞面的，現在穿太熱了，能穿的便只有四件襖子。她挑了嫩粉色襖子和湖藍色羅裙，伺候楊妧換上。

幾天不出門，花園裡已經是姹紫嫣紅。嬌豔的月季花、粉嫩的海棠花，還有明媚的石榴花，一路走過去，綠樹紅花交相輝映，漂亮極了。

秦老夫人看到楊妧非常高興，上下打量了好一會兒，慈愛地說：「瘦了，下巴都尖了。這幾天先吃清淡點，等完全康復，讓廚房給妳補一補。四丫頭愛吃什麼？」

楊妧毫不猶豫地說：「我愛吃魚，清蒸紅燒還有燉湯都愛吃。」

秦老夫人笑道：「那就讓廚房多做魚。」

「謝謝姨祖母。」楊妧也跟著笑。「還有件事情想請姨祖母拿個主意。錢老夫人打發人送了兩次東西，我想借用一下廚房做幾樣點心回禮，您覺得綠豆糕好，還是糯米糕好？我還會做桃花餅，就是做的樣子不周正。」

秦老夫人道：「錢老夫人最愛吃酥皮點心。」

楊妧赧然。「我做不好酥皮。」

秦老夫人「呵呵」笑。「哪裡就用得著妳動手了，廚房的人都吃白飯的？」

楊妧笑道：「我總得要盡分力。那我去幫忙打雞蛋，順便偷師。」

「廚房裡煙燻火燎的，等做出來妳幫忙擺盤，一樣是心意。」

大家族的姑娘都嬌生慣養的，誰會鑽廚房？站在廚房門口等廚娘把湯水端出來，捏一撮香菜末灑進去，已經算是親手燉的湯了。

楊妧又道：「還得求姨祖母個人情，這幾天我生病，霜醉居上下忙得腳不點地，帶累著莊嬤嬤和荔枝姊姊都受罪。我想請廚房置辦桌席面，讓她們鬆快半天，特地向您告個假，免莊嬤嬤和荔枝姊姊半天差事。」

荔枝忙道：「這可使不得，伺候姑娘是分內的事。」

莊嬤嬤卻說：「我得去吃席，有日子沒喝酒了，正好借這個由頭喝兩杯。桃花釀酒勁小，四姑娘單另給我一罈秋露白。」

秦老夫人「哈哈」笑。「哪有妳這樣嘴饞的客人，還主動討酒喝？四丫頭別理她，有冷了的殘茶賞她一盅就行。」說著吩咐荔枝。「拿五兩銀子送到廚房，算是我給四姑娘添的菜。妳們幾時擺席？」

楊妧道：「明兒中午，想擺在臨波小築，那裡現成的桌子椅子又臨著湖，涼快些。」

秦老夫人點點頭。「是個好地方，要是有好菜記得招呼我一聲。」

「明兒我來請您。」楊妧聲音清脆地答應著，站起身。「我去趟正房院給表嬸道聲謝，還有紫藤姊姊也跟著受累不少。」

秦老夫人頷首。「去吧。」

隔著窗櫺瞧見楊妧瘦弱的身影，輕輕嘆了聲。「四丫頭不容易，小小年紀行事如此周全。」

這也就是寄人籬下，若在自己府裡，下人再苦再累也該受著，哪裡有主子掏錢答謝下人的道理？

話又說回來，這種事情難道不該是趙氏出面張羅？

秦老夫人回過頭。「四丫頭這身衣裳看著眼熟，前陣子穿過吧？」

莊嬤嬤笑道：「都穿過兩回了，進府那天穿的就是這襖子，外面配了件長比甲，生病前又穿過一次。」

荔枝聽到話音，笑著接話。「剛青菱在院子裡還跟紅棗嘀咕，說四姑娘應季衣裳不多，過幾天若有宴請，怕是沒得換……我正想尋個機會回給老夫人。」

勛貴人家愛臉面，在家裡無所謂，衣裳乾淨整潔即可，可出門做客卻講究，同一件衣裳不能穿兩回，否則會被譏笑。

秦老夫人正有意多帶楊妧認識人，定不會在這種小事上讓楚家和楊妧沒面子。略思量，對莊嬤嬤道：「上次妳不是去過真彩閣？明兒再去一趟，請那位范二奶奶參詳著給四丫頭多裁幾身，冬天的夾襖和夾棉裙子也提前做出來。」

莊嬤嬤含笑應下。「我一早就去，早去早回不耽誤吃席。」

秦老夫人莞爾。

病這幾天，楊妧到底是有些虛，才走一小會兒，已覺得氣息有些喘。

青菱有意放慢步子，指著旁邊青翠的一株矮樹笑道：「再過十幾天，紫薇花就要開了，這樹最有意思，會躲癢癢……姑娘動一下試試。」

楊妧伸手輕觸一下枝椏，紫薇樹果真搖了搖，像是怕癢一般。她促狹心起，連著觸了好幾下，樹葉婆娑作響，不由低笑出聲。

楚昕從正房院出來，拐個彎，抬頭一瞧，下意識地停住步子。

綠樹下，楊妧仰頭笑得溫柔，陽光自枝椏間透射下來，她白淨的臉龐散發出柔潤的瑩光。

有風吹過，掀動她的羅裙，一雙杏子紅面繡著鵝黃色忍冬花的鞋子探出半截，柔軟而纖巧。

楚昕垂眸盯住那隻鞋尖，一種全然陌生的感覺油然而起，有些酸有些澀，漲鼓鼓的湧動在心頭。

這感覺讓他慌亂，無所適從，手足無措。

楚昕飛快地收回目光，抬頭往上看。

楊妧察覺到，回過頭，正撞上楚昕烏漆漆的眼眸，忙屈膝行禮，一聲「表哥」尚未喚出，楚昕如同受驚的兔子般撒腿跑開了。

青菱疑惑地看著楚昕的背影。「大爺怎麼了？」

楊妧同樣不明白。「可能突然想起什麼重要的事情了吧？」

第三十一章

時近晌午，鏡湖邊上靜寂無聲，唯有清風吹動柳枝，簌簌作響。因為靜，越發顯出他心跳得急，「怦怦怦」如同擂鼓。

楚昕深吸口氣回頭望，眼目之間盡是青蔥的綠色，哪裡還有楊妧的身影？

他胡亂扯一把柳條，鬱悶得不行。

他也不知道自己是怎麼了。得知她生病，他很關心，不但打發蕙蘭去霜醉居探望，一早一晚給老夫人請安時，他也拐彎抹角地打聽過楊妧的病情。

甚至想，如果楊妧再不見好，他就求老夫人請太醫過來……他不能辜負何文雋的託付。

多日不見，好不容易碰到，他應該彬彬有禮地詢問她病情如何，有沒有想吃想玩的東西，他可以幫忙到外面買。

但不知為何，看到湖藍色裙裾下面那一角柔軟的鞋尖時，他什麼話都想不起來了，腦子裡只有一個念頭：快逃，不能讓她看穿他內心的想法。

可心裡有什麼想法，他自己也不知道。

總而言之，真是太丟人了！楚昕再扯一把柳條，洩憤般把葉子全都擼掉，揮著光禿禿的枝條往二門走。

一路走，心裡仍是不忿。

上次，老夫人拉著他的手噓寒問暖的時候，楊妧就嘲笑過他；還有他踢石子打她，她雖然沒說什麼，可看著他卻是笑盈盈的，肯定也覺得他幼稚。

這次更是……她在背地裡不知笑成什麼樣子呢？

每次看到她都出醜，以後還是離得遠遠的為好！

楚昕三五下把柳枝掰斷，用力扔到路邊，出了二門往西走，有片占地極大的松柏林，其間暗藏著八卦陣法，等閒不讓人進去，歷代鎮國公世子便居住在此地。

松濤院位於八卦陣的出口，是待客之處，穿過松濤院，左邊是座三層高的小樓，叫做觀星樓，楚昕日常起居便在這裡。右邊則是個兩進五開間的小院，叫做覽勝閣，是世子成親之後家眷的住處。

從覽勝閣出去松柏林走不多遠，有扇角門通向內宅，就是楚昕翻牆而過的西角門。

回到松濤院，看見大剌剌斜靠在羅漢榻上，翹著二郎腿的顧常寶，楚昕沒好氣地說：「快晌午了，你又來幹什麼？」

「蹭飯。」顧常寶絲毫不見外，把背後彈墨靠枕移開，坐正身體，指了指面前茶盅，吩咐臨川。「茶冷了，換熱的來。」

臨川續上熱茶，顧常寶端起來淺淺抿一口，望著滿目蒼翠嘆道：「還是你這裡舒服，到了夏天何其涼爽。」

「再涼爽跟你也沒關係。」楚昕大口喝盡半盞茶，乜斜著他。「想舒服怎麼不去杏花樓和挹芳閣？」

顧常寶無奈地嘆一聲。「這不柳眉還沒掛牌嗎？去了也是給自己找罪受、乾著急，吃不到嘴裡。杏花樓那邊，我娘不許去，她託人求親去了，叫我老實待在家裡別折騰事。」壓低聲音，眼裡閃著絲絲炫耀。「求的是江西廖家的姑娘。」

江西多出文人，絲毫不遜色於江南，其中廖家最負盛名。前年剛乞骸骨的內閣次輔便姓廖，而現在六部大小機構觀政的廖家人不下十位。

楚昕挑眉。「就你？」

「我怎麼了？」

楚昕眼裡的嘲諷太明顯，顧常寶想忽視都忽視不了。「我怎麼了？長得一表人才相貌堂堂，哪裡配不上廖家？」

「你倒是說說拿什麼來配，文才還是武技，還是有個一官半職？論相貌，你能比得上爺？」

這倒也是，滿京都的男人，比楚昕好看的沒幾個。

顧常寶一屁股又坐下去。「我娘也這麼說……她說我除了吃喝玩樂在行之外，其餘都不行，所以一定得找個知書達禮能教養孩子的媳婦，否則下一代更紈袴。」

楚昕笑了。「知子莫如母，你娘了解你。」

「可是，」顧常寶苦著臉說：「聽說廖家姑娘相貌一般，看先前的廖閣老就知道。」想到廖閣老那張長得出奇的馬臉，楚昕莞爾。「聽說德行或者才學好的女子，容貌大都只是泛泛。不過相貌不重要，娶妻當娶賢。」

「我娘也這麼勸我……反正頭三年我肯定老老實實的，過了三年納幾個絕色小妾進門，照樣樂呵。」

「呸！」楚昕一口茶啐過去。「你特娘的渾不渾？人家好好的姑娘嫁給你，是讓你欺負的？」

顧常寶愣了，扯著衣袖擦拭臉上茶湯。「我欺負誰了？這都哪兒跟哪兒，八字還沒一撇的事情，楚霸王，你說小爺我欺負誰了？」

「八字沒一撇，你就惦記著納妾，明擺著是欺負廖家姑娘。人家姑娘離了爹娘，大老遠地到京都來，你就這麼對人家？過上三年就納幾個小妾，還絕色小妾……依我看，這親事趁早拉倒。」

「噯，不是，楚霸王，你看不得我好是不是？我納妾怎麼了，東四條街頭沽酒的張老漢掙了銀子，頭一件事就是買了個黃花大閨女伺候自己。小爺又不是養不起，合著要是你娶個夜叉似的媳婦也不打算納妾？」

楚昕驕傲地昂起下巴。「我家的媳婦肯定漂亮。你看我祖母，年輕時候肯定是一等一的大美人；你看我娘，我娘要是不漂亮也生不出我這樣的。第二，我家男人不納妾。」

這倒是，先頭的鎮國公因為原配故去，續娶了秦老夫人，而現在的鎮國公戍守宣府，據說身邊一直沒有女人伺候，也所以楚家人丁不興旺。

顧常寶張張嘴說不出話，一股火氣朝臨川發。「傻站著幹啥？趕緊倒茶！」

楚昕笑笑，沒用臨川，親自執壺給顧常寶倒了半杯。

顧常寶一飲而盡，覺得找回了點面子，指指空杯子。「再倒……哼，小爺我今兒心情好，不跟你一般見識，否則我跟你沒完。」

楚昕再倒半杯，想起先前的情形，假作不在意地開口。「問你件事，你有沒有特別怕一個女人，看見她就想逃？」

「有！」顧常寶乾脆地回答。

楚昕眸光一亮，只聽顧常寶續道：「錢老夫人。我小時候到余家玩，踹了她家貓兩腳，老夫人攥著雞毛撣子滿院子追我。那會兒她五十好幾了，跑得那叫一個快……後來我看到她就躲。」

噗哧！楚昕一口茶直直地噴出來，正噴到顧常寶胸前。

顧常寶像鬥雞般扎煞開了。「沒完了是嗎？頭一天上身的新衣裳，玉帶白最不經髒，沾上茶漬還怎麼出門？」

「是我的錯，我賠你一件不就得了？哦不，兩件，十件！」

顧常寶揮開楚昕的手。「我是缺衣裳穿的人嗎？這關乎臉面！走在路上，誰都能看出我被人潑了茶，又知道我從你這裡出去的，小爺這臉往哪兒擱？」

楚昕道：「我不要臉面，你就說我潑了茶，你把我揍得下不了床，你是英雄好漢行不行？」

「也得有人信！」顧常寶氣得臉紅脖子粗，兩眼往外冒火。「說出去誰信？」

「我有什麼辦法，又不能拿刀架在脖子上逼著人信。」

顧常寶低頭看著已經呈現出淺褐色斑痕的衣衫，嚷道：「把你的衣裳拿件過來。」

兩人年紀相仿，個頭也差不多，只顧常寶長得略胖些。

臨川這會兒倒機靈，不等楚昕吩咐，顛顛跑到觀星樓讓蕙蘭找出四、五件沒穿過的長衫。

顧常寶逐件比在身上試了試，換上寶藍色直裰，連飯也沒打算蹭，晃晃悠悠地走了。

楚昕呆坐片刻，也出了松濤院，穿過松柏林來到演武場。頂著正午的大太陽一鼓作氣射完兩囊箭，這才收了弓，大汗淋漓地回到觀星樓。

一連四、五天，楚昕沒去內院請安，只是早晚打發了含光代為問候。

這幾天，楊妧擺席面請了丫鬟們吃酒；張夫人終於「康復」，興致勃勃地鼓動秦老夫人去護國寺；真彩閣也送了四身襖裙讓楊妧先穿著，其餘的再慢慢做。

秦老夫人饒有興趣地翻看著。襖子都是短身收腰的款式，袖口剛及手腕，領口或是立領或是圓領，盤釦卻極精巧，四件襖子用了四種不同樣子，有一字釦、梅花釦、蝴蝶釦和樹葉釦，各具特色。

四條裙子則真正展示出真彩閣的實力來。有丁香色跟茶白色相間搭配的月華裙，有湖綠底色繡著嫩粉芙蕖的馬面裙，有二十四幅靛藍色的湘裙。最惹眼是一條紗裙，是用懷素紗做的，布料太過輕薄，裡面加了層月白色的綢布。懷素紗呈清淺的綠色，疊在一起的時候如同一池秋水望而生涼，可抖開裙襬，就是流光溢彩。

秦老夫人非常滿意，使喚紅棗將楊妧喊來。「後天咱們去護國寺，妳穿這條湘裙，素淨而且雅致。我估摸著過幾天余閣老家裡會宴請，余家最美就是一池蓮花，眼下雖然還沒坐花骨朵，但蓮葉田田也是風景，妳穿這條馬面裙最應景了。等天兒再熱熱，就穿這條紗裙，懷素紗看著心靜。」

「姨祖母，」楊妧心裡說不出是什麼滋味。「這太破費了，我有衣裳穿，用不了這許多。」

她知道，秦老夫人不會無緣無故地接她們幾個來，先前請太醫為楊嬋診病時，秦老夫人也明白地表達出她的想法。

儘管有互相利用的意味在，可這段時日相處下來，秦老夫人對她是真心好，對楊嬋也是真心疼愛。這種好，甚至超過了嫡親的祖母秦氏。

秦老夫人輕笑出聲。「妳們小姑娘最應該好好打扮，等像我這般歲數，滿臉皺紋跟樹皮似的，想要抹點脂粉也掛不住。」

可是……楊妧抿抿唇。「我不想去護國寺。」

前世，她就是在護國寺遇到了陸知海。

秦老夫人和藹地說：「淨空大師佛法精深，講解經文深入淺出非常易懂，我想請他講一卷《地藏經》，再把妳抄的經書供奉上去。國公爺的生辰快到了，該給他那盞長明燈續香油了。」

她口中的國公爺是楚平，楚昕的祖父。

楊妧想起寧姐兒，眼圈微紅。「那我再抄兩本《金剛經》，多一本多一份心意。」順便也給寧姐兒點一盞長明燈，願她來世生在好人家，平安康泰地長大。

至於陸知海，她陪在秦老夫人跟前寸步不離，總能夠避開了吧？

即便真的遇到，她也不可能像前世那樣，傻乎乎地閉著眼往火坑裡跳……

第三十二章

當天下午，闔府上下都知道了後天要去護國寺。

青菱興高采烈地幫楊妧姊妹收拾東西。

不過夜，不需要帶被褥帳簾等物，但茶盅茶壺、胭脂香粉、替換衣裳、備用釵簪以及無聊時候看的書、玩的玩具都要帶著。還得多備幾只香囊，以防蚊蟲。

楊妧凡事不管，一邊看著楊嬋玩華容道，一邊縫衣裳。

衣裳是給何文雋做的，沒用玄色而是用了石青色。石青色近乎墨，如果繡蘭草或者竹葉，未免顯得沈悶，楊妧便用玉白絲線搭配著銀線繡了一簇玉簪花。

如今玉簪花瓣已經繡好了，只差金黃色的花蕊尚未完工。

秦氏的生辰在五月十七，何文雋的生辰是五月十四日，相隔不過三天。楊妧想趕緊做出來，連同秦氏的生辰禮一同寄回去。

晚飯後，張夫人有意在瑞萱堂磨蹭了會兒，待旁人都離開，賠笑走到秦老夫人跟前。

「娘，後天去護國寺，讓阿映也一道去吧？」

秦老夫人淡淡地問：「讓她抄的書都抄完了？」

「一百遍呢，哪能這麼快……阿映知道自己錯了，這次跟著聽大師講經，也好化去心中鬱忿，免得鑽了牛角尖。」

秦老夫人抬眸，極快地掃了張夫人兩眼。「大姑娘知錯，那她錯在哪裡？」

張夫人道：「阿映被我縱壞了，以前家裡好吃好穿的都盡著她，楊家姑娘來了之後，阿映覺得自己受了冷落，所以排斥厭憎幾位楊姑娘。她說以後知道恭敬姊姊友善妹妹，互相照顧。」

「這就是她的錯？」秦老夫人抬手抓起炕桌上半盞殘茶朝張夫人臉上潑去。「就連貓兒狗兒都知道護食，大姑娘心有排斥也是人之常情。我是恨她識人不清，被人當槍使還不自知。張家二姑娘是個什麼東西，難道妳心裡不清楚？」

張夫人面皮漲成了茄子色，心裡既是羞愧又是怨恨。

這個老不死的東西，阿珮要人才有人才，要相貌有相貌，到底做了什麼天怒人怨的事情，讓老東西如此記恨？

秦老夫人續道：「治家如治軍，令必行禁必止，如果這次輕而易舉就饒過大姑娘，下次她還不長記性？妳回去吧，大姑娘沒抄夠一百遍，我不可能放她出來……把臉擦一擦，沒得喝點茶弄得滿身都是。」

張夫人緊咬著下唇，掏帕子擦了擦臉，藉著夜色回到正房院，劈手摔了兩隻粉彩茶盅。

這次倒是沒傳出生病來。

再過一天，就是去護國寺的日子。

楊妧依著秦老夫人的吩咐，換上靛藍色的湘裙，搭配著新作的石榴紅折枝花暗紋襖子，早早到了瑞萱堂。

秦老夫人看到她，眼底不由就沁出笑。「好看，有點像大姑娘了。」

襖子腰身收得緊，楊妧身體的曲線便顯露出來，雖非凹凸有致，卻是略見山巒。

莊嬤嬤笑著接話。「四姑娘快滿十三歲了，是幾時的生辰？」

「五月二十六，過了生日就十三了。」

秦老夫人吩咐荔枝。「妳記性好，趕緊幫我記著，到時候敲四丫頭一筆，讓她擺席吃酒。」

莊嬤嬤笑道：「用不著荔枝，吃酒的事我記得住，一準忘不了。」

秦老夫人佯斥一聲。「才剛吃過沒幾天，又惦記吃酒？妳得備了禮才能坐席。」

眾人嘻嘻哈哈陪笑時，趙氏跟楊姮走進來，問道：「有什麼喜事，姨母這般高興？」

秦老夫人朝莊嬤嬤努努嘴。「越老越饞，惦記著四丫頭的生日討酒吃……二丫頭幾時生日？」

楊姮忙回答。「九月十二。」

莊嬤嬤高興地說：「到時也請二姑娘賞杯水酒喝。」

趙氏連聲替楊姮答應。「那是一定的。」側眸瞧見楊妧身上襖子，問道：「阿妧幾時添了這件衣裳，盤釦很別緻。」

秦老夫人指著炕邊藍布包袱裡的經書。「四丫頭費心費力替我抄經，我也沒別的好東西，替她裁了幾件新衣裳。」

趙氏笑道：「勞姨母破費，阿妧寫字好，抄幾本經書是順手的事，哪裡還得要賞賜了？」

「話可不是這麼說。」秦老夫人拿起一本翻給趙氏看。「字體就不必說了，妳看著筆觸起合流暢，墨跡均勻平整，就知道四丫頭是用了心的，若是心浮氣躁，墨跡必然有淺有深。」

趙氏承認這點，惱怒地瞪了楊姮兩眼。前幾天，楊妧勸過她，她沒聽，如果用上心也抄兩卷，豈不是也能得好幾身衣裳？

秦老夫人將趙氏的神色看在眼裡，卻沒理會。

若是從前，給楊妧裁衣裳的同時，她定然也會捎帶給楊姮裁兩身，一碗水端平才不傷和氣。

但重活一世，她想由著性子來，喜歡誰就抬舉誰。不費點心思就想從她這裡討便宜，沒門！

再者，趙氏只是愛佔便宜，絕對行不出大奸大惡之事，得罪了又如何？

這會兒張夫人匆匆趕來。「娘，表嫂，對不起。阿映早起有些不舒服，我實在放心不下，這才來晚了。」

秦老夫人問道：「怎麼了？請府醫瞧過沒有，若是嚴重，妳留下來照顧她。」

「不嚴重，就是……聽說咱們去護國寺，她心裡彆扭，鬧了點脾氣。」

秦老夫人道：「等她抄完書，咱們再去一趟，或者去白馬寺、潭拓寺都成，但是抄不完卻不許出來。」

「是。」張夫人恭聲應著。

人齊了，一行簇簇擁擁地走到角門。門口停著六駕馬車，小廝婆子正有序地往車上搬箱籠。

秦老夫人跟張夫人分別坐在前面兩輛翠蓋朱纓八寶車上，趙氏跟楊妲、楊妧與楊嬋分別乘兩輛朱輪華蓋車，其餘丫鬟婆子們擠在最後面的黑漆平頭車。

楚昕穿寶藍色長袍，腰間束著白玉帶，坐在一匹棗紅色高頭大馬上，下巴微揚，墨髮高高束起，些許髮梢被風揚起飄散在耳旁，手裡攥一柄牛筋長鞭，看上去驕矜不羈。

不等女眷上車，楚昕甩個鞭花當先衝了出去，幾位小廝隨在其後，馬蹄得得，濺起塵土滾滾，氣勢十足。

在城裡這般縱馬，也不怕傷了人？楊妧輕嘆聲，扶著青菱的手上了車。

莊嬤嬤隨在楊妧車上，絮絮地說起京都的各大寺廟。「護國寺雖然尊貴，可香火卻不如潭拓寺，因為潭拓寺跨院有棵千年姻緣樹非常靈驗，周圍十里八鄉的百姓都喜歡到姻緣樹下掛紅繩。護國寺後山有棵桃樹，說是活了五百年。如果有機緣就能求到用桃木枝雕成的發簪等配飾，桃木可以驅邪避惡。」

了。

楊妧下車時，看到楚昕棗紅色的大馬拴在路旁樹幹上，人卻不見蹤影，可能已經進去

護國寺離荷花胡同不算遠，兩刻鐘便到了。

楊妧聽了抿嘴笑。畫符驅鬼是道士的事，寺裡和尚用桃木刻配飾不外乎為了銀子。

秦老夫人正在跟個身穿鴉青色長衫的中年男子說著什麼。

莊嬤嬤留意到楊妧的目光，低聲介紹道：「是嚴管事的弟弟，小嚴管事。嚴管事在家中居長，小嚴管事行三，老二跟隨國公爺去了宣府。」

兄弟三人都在府裡當差，應該是世僕了。楊妧笑問：「那他們的父親呢？是嚴總管？」

莊嬤嬤應道：「沒錯。」

她就喜歡跟楊妧這麼聰明通透的姑娘說話，她提個頭，楊妧知道個尾，點到為止，不用費事巴拉地解釋。

小嚴管事朝這邊走來，恭敬地問：「四姑娘，山路難行，我給老夫人要了軟轎，是不是給六姑娘也要一頂？」

楊妧低頭看看因為膽怯而抓著自己裙裾的楊嬋，婉言謝絕。「不用了，妹妹怕生，我牽著她走上去便是。」

小嚴管事應聲好，笑著離開。

護院們呼喝著讓山路行人避讓，兩人一組，守衛在路旁。楊妧牽著楊嬋，被丫鬟婆子護衛著往山門走。

兩個身穿茶褐色僧衣的和尚站在山門旁，看見秦老夫人，急急迎上前，雙手合十，口呼佛號。「阿彌陀佛，老檀越一向可好？住持已在殿外等候，老檀越裡面請。」

從護國寺山門到大雄寶殿門口是條長長的漢白玉石階甬道，旁邊是成片的松樹林，林間小路上，有三三兩兩的行人在走動。

莊嬤嬤道：「以往都是早早定下日子淨山，這次時間倉促，有些信徒老早約好了前來進香，都大老遠趕來了，倒不好攔著不讓進，免得被佛祖責怪……咱們既然來了，必然不會再往裡放人。」

楊妧點點頭表示理解，一邊說著話，一邊往山上走。走到差不多一半，楊嬋扯扯楊妧衣袖，停住步子，張開手。

「才走這麼點路就累了？待會兒姊抱上去。」楊妧正要掏帕子幫她擦去額頭細汗，只聽身後傳來男子的聲音。「我抱她。」

回頭瞧，卻是楚昕，站在下面兩個臺階的地方，目光亮晶晶地看著她，面孔瑩白如美玉，透著絲絲紅。

楊妧忙道：「不用，小嬋怕生。」

就連青菱等人，也是相處過三、四天之後，才放心地讓她們抱。跟楚昕，雖然見面次數不少，可近距離接觸只有送八音匣子那次。

「我抱她。」楚昕不容置疑地說，走近兩步蹲下身，楊嬋不但沒有躲避，反而張手圈住他的脖子，極其乖巧地讓他抱了起來。

楊妧大為詫異。

看到她吃癟，楚昕舒暢地咧開嘴，心底藏著的緊張與忐忑一掃而空，那雙黑眸越發流光溢彩，燦若星石。

楊妧失笑。至於得意到這種地步，真是幼稚！

可是，這樣的楚昕神采飛揚，意氣風發，教人看了賞心悅目，也難怪楊嬋不排斥他。愛美之心人皆有之，楊嬋這個小豆丁不太明白事情，卻也喜歡漂亮衣服、漂亮首飾，定然也是覺得楚昕生得好看。

楊妧微笑道：「那就辛苦表哥了。」抬手給楊嬋擦去額頭的汗，柔聲吩咐。「只抱一會兒就下來走，表哥也會累，好不好？」

兩人離得近，她清甜的聲音就響在耳畔，有些軟有些糯。而她身上一股淡淡的茉莉花香，絲絲縷縷牽牽絆絆地纏繞上他心頭。

楚昕四肢僵硬，心跳得極快，亂無章法，先前的緊張一下子又回來了，卻是勉力保持著鎮靜。「我不累……我力氣大，能開兩石弓。」

一石有多有少，大致在一百斤到百二十斤左右，開兩石弓就是拉開一張弓大概需要兩百多斤的氣力。

楊妧驚訝地問：「能開兩石弓的人不多吧？」

「不算少。」談到自己喜歡的事情，楚昕稍稍鎮定了些。「秦二公子也能開兩石弓。軍裡要求最少開一石弓，弓箭手要求開一石五，天生力大的士兵能開三石弓。三石弓是硬弓，射程遠力道足，一箭射出去，所向披靡。」言語間有著不容錯識的嚮往與渴望。

是不是每個少年都想體驗一下沙場秋點兵的豪邁悲涼？楊妧抬眸望著他。「表哥打算從軍？」

楚昕臉色瞬時黯淡下來，像是美玉蒙塵。「我娘不許，她說……」頓了頓，沒再繼續，轉而道：「這條甬道一共八十一階臺階，旁邊的松樹也是八十一棵。」目光往前方眺望了下。「還差二十多階就到大雄寶殿。」

楊妧知道，還特意數過。

八十一階聽著好似不多，但這裡的石階格外高而且寬，邁起來很費力，以前她走到六十階的時候，總要停下來喘口氣。

像是為了驗證她的話，楊妧立刻覺得腳步沈重，氣息開始急促起來。

而莊嬤嬤，早在楚昕抱起楊嬋的時候就落在了後面，至於張夫人跟趙氏走了還不到一半。倒是青菱盡心盡力，一步不落地跟著。

楚昕有意放慢步子。「要不在這裡歇一會兒？」

楊妧不逞強，從善如流道：「好，我喘口氣，表哥先上去吧。」

楊嬋再輕，抱久了也會累，沒必要讓他在原地等。

楚昕沒作聲，小心地將楊嬋放下，到路旁摘了幾朵婆婆丁嫩黃色的小花，彎腰舉到楊嬋面前。「好看吧，我給妳戴頭上好不好？」拿起兩朵分別插在她的兩隻丫髻上，端量會兒，讚道：「六姑娘很漂亮。」

楊嬋瞇起眼無聲地笑。楚昕也笑，把剩下兩朵塞到楊嬋手裡，側眸看向楊妧。

陽光下，少年的笑容溫柔而又溫存。

楊妧怎樣也無法把眼前的他同那個夕陽之下，滿眼都是空茫死氣的玄衣人聯繫起來。

有個念頭突兀地鑽進腦海。

假如楚昕成親有了女兒，肯定會對女兒特別好吧……

第三十三章

楊妧氣喘吁吁地走上臺階，秦老夫人已經氣定神閒地跟住持淨空大師說話。

淨空大師約莫五十多歲，身穿大紅色用金線繡著梵文的袈裟，右手虎口處掛一串桂圓大小的檀木佛珠，面相親切和善，一雙眼眸卻極為犀利，讓人無所遁形。

楊妧忙上前行禮。淨空雙手合十，喚聲「阿彌陀佛」，目光在她身上停留數息，笑道：「施主印堂寬潤眼神溫和，是有佛緣之人。」

有佛緣什麼意思？她以後會遁入空門？

楊妧不解地問：「大師所言何意，是要我遠離紅塵？」

「非也。」淨空含笑搖頭。「施主紅塵未斷，此語另有含義，只是天機不可洩露，貧僧不便多語。」

楊妧笑笑，沒再追問。

待張夫人跟趙氏等人次第上來，大家隨在淨空身後一起走進大雄寶殿。迎面三座金光閃閃的佛像，佛像高且大，眼眸凶狠神態猙獰，俯視著云云眾生，似是要看透人間百態。

佛像前是架長案，正中擺著黃銅香爐，有沙彌坐在旁邊的蒲團上，輕輕敲著木魚，誦讀經文。

楊妧從沙彌手裡請來三炷線香，敬獻到釋迦牟尼佛前，跪在蒲團上恭敬地拜了三拜。

釋迦牟尼是現世佛，掌管人現世的生老病死。前世發生的事情，只要那些人不來冒犯她，楊妧可以不去追究，而未來太過渺茫，她不敢奢望，唯一想祈求的是這一世，能夠平平安安地陪著關氏跟小嬋活到老。

進完香，淨空將他們引至殿後靜室。

靜室約莫一丈見方，地上鋪兩臺疊席，擺著十幾個蒲團，靠北牆掛了張竹簾，簾後也放著蒲團。牆角一張矮几上供了只青花瓷圓肚雙耳香爐，佛香淡淡，瀰漫四周。淨空跟穿灰衣的沙彌在竹簾後面坐定，有低低的誦經聲傳來。

不是《地藏經》，而是《心經》。

《心經》只二百餘字，要義卻很深，據說是容納了《大般若經》的心髓才得此名。

初夏的風從洞開的窗扇間徐徐而來，夾雜著清淺的松柏香味，淨空的聲音低沈渾厚，帶著悲天憫人的蒼涼。

經上說：心無罣礙，無罣礙故，無有恐怖。心底沒有了人與物的牽掛妨礙，就不會有畏懼恐慌，能夠達到完全的解脫。

楊妧目光微垂，看著身旁低頭打盹的楊嬋。

她做不到。

楊妧聽得入迷，楊姮卻是如坐針氈，開始尚能裝模作樣地聽，沒多大會兒就坐不住，時而扭頭看著窗外風景，時而掃一眼正襟危坐的楊妧，只覺得度日如年，兩條腿既酸又麻，快要斷了似的。

這副情景落在趙氏眼裡，狠狠地瞪她兩眼，又瞥見旁邊身姿端正的楊妧，心中像打破了五味瓶一般。

原本楊姮相貌就不如楊妧，又不會甜言蜜語地討好老夫人，若有什麼好處，豈不全都落在了楊妧頭上？

淨空大師沒打算長篇闊論，只講了小半個時辰就結束了。

楊姮揉著酸麻的膝蓋，感覺自己終於活過來了。

楊嬋也是，聽經的時候，她的頭跟小雞啄米似的快要睡著了，淨空大師的聲音剛停，她立刻醒了，兩隻黑眼珠烏漆漆的全是精神。

楊妧失笑，點一下她的小腦袋，牽起她的手隨在秦老夫人身後走出靜室。迎面走來四、五位年輕男子，個個衣飾華貴氣度不凡，楚昕也在其中。

須臾之間，幾人已經走近。

楚昕笑著解釋。「林四哥和長興侯原打算到後山遊覽一番，見山門封了，從沙彌那裡得知是咱家在此，特地前來拜見祖母。」

說著話，那幾人已經拱手長揖。最前穿蟹殼青直裰的男子笑道：「打擾老夫人清修了。」

「哪裡，哪裡。」秦老夫人笑著給趙氏引見。「這是定國公府上林四爺，這是明尚書家中二少爺，這位是長興侯陸侯爺。」

下意識地看向楊妧。

楊妧也正在打量陸知海，曾經的夫君。

陸知海年底應該行冠禮，現在尚未滿二十，他穿竹綠色素綢長衫，腰間束著白玉帶，袍襬處垂一塊通體瑩白、雕著寶瓶圖樣的羊脂玉珮，自然而然地流露出些許清貴。

這枚玉珮楊妧認得，陸知海看上了一幅「萬壑松風圖」，因為手頭銀兩不足，便把玉珮當了以作周轉。

「萬壑松風圖」掛在書房不到兩個月，陸知萍便要了去，說是工部嚴侍郎最喜歡潑墨山水畫。

玉珮自然沒有贖回來，「萬壑松風圖」倒是見過，就掛在余新梅夫家的中堂上。

余閣老榜下捉婿，將余新梅許配給元煦十四年的二甲傳臚馮孝全。馮孝全在戶部觀政，得了二皇子賞識，二皇子便將此畫賞給他。

至於這幅畫怎麼從嚴侍郎手裡到了二皇子那裡，楊妧沒打聽，也沒臉說，這幅畫當初是陸知海當了一枚玉珮和一支玉佛手才買到的。

拋開前世恩怨不提，眼前的陸知海果真是風姿卓然，便是站在容貌昳麗的楚昕身旁，也只是遜色那麼一點點而已。

當初她就是被這副丰采迷了眼，根本想不到看似淡然出塵的儀表之下，竟然是那般的自私與惡毒。

楊妧自嘲地笑笑。

陸知海感受到她的目光，很快回視過來。

面前的女孩正目不轉睛地盯著他，一雙眼眸黑白分明，彷彿蘊著一潭靜水，看似平靜，卻又像藏著驚濤駭浪般；唇角若有似無一抹笑，似嗔非嗔。

陸知海看呆了眼，感覺衣袖被人用力扯了兩下。

他恍然回神，忙跟上林四爺的步伐，走不多遠，情不自禁地回頭，正看到微風揚起那女孩的裙角，宛如碧波輕漾，漫天風致無法用言語表述。

林四爺輕笑道：「子漁盯著人家姑娘神不守舍，不知是入了眼還是入了心？」子漁是陸知海的字。他鬧了個大紅臉。「一時忘情讓兩位見笑……不知那位四姑娘是誰家女子？」

明二公子笑答。「子漁打聽這些，是想上門求娶？」稍頓一頓。「是濟南府同知楊溥的姪女，前次鎮國公府宴客就是替楊家姑娘接風。不過，楊四姑娘看起來年紀不大，恐怕有得等。」

陸知海道：「我並不急，不過婚姻大事理應由家裡長輩做主……今日之事，還請兩位切勿聲張，免得累及楊姑娘名聲。」說罷，分別朝林四爺和明二公子各揖了揖。

兩人皆笑道：「這是自然。」

望著三人已然遠去的身影，趙氏的心像沸開的水，上躥下跳地冒著泡。

他們可都是儀表堂堂風度翩翩，而且家世一個比一個好，不管楊妲嫁到哪一家，都是極難得的福分，穿不完的綾羅綢緞吃不完的山珍海味，走到哪裡都奴僕成群，就像國公府一樣。

只不知，他們是否有家室？即便有了也沒關係，京都還有別的勛貴。就如國公府宴請那天，來賓不是簪纓世家就是新興權貴，看得她眼花撩亂。

趙氏想發達的心從來沒有像現在這麼熱切過。她一定要在京都多待些時日，給楊妲說門顯貴的親事，再給長子找個有助力的丈人，說不定得兒子的福，她也能被人稱一聲「夫人」。

想到那副場景，趙氏忍不住咧開了嘴。

秦老夫人卻是面沈如水。

適才她看得清楚，楊妧看著陸知海笑靨如花，陸知海更是，一雙眼黏在楊妧身上幾乎挪不開。

難不成，這一世，兩人仍會結成夫妻？而昕哥兒又要孤獨到死？

秦老夫人從荔枝手裡拿過藍布包裹，對跟著伺候的小沙彌道：「這是我孫女抄的幾本經書，想親手交給淨空大師，麻煩你代為通傳一下。」

小沙彌應聲而去。

秦老夫人又對趙氏等人道：「妳們先在寺裡轉一轉，若是累了，且到客舍休息。有什麼事情，只管吩咐小沙彌便是。」

另有個七、八歲的小沙彌笑道：「老夫人說得是，敝寺多承國公府及貴人們的看護，方能香火不斷。聽說老夫人前來上香，師父已吩咐閉廟淨山，夫人、太太和姑娘們盡可隨意走動，廟裡並無外人前來。」

這番話說得極其得體，秦老夫人不由微笑。「真是個伶俐孩子，回頭定然多布施香油銀子。」

小沙彌單手立在胸前朗聲道：「阿彌陀佛，老夫人慈悲。」

少頃，先前通傳的小沙彌回來，聲音清脆地說：「住持現在偏殿，老夫人請隨我來。」

秦老夫人帶著荔枝、紅棗往偏殿去。

張夫人早晨被楚映鬧得有些頭疼，想回客舍休息。而楊姮想到處轉轉，看看能否與林四爺等人偶遇。趙氏不放心她自己瞎闖，只得親自跟著。

莊嬤嬤問楊妧。「四姑娘想歇著，還是去後山看看那株五百年的桃樹？」

楊妧對桃樹不感興趣，問小沙彌。「我想點兩盞長明燈，不知找哪位師父？」

「找淨明師叔，我帶姑娘去。」

楊妧見他模樣可愛，笑問：「請問小師父法號是什麼？」

「圓真。」

圓真人小，腿腳卻靈便，拐了兩個彎帶楊妧回到大雄寶殿西側殿。楊妧從荷包拿出用油紙裹著的板糖，分一塊給楊嬋，再分一塊給圓真。

圓真四下看看沒人，迅速塞進嘴裡，瞇起眼睛笑。「多謝姑娘……這裡就是點長明燈的地方，淨明師叔每天在裡面添香油。」

楊妧讓青菱帶著楊嬋在外面玩，她和莊嬤嬤緩步走了進去。

此時已近中午，殿裡卻陰森得可怕。殿內放著七、八排燈臺，每排點著十幾盞燈，燈前有木製的名牌。燈光黯淡如豆，一點一點地閃耀著。

楊妧屏住氣息，生怕呼氣大了，不小心吹滅其中一盞。

有個身穿灰衣的和尚正提著油壺，順次巡察過來，行至楊妧身邊，啞聲問：「姑娘前來是要點燈？為自己點還是別人點？」

楊妧驚出一身冷汗。

殿裡供奉的是阿彌陀佛，阿彌陀佛是往生佛，點長明燈是為了給亡魂引路，照亮通向陰間的路，也是為了護佑亡魂安然投胎早得來生。而給活人點長明燈是要供奉在釋迦牟尼像前，以求百病不侵，福壽安康。

淨明此話是何用意，他看出了什麼？

楊妧咬著下唇，聲音緊得發顫。「我替家人點，點兩盞。」

淨明面無表情地扔過兩支木牌。「寫上名諱，香油錢先給了。」

楊妧瞧見佛像前的案桌上擺著筆墨，跪在蒲團上拜了三拜，提筆寫下「楊洛」的名字，想一想，又寫了個「婉寧」。

寧姐兒大名叫做陸婉寧。可楊妧不想用那個「陸」字，怕玷辱了寧姐兒。

淨明連看沒看，在最後排的燈臺上添了兩盞燈，掏出火摺子點燃。火芯暴漲，爆出個閃亮的燈花，旋即平靜下來，黯淡地燃著。

莊嬤嬤掏出個十兩的銀元寶遞了過去。

從西側殿出來，重新回到陽光下，楊妧下意識地眯了眯眼，只覺得後背濕漉漉的。

適才出汗濕了小衣，黏得難受。

莊嬤嬤掏帕子擦擦汗，低聲道：「這個地方真是……邪乎，大白天的，又點了那麼多燈，怎麼還是陰冷得可怕？好在以後添香油只告訴住持就好，不用每次都過來。」

楊妧感同身受。

雖然了卻一樁心事，可想起淨明犀利的眼神，心裡不免忐忑又有些恐慌。

從護國寺回來後，大家好似都沒什麼興致。

秦老夫人面色始終沈著，半點笑意沒有。

楊妲跟趙氏繞著七層大殿轉了一圈，連個人影都沒看見，只能無功而返。

張夫人真正心無雜念地休息了大半天，氣色還算不錯。唯有楊嬋，跟青菱和春笑到後山採了一大捧野花野草，興奮得小臉都紅了。

楊妧簡單地洗漱過，換了衣裳，跟楊嬋一道用藤蔓編了只小小的籃子，將野花插進去。

楊嬋一手抱著八音匣子，一手提著花籃在院子裡來回走動。

晚飯後，秦老夫人留了莊嬤嬤在瑞萱堂說話。「……找淨空給昕哥兒算姻緣，淨空只說順應天意。誰知道天意究竟是什麼？」

莊嬤嬤覷著她臉色，賠笑道：「這話原也沒錯，不是說姻緣天定嗎？大爺生得這般人才，滿京都的姑娘不由著他挑？」

「就怕他沒心思挑。」秦老夫人嘆口氣，揚聲喚紅棗。「把這幾天收到的帖子拿來。」

紅棗應一聲，捧了只海棠木匣子進來。「共十二張，都在這裡了，最上面三張是今兒送到的。」

秦老夫人拿起來看了看。

頭一張就是余閣老家，訂在四月十二日。余閣老家的宴請向來熱鬧，外院男子們曲水流觴聯詩對句，內宅的女眷們則聽戲吃點心。

錢老夫人愛看把子功，每次都請德慶班，這個熱鬧是一定要去湊的。

再一張是東平侯秦家的請帖，訂在四月十六日。

東平侯曾在先國公爺楚平麾下為將，後來右腿中箭傷了筋骨，再沒上過戰場。東平侯家裡結交的多為武將，秦老夫人不打算去，只讓楚昕跑一趟即可。

還有張是忠勤伯府送來的，訂在四月十八那天。秦老夫人不太想去，可思及前世……能交好總比交惡強，屆時少不得去應酬一下。

秦老夫人把那些決定不去的帖子找出來，讓莊嬤嬤備份薄禮，明日連同謝貼一道送回去。決定要去的放到另外一邊，只寫個回帖即可。

不知不覺，外面響起了二更天的梆子聲。

秦老夫人挨不住睏，洗漱之後躺下了，躺在床上卻是睡不著，腦海始終回響著淨空大師的話。

「諸法因緣生，因緣盡故滅，因緣具足，果報必現，老檀越不可心焦，也不可過慮，凡事只需順應天意就好。」

秦老夫人不甘心。

倘若天意仍是叫楚家家破人亡，她還順應個屁？倒不如逆天而行，順了自己的心意才好。

一夜輾轉反側未能成眠，早上醒來，秦老夫人便覺得頭有點沈，請府醫開了副安神定氣的方子，荔枝又點了根助眠的安神香。

這一覺睡得沈，醒來已是日昳時分。

秦老夫人精神健旺了許多，喝了碗紅棗薏米粥，打發荔枝將楊妡請來寫回帖。

正寫著，只聽窗外腳步聲雜亂，張夫人哆哆嗦嗦地進來。「娘啊，昕哥兒把長興侯打了，陸家人堵在門口等著討要說法……娘啊，這可怎麼辦？」

楚昕把陸知海打了？

楊妧手一抖，筆下字跡糊成了一團。

第三十四章

很顯然，這張回帖不能用了。

楊妧放到旁邊，重新拿過一張端端正正地寫完。

張夫人站在地當間，不停地問：「昕哥兒真是的，怎麼又闖了禍？含光跟承影跑哪裡去了，怎麼不攔著點？妳說說陸家人找上門，咱們的臉面到底往哪裡放？」

「閉嘴！」秦老夫人被她唸叨得頭暈腦脹，心頭火蹭蹭往上竄。

她選的這位好兒媳婦，脖子上面頂的這玩意除了給張家謀利的時候有腦子，其餘時間就是個棒槌。三十七、八歲的人了，遇到點事情只會絞著手叫喚。

秦老夫人沈聲吩咐紅棗。「將人請進來。」挪動身子下了炕，才邁步，便覺兩腿發軟，趔趄著險些摔倒。

莊嬤嬤眼疾手快，一把將她扶住。「老夫人，您當心。」

「我沒事。」秦老夫人靠在炕邊定定神。「妳給我倒杯熱茶。」

剛才被張夫人氣得發抖，緩一緩就好了。

楊妧見她面色慘白，低聲道：「姨祖母，要不您在屋裡歇著，我出去看看？如果能應付，我就處置了，要是不行就進來請您，您覺得可好？」頓一頓，補充道：「我年紀輕不懂事，說錯了話，想必陸家人也不會太過苛責。」

秦老夫人頭「嗡嗡」作響，實在提不起精神來應酬，又聽楊妧說得在理。楊妧是晚輩，真有不妥之處，她這個做長輩的再行描補就是。

遂應聲好，對莊嬤嬤道：「待會兒妳在旁邊照應著。」

楊妧下了炕，抻了抻衣襟，又對著靶鏡將鬢邊碎髮抿到耳後，把頭上珠釵扶正了些。

秦老夫人看著她沈著鎮定的樣子，點點頭，側眸瞧見旁邊的張夫人，心頭又是一陣厭惡。

張氏嫁到國公府二十年，可從來沒有主動擔過事。就這副德行，還天天惦記著中饋，家業交到她手裡，誰能放心？

這時，院子裡傳來小丫鬟清脆的回稟聲。「長興侯府的客人來了。」

荔枝撩起門簾，楊妧身姿筆挺地走到廳堂。幾乎同時，紅棗也將來人迎進了廳堂。

楊妧抬眸。呵，果然沒有料錯，是陸知萍來了！

陸知海自詡清雅，凡是有損形象的事情一概不做，像個縮頭烏龜似的。而陸老夫人遇到事情不是裝暈，就是抽抽泣泣地說自己命苦；別人幫她一把，她順勢一歪，撒手不管，把事情完全推到別人身上。

楊妧就曾經為陸家收拾了無數爛攤子。

她擺出個甜美的笑容，往前迎兩步。「請恕我眼拙，敢問您可是長興侯府的陸老夫人？」

陸知萍面色一紅。「不是，我夫家姓汪。」

「我說呢，長興侯怎會有這般年輕的娘親，還以為是繼室。」楊妧裝出一副不解的樣子。「下人說是長興侯府的客人，不知汪太太前來有何貴幹？」

莊嬤嬤笑著介紹。「這是長興侯嫡親的姊姊，嫁給了東川侯的長子汪海明。」

「哦……」楊妧恍然。「汪大爺是世子？」

莊嬤嬤道：「尚未請封。」

楊妧高興地說：「那我沒有叫錯，理應稱呼汪太太……汪太太，不好意思，我剛來京都沒多久，人都沒認全，怕稱呼錯了。」

陸知萍嘔得厲害。汪海明是嫡長子，可東川侯偏心繼室所出的次子，遲遲不肯請立世子，這件事一直是梗在她心頭的大刺，沒想到猝不及防地被捅了一刀。

陸知萍面上有些掛不住，語調生硬地說：「我有事找秦老夫人或者張夫人，還請代為通稟。」

楊妧笑盈盈地解釋。「老夫人昨兒在護國寺受了風，剛吃過藥歇下；張夫人身子不好，一向不理這些雞毛蒜皮的事。因為下人通傳是長興侯府，所以我才過來待客，否則，誰有這個閒工夫……不好意思，汪太太，我年紀小不懂事，有失禮之處萬望海涵。日頭都偏西了，您過來是……」

陸知萍冷冷地瞥她兩眼。

看著年紀小，嘴皮子倒很索利，說起話來夾槍帶刺的。若不是事情急，她何至於這個時候，連拜帖都沒遞就急匆匆地趕來？

陸知萍開口。「既然如此，那我就直說了。今天府上世子爺把我弟弟給打了，我弟弟雖然不成器，可也是聖上欽封的侯爵，不能無緣無故受此屈辱。」

楊妧皺眉，遲疑地問：「長興侯被打，汪家的媳婦迫不及待地跳出來……」回頭看向莊嬤嬤。「嬤嬤，我不了解情況，長興侯府是沒別人了嗎？還是……我怎麼覺得汪太太是來訛人的？」

陸知萍勃然大怒。「妳這人怎麼說話的，我娘和我弟都活得好好的！」

楊妧毫不客氣地反駁。「長興侯並非三歲兩歲的小孩子，若是真的捱了打，必然會自己來論個是非對錯。現在長興侯不露面、陸家人不露面，苦主都沒喊冤，隔壁老王跳出來敲鼓，即便是縣太爺也不會接這個狀子。退一萬步來說，即便兩人真的有過爭執，那也只能是長興侯沒理，因為沒理所以沒臉見人。」

這番話說得快，蹦豆兒似的，卻極清楚，一字一句都落在秦老夫人耳朵裡，秦老夫人幾乎要拍案叫好。

長興侯沒過來，誰知道是真被打還是假被打，打成了什麼樣子？

陸知萍卻氣得說不出話，臉色青了白，白了青，好半天開口道：「我弟弟與人約好到清心茶樓吃茶，府上世子爺上去就是一頓揍，將他打得鼻青臉腫。茶博士和小二都可以作證，翰林院修撰杜其文也可以作證。我弟弟是讀書人，要臉面，覺得形貌不雅才沒出門。妳若不信，大可請府上世子爺前來對質。你們國公府不至於做了事情不敢認吧？」

楊妧是信的。

長興侯府跟國公府素無交集，無緣無故的，陸知萍不會前來找事。可是昨天在護國寺，楚昕跟林四爺他們談笑風生，看樣子相處還不錯，怎麼轉天就動手了呢？不知道陸知海哪裡招惹了楚昕？

唉，要想打人，黑燈瞎火地套只麻袋不行嗎？非得光天化日之下動手，而且還被翰林院的人瞧見了。

翰林院的學士每十天會經筵侍講，可以面對面地見到聖上，陸知海雖然人品不好，但在文人士子中聲譽還不錯，很有個清雅的名頭，反之文人們提到楚昕，沒有不罵他驕奢淫逸蠻橫無理的。那些學士更是推崇唯讀書論，沒準兒會在聖上面前跟楚昕上眼藥。

楊妧暗暗嘆口氣，吩咐紅棗。「看看世子爺是不是在府裡，若得閒，請他來瑞萱堂一趟。」

楚昕在觀星樓正搖著團扇喝茶，聽說陸知萍找上門來，怕楊妧吃虧，連衣裳都顧不得換，急匆匆來到瑞萱堂。

先瞧一眼楊妧，見她面帶微笑好端端的，心頭一鬆，痞氣自然而然地流露出來，昂著下巴，極其不屑地瞥著陸知萍。「冤有頭債有主，人是我打的，有什麼話儘管跟小爺說。」

這還有天理嗎？打了人還如此囂張！

陸知萍強忍著氣，儘量平靜地道：「既然楚世子承認那就好說了，我弟弟被打得鼻青臉腫，渾身疼痛，都下不了床。我娘急得當時就背過氣去了，請太醫又是施針又是灌參湯才醒過來。如今家裡沒人主事，楚世子總得給個說法吧？」

楚昕搖頭晃腦道：「我沒空到你們府上主事，有那個閒工夫還不如跑兩趟馬。」

楊妧愣了下，本想忍一忍，實在沒忍住，「噗哧」笑出聲。

陸知萍一口氣堵在嗓子眼，直噎得脖子伸得老長。

敢情楚霸王以為請他去長興侯府主事？他也配？天天鬥雞走狗，她就是腦袋被驢踢了也不可能請他去主事。

陸知萍撫撫胸口，好不容易順了這口氣，譏刺道：「我家低門賤戶不敢勞動楚世子大駕，只是弟弟受傷，沒法出門，家裡沒有進項，反而平添許多醫藥錢。這請醫問藥的費用，楚世子不會不給吧？」

楚昕「哦」一聲。「原來是想要銀子，不早說明白，要多少？」

「五百兩。」

楊妧倒抽口涼氣。「呵，汪太太也真敢要，五百兩銀子，夠打五回了。」

楚昕跟著道：「上次打獵，不小心射殺別人家養的豬，也不過賠了十兩銀子。長興侯只受點皮肉傷，不用參湯也不用上藥，過個三、五天就好了。」

他下手時心中有數，沒往要害處打，只朝面門揮了兩拳，壓根兒沒傷到筋骨。

莊嬤嬤聽著不對勁，緊跟著咳兩聲。這兩位祖宗一唱一和的，是要把人往死裡得罪？豬是畜生，長興侯是世襲罔替的侯爵，哪能放一塊比？

陸知萍簡直要氣炸了肺。

眼前的情形怎麼跟她設想的完全不一樣？

來之前，她特意打聽過，張夫人是不管事的，家裡中饋由秦老夫人把持著。而秦老夫人又是個極其和善的老封君，最惜苦憐貧。往常楚霸王在外面惹了禍，鎮國公府都會送重禮賠罪。

可現在，該主事的大人一個都不露面，卻讓個沒及笄的姑娘出頭，又有個混不吝的楚霸王插科打諢。

陸知萍從小掌家，管著侯府好幾十口人服服帖帖的，不知為什麼，在這兩人面前卻有種無能為力的感覺。

陸知萍深吸口氣。「別欺人太甚，我們陸家也不是任人宰割的，要麼拿出請醫問藥的錢，否則只能太和殿上見真章。」

這是要開始撒潑了。

第三十五章

換成別的人家，通常會選擇息事寧人。

畢竟同為朝廷顯貴，抬頭不見低頭見，何況陸知萍身後既有長興侯，又有東川侯，多少要給個面子。

可楊妧沒那麼好脾氣。前世她在陸知萍那裡受到的骯髒氣不勝枚舉，難得陸知萍主動送上門，她總得出一口惡氣才成。

楊妧笑盈盈地說：「太醫院的林醫正出門問診，車馬費不過三十兩銀子，不知汪太太請的哪家郎中，用的什麼靈丹妙藥，能花得了五百兩，說出來大家開開眼？或者把方子呈到御前，說不定還得個賞賜？」

陸知萍心裡梗一下，強硬道：「我為什麼要告訴妳？」

「妳不說，就別獅子大開口，拿我們當傻子呢！」楊妧臉上笑意未散，語調也輕鬆無比。「至多給妳五十兩，此事算完。不要也可以，隨便妳敲登聞鼓或者寫彈劾摺子，世子爺手裡的辯摺有得是，抄一遍呈上去就是。」完全沒把陸知萍的威脅放在心上。

陸知萍用力咬緊下唇。她怎麼就忘了，楚昕號稱「京都小霸王」，哪年不被彈劾十回八回？可有貴妃娘娘罩著，每次都是風聲大雨點小，寫個認罪書或者辯摺就不了了之。

既威脅不了楚家，又討不到銀子，她就不該出這個頭。

可陸知海在榻上喊疼，母親俯在榻邊哭天抹淚地說自己命苦。她不來討個說法，誰又能為陸知海主持公道，難不成他要白白捱這一場揍？

陸知萍心灰意冷，從牙縫裡擠出幾個字。「好、好，你們權高位重，我們得罪不起，告辭！」喚上丫鬟離開。

楊妧吩咐紅棗。「去送汪太太出門。」又吩咐荔枝。「告訴嚴管事，請他趕緊備上五十兩銀子的禮，要有誠意，送到長興侯府上。」

紅棗跟荔枝提著裙子，小跑著去做自己的差事。

秦老夫人撩簾從東次間出來，神情輕鬆，眼眸中流淌著不容錯辨的愉悅。

楊妧忙站起身，有些侷促地說：「姨祖母。」

能夠依仗國公府的權勢讓陸知萍吃癟，她心裡暢快極了，可又有些忐忑，怕秦老夫人不認同，畢竟大多數情況下，還是「做人留一線」為好。

想一想，她對秦老夫人道：「我覺得這幾天表哥還是留在家裡為好，暫且不要在外面走動。」

楚昕臉色頓時變了。

原本他挺開心，楊妧沒裝大度乖巧，而是跟他一起擠兌汪太太，讓他有種同仇敵愾的感覺。可聽到她說「世子爺手裡辯摺有得是」，心裡便不太自在。

說好的並肩作戰，楊妧卻不期然地揭了他的老底，面子上有些掛不住。

待聽到楊妧大剌剌地提出把自己拘在家裡時，這種不滿的感覺更濃了。剛才還共同對外呢，轉眼工夫，楊妧竟掉轉槍頭對準自己，叛徒！

更令人氣憤的是，楊妧根本不與他商量，就擅自做出決定，就好像她是長輩，自己只是個七、八歲的孩子，可以隨意處置。

楚昕才不受這種骯髒氣，沈著臉，衝口嚷道：「妳憑什麼禁我足？」

楊妧正要跟秦老夫人解釋緣由，聽楚昕語氣這般囂張，立刻反問道：「你為什麼打人家長興侯？」

不管有理沒理，在大街上動手總歸是個愚蠢的舉動。可既然已經做了，楚家就應該有個管束子弟的態度，這個態度是給聖上看的，給御史看，也給滿京都的百姓看。

「我看他不順眼，怎麼了？小爺我想揍誰就揍誰。」

楚昕梗著脖子，臉龐微紅，這副鬥氣的模樣，像極了撲著翅膀豎直著雞冠的小公雞。即便生氣，也是漂亮的。

楊妧莫名想笑，學著他驕傲的樣子，昂起下巴，半是調侃地說：「那我也看你不順眼，怎麼了？」

「妳！」楚昕真的生氣了。「小爺偏要出去，看誰敢攔著？」

楊妧側頭看向秦老夫人。「姨祖母，那就多調幾個護院到門房幫忙好了，再請含光跟承影他們受累，好生看住表哥。」

「祖母——」楚昕也看向秦老夫人，目露期待。

秦老夫人半點沒有猶豫地站在了楊妧這邊。「昕哥兒，你是好孩子，就聽四丫頭的，這幾天避避風頭，先別出門。」

楚昕憤怒不已。

祖母跟楊妧說話有商有量的，可跟他說話卻總像哄孩子似的。他已經十六歲了，又不是六歲，比楊妧還大。

偏偏秦老夫人覺得自家大孫子在生氣，習慣性地哄他，聲音格外慈祥溫和。「昕哥兒聽話，晚上讓廚房給你做好吃的。」

楊妧彎起唇角，暗暗替楚昕高興，又有些羨慕。秦老夫人真的是把他疼在了心尖尖上。

楚昕只以為楊妧在嘲弄自己，越發惱怒，漲紅著臉道：「我沒胃口，不想吃，我要絕食！」甩著袖子往外走。

秦老夫人眸光隨即變得暗淡。

楊妧皺起眉頭。熊孩子就是這麼嬌慣出來的，不想吃，那就別吃好了。

她揚聲喚道：「表哥，你不吃晚飯，那麼消夜吃不吃？你打算絕食幾天，我讓人知會一下廚房，免得做出來白糟踐食物。」

楚昕轉回頭，跳著腳道：「楊四，小爺再也不管妳的事，妳有事也別找我，求我都沒用，小爺跟妳不共戴天！」

嘖嘖，都不共戴天了，多大仇多大怨？這脾氣……跟周延江有得比了。

楊妧壓根兒沒當回事，笑吟吟地對秦老夫人道：「表哥這是恨上我了，我可不能白讓他恨，晚飯別給他送。表哥沒說不吃消夜，等戌正時分，讓廚房做點表哥愛吃的當消夜，順便跟他說一聲，辯摺仍是要寫，閉門思過三天，解禁之後把摺子呈到御書房。」

秦老夫人連連點頭，忽而問道：「妳怎麼知道昕哥兒手裡辯摺有得是？」

「呃，」楊妧面色一紅，把余新梅拎過來擋槍，期期艾艾地說：「不瞞姨祖母，我打聽了余家大娘子。余大娘子說，阿映看著伶牙俐齒不好相處，卻是最沒心機的一個人，喜不喜歡都寫在臉上。又說表哥在外面脾氣可能暴躁了些，但對姑娘們都挺客氣。」

上次花會，楊妧的確問起楚映，但對楚昕可半個字沒提。

秦老夫人並不懷疑。楊妧仔細周到，打聽楚家人的性情再正常不過。

她只輕嘆聲。「阿梅隨錢老夫人，聰明通透著呢！妳好生跟她相處，有一、兩個知交好友，往後日子有了難處，也有個能幫忙出主意的人……阿梅看得明白，昕哥兒自小沒人管束，散漫慣了，要不然貴妃娘娘也不會把含光他們送過來。昕哥兒沒啥壞心思，有時候說話不中聽，妳別往心裡去。」

「不會，我跟表哥計較什麼？」楊妧笑著回答。

前後兩世加一起，她活了三十多年，能跟個孩子一般見識嗎？何況楚昕生得漂亮，面對那張俊臉，她也沒法生氣。

秦老夫人沒留晚飯，說了幾句閒話打發楊妧回去了。

莊嬤嬤上前，惴惴不安地道：「四姑娘雖然聰明能幹，到底歲數擺在這裡，說話沒個分寸，怕是把陸家給得罪了。」

秦老夫人渾不在意。「得罪就得罪了吧，四丫頭能頂起事，總比扶不起的阿斗強。」眼角往東次間瞥了瞥。

張夫人還在裡面。

這倒也是，能幹的確比甩手掌櫃強。

莊嬤嬤又問：「也不知嚴管事備了什麼禮，四姑娘說要有誠意，可別再讓人給挑出毛病來。」

秦老夫人虛點她兩下。「嚴管事精明得跟他爹一個樣，他做事還有不放心的？我這會兒倒是有點餓了，妳看廚房要是有滷好的鴨脯肉給我撕半碟子，再配個青菜，盛一碗粥。」

莊嬤嬤顛顛地去了，秦老夫人輕輕「哼」了聲。

長興侯府和東川侯府家中子弟沒一個能支得起門戶的，得罪了又如何？這次結了怨，想必陸知海不會求娶楊妧了。

晚飯，各人在各人院子裡吃，楚昕絕食，廚房自然沒做他的分。

楚昕也不叫人掌燈，獨自悶在黑漆漆的屋裡。

微風夾雜著松柏的清香自洞開的窗扇徐徐吹來，隱約還有不知名的蟲鳴聲，細細碎碎。

楚昕闔上窗扇，片刻又支起來，心裡煩躁得不行。

他跟陸知海動手，還不都是因為楊四？楊四非但不領情，還口口聲聲說看他不順眼，還出主意禁他足，不給他飯吃。

不吃就不吃，一頓不吃餓不死，三天不吃也死不了人！實在餓了，他就偷偷讓臨川出去買點心。

楚昕閒著沒事經常往護國寺跑，跟幾個「真」字輩「如」字輩的小和尚很處得來。

昨天，陸知海等人剛到後山，小和尚如善就屁顛屁顛尋到楚昕，把他們之間的談話原原本本地傳到了他耳朵裡。

他當場就要發作。

難怪陸知海眼巴巴地盯著楊四看，原來打的是這個主意。他也不撒泡尿照一照，長成那副德行，還敢肖想他們楚家的人？背地裡偷偷談論姑娘的相貌和親事，這是把楊四的名聲置於何地？

若非是在廟裡，不便驚動各路佛祖菩薩，他早就教訓陸知海了。

他這般為楊妧著想，她卻……真是好心賺個驢肝肺！

相較於楚昕的鬱悶，楊妧卻是一身輕鬆。

氣走陸知萍，這輩子她是不可能嫁到陸家去了，還有什麼能比這件事更令人開心？

楊妧胃口大開，吃了整整一碗米飯，正和楊嬋在院子裡溜達著消食的時候，荔枝過來了。

屋檐下，兩只紅燈籠被夜風吹得搖搖晃晃，地上的光暈也隨之搖動不止。

荔枝站在光暈中，白淨的臉頰在燭光的映照下，笑意盎然。「嚴管事剛跟老夫人稟了送禮之事，老夫人讓我說給姑娘聽……嚴管事真的是個能人，備的這份禮誠意十足。」

楊妧歪了頭，雙眉挑起。「都送了什麼？」

荔枝扳著指頭數。「冠香園的京八件，每樣買了一斤，共八斤，分了十六個油紙包封著；白糖買了八斤，也是十六個油紙包；玉天源上好的米酒八罈子，原本嚴管事想買茶葉，又怕銀子花超了便沒買，買了四條大豬腿。」

楊妧睜大雙眸。「這個時辰還能買到豬腿？」

「讓張屠戶現宰的，要不是殺豬也耽擱不了這麼晚。對了，冠香園的點心也是現做的，有兩樣已經賣完了，聽說咱家要給長興侯府賠禮，掌櫃讓白案重啟爐灶單另做的。」

楊妧默默核算著，點心跟白糖花不了一兩銀子，米酒差不多三、四兩銀子一罈，八罈子約莫三十兩，一頭肥豬十幾兩。看起來果真是將就著五十兩銀子置辦的。

荔枝續道：「嚴管事點了三十二個護院，八人提白糖點心，十六人抬酒。因嫌豬腿不好看，嚴管事特地用油紙包著，外面再包層紅紙，用麻繩捆起來，也是讓人抬著，餘下四人專門舉著松明火把。」

浩浩蕩蕩一群人，不知道的還以為摸黑發嫁妝呢！楊妧笑得不可自抑。「沒套車，走過去的？」

荔枝重重點頭。「嗯，只隔著兩條胡同，嚴管事說走路也用不了兩刻鐘，就不必趕車了。但是天黑怕摔了酒罈子，所以走得慢。這不才剛回來，嚴管事立刻就去稟了老夫人。」

「這份禮果然很有誠意。」楊妧非常滿意。

想必明天滿京都的人都會知道鎮國公府連夜給長興侯賠禮。

第三十六章

楚昕絕食了兩天，正餐一頓沒吃，不過隅中時分，廚房會送點心來，晡時分再送湯水，約莫晚上二更天，會有一頓消夜，有葷有素有湯有水，飯食反而比往常更加精細。

楚昕半點沒餓著，這次絕食，絕得舒服極了。

第三天白日，秦二公子風塵僕僕地從濟南府回來，回家稍作休整，換了件乾淨衣裳便來拜訪。

見到楚昕，秦二公子當頭一揖。「這次多虧世子，總算不虛此行。」

楚昕笑問：「見到何公子了？怎麼去這麼些日子，足足有半個月之久？」

「豈止是見到，何公子留我住了五天。這五天獲益匪淺，何公子當真是實至名歸的才子，在排兵布陣上極有見地，天文地理也有涉獵。」

不知為何，楚昕忽覺心裡有點泛酸，漫不經心地問：「真有你說的那麼好？」

「風采絕佳！」秦二公子鏗鏘有力地擲出四個字，長嘆一聲。「聽何公子一席話，我又想去打仗了。上次只是憑藉一腔熱血和一身蠻力瞎闖了兩年，這次真正想建功立業，守衛一方百姓，就像國公爺和何總兵一樣。這兩天，我便與父親商議此事。」

楚昕問：「你打算去哪裡？」

「還是寧夏，畢竟去過，地頭稍微熟悉點。」
楚昕面上顯出幾分黯然，低頭不語。他也想去戍關。
秦二公子瞧出他的心思，重重拍一下他肩頭。「你跟我不一樣，我家中兄弟四人，少我一個沒多大妨礙。而你……」
楚昕是國公府的獨苗，一根髮絲都不能斷。
前兩年，楚昕求到貴妃娘娘頭上，想去宣府。貴妃娘娘滿口答應了，說是楚家男人沒有不上戰場見血的，但家裡那兩位不同意。
張夫人眼淚汪汪，一會兒尋死一會兒覓活，秦老夫人則拍著桌子嚷道：「昕哥兒去哪兒，我這個老婆子跟到哪兒！長這麼大沒離開過眼皮底下，我不放心！」
最後只得作罷。
秦二公子不欲引楚昕難過，含笑問道：「剛回京就聽說你把長興侯打了，在家裡閉門思過，怎麼回事？」
楚昕「哼」一聲。「他滿嘴噴糞胡咧咧，我看不順眼。」
「讀書人就喜歡賣弄文采，世子不喜，遠著點便是，犯不上把自己也帶累進去。」說著，秦二公子從小廝手裡拿過一只包裹。「何公子還有楊溥楊大人讓帶的家書，煩請世子代為轉交，順便向楊四姑娘表達我的謝意。今兒太匆忙，回頭我再備禮謝她。」
包裹裡有四、五封信，楊溥分別給趙氏和楊妧寫了信，關氏也有回信。最顯眼是何文雋寫的兩封，都是給楊妧的，而且都厚得出奇，鼓鼓囊囊一大摞。真不知道兩人到底哪來那麼多話。

楚昕捏著信皮思量片刻，忽而笑了。

他要讓楊妧鄭重其事地賠禮道歉，如果不道歉，就扣下信不給她。

日影西移，夕陽在天邊暈出五彩斑斕的晚霞，倦鳥歸林，在枝椏間快樂地嬉戲鳴叫。

楚昕步履輕鬆，一搖三晃地走進瑞萱堂。

屋裡人很齊全，趙氏、楊家三姊妹還有娘親張氏都在，秦老夫人正叮囑她們明天去余閣老家做客的事情。

彼此行禮問了安，楚昕從懷裡掏出信，雙手呈給趙氏。「秦二公子從濟南府回來，順便給伯母帶了家書。」

楊妧忙湊上前問：「表哥，有我的信嗎？」

眸子烏漆漆的，像是白瓷盤裡滾著的兩粒紫葡萄，又黑又亮。

「有。」楚昕得意地斜睨著她，慢吞吞地說：「不過我不能白給妳。托妳的福，這兩天我都沒正經吃過飯，餓得兩眼冒金星……這樣吧，妳跟我賠個禮，我把信給妳，如何？」說著，從懷裡將四封信都掏出來，挑釁般在手裡晃著。

秦老夫人斥一聲。「昕哥兒，別鬧，快把信給四丫頭。」

楊妧卻半點沒猶豫，屈膝端端正正行個福禮。「表哥，對不起，我向您賠不是，您大人有大量，寬恕我這一回吧。」

楚昕瞠目結舌。楊四平日裡最是得理不饒人尖牙利齒，她不是應該跳著腳反駁幾句嗎？怎麼說道歉就道歉，還有沒有點骨氣了？

「表哥。」楊妧抬眸，笑盈盈地指著那幾封信。

楚昕俯瞰著她瑩白如玉的小臉，忽然覺得索然無味，一把將信扔進她懷裡，甩著袖子出去了。

走兩步，差點被石子硌了腳，他用力一踢，石子騰地飛出老遠。

楚昕低低咒罵楊四「軟骨頭」，來之前的得意洋洋全無蹤影。他又在楊四面前出醜了，可能在她眼裡，他就是個笑話吧？

回到霜醉居，楊妧掌了燈，先拆開關氏的信。

信不長，主要是叮囑楊妧好好照顧楊嬋，還要她聽秦老夫人和張夫人的話，別由著自己的性子來。

信裡夾了張三十兩的銀票。

這幾年三房一直仰仗長房生活，根本攢不下銀錢，說不定這三十兩就是關氏所有的積蓄。分明她已告訴關氏，在楚家不缺吃不缺穿，每月還有四兩銀子的月錢……

楊妧覺得一股熱流直往眼眶裡衝，忙藉著低頭拆信的機會，強壓了下去。

楊溥的信略長些，除了叮囑她少說多做，多用心觀察之外，還說了自己的打算。

年底正是官員遷謫調動之時，如果他能調至京都，估計最慢明年三月就會動身；如果不能的話，他會趕在過年之前把她們接回濟南，讓她們在國公府安生住。

楊妧先看一遍，又細細讀給楊嬋聽，這才拆開何文雋的信。

一封裡面裝了七、八張花樣子，有鳶尾、石竹、旱金蓮、百里香，都是不太用在繡品上的花，卻很漂亮，用了炭筆細細地描在明紙上，一筆一劃清楚工整。

楊妧幾乎能想像得出他埋首在書案前的樣子，清風翻動紙頁，身後紗簾窸窣，他身姿筆挺，恍若崖邊青松。

另外一封才是信。

何文雋簡單說了他跟錢老夫人的淵源，又介紹了兩位好友，一位在總督倉場任監督，姓劉名光興，其人品行正直，以往山海關催運軍餉，多承他幫忙操勞奔走。

另一位是在大理寺任左寺正，姓李名寶泉，跟何文雋在白山書院同窗四年，同年考過童生試，也是同年參加秋闈考中舉人，關係非常親近。

倘若楊妧遇到為難之事，可找此兩人，他們看在何文雋的面子上定會相助一二。

接著談起自己的身體。他身上均為經年舊傷，當年得軍醫精心救治已無大礙；太醫醫術雖高，但於外傷而言，並不比軍醫高明。信裡感謝了楊妧的掛念，讓她好好照顧自己。

最後用很大篇幅解答了楊妧對於《治國十策》的疑惑，然後稱讚她字體間架頗有長進，但心浮氣躁筆觸不穩，叮囑她多加注意。

楊妧感慨不已。那天楚昕在旁邊等，她著實有些急躁，沒想到何文雋竟然能瞧出來。下次寫信定然先平靜了心緒才動筆。

她再讀一遍信，連同其餘兩封家書，小心地收在匣子裡。

花樣子上面有摺痕，楊妧夾在書裡壓好，待閒暇時候另描一份，免得遺失了。

一夜安睡，翌日，楊妧在霜醉居用了早飯，仔細妝扮妥當，牽著楊嬋的手一道去給秦老夫人過目。

走到湖邊時，剛好遇到楚昕從二門進來。

楚昕也看到她們。兩人都穿粉色小襖，楊嬋兩隻髻上各別一朵大紅色宮紗堆的山茶花，頸上套著瓔珞，粉雕玉琢般可愛。

楊妧則梳了墮馬髻，髮間插一對南珠珠花，耳垂上掛著南珠耳墜子。墜子有些長，蓮子米大小的南珠正垂在腮旁，一晃一蕩，平添許多俏皮與靈動。

楚昕還沒想好要不要跟她們打招呼，楊妧已屈膝行禮。「表哥安。」目光落在他身上家常穿的靛青色長袍。「表哥不去余閣老家嗎？」

眉眼彎成好看的弧度，腮旁笑意盈盈，全無芥蒂的樣子。

楚昕心裡不是滋味，沒好氣地回答。「不去，都是自命不凡的書生，就知道拽文，沒意思。」

「也是。」楊妧附和著點點頭。

今天的態度還算不錯。楚昕昂起下巴，拖長聲調問道：「昨天讓妳道歉，妳知道自己錯哪兒了嗎？」

楊妧正想解釋讓他閉門不出的原因，笑道：「表哥這兩天真沒吃飯嗎？廚房王嫂子說按時按點送了湯水點心。其實我沒覺得有錯，表哥——」

「送了我非得吃？」楚昕惱羞成怒，斷然打斷她的話。「妳覺得沒錯為什麼要道歉，還有沒有氣節了？要知道如果上了戰場，最先叛逃的肯定是妳這樣的軟骨頭。」

這都哪兒跟哪兒？楊妧無語至極。

秦老夫人老早說過楚昕是個倔脾氣，不能硬著剛，得順著毛捋。既然他要賠禮，那就賠禮唄，反正不疼也不癢，能拿回信就行。滿屋子都是長輩，她總不能跟楚昕辯論個臉紅脖子粗吧？

楊妧本著息事寧人的態度，溫聲道：「表哥不是外人，賠個禮沒什麼……陸知海當眾被打了，於情於理咱家都該有所表示，不能給別人留個狂妄無禮的印象，所以才讓表哥留在家裡。表哥沒吃飯，我確實不知道，是飯菜不合胃口嗎？」

楚昕聽到那句「不是外人」，心裡舒坦了點，垂眸瞧著她腮旁晃動的耳墜子，唇角不經意地翹起，從鼻孔裡「哼」出一口氣。「過去的事情就過去了，我不跟妳一般見識。以後有事必須先跟我商量，聽從我的決定……不就是閉門不出，我本來也沒打算到外邊去。」

楊妧真心覺得那天她行事確實不妥當，楚昕平常驕縱慣了又處於這個年紀，理應先「徵求」他的意見。遂點頭應道：「好。」

楚昕不意她會答應這麼痛快，低低咕噥一聲。「隨生是非。」

她這人，怎麼別人說什麼是什麼，讓道歉就道歉，讓商量就商量，自己就沒個主意？

說話間走到瑞萱堂門口，楚昕往後退了半步，待楊妧進去，揚手喚來一個小丫鬟。

「去，到觀星樓跟惠蘭說一聲，讓她備好出門衣裳，我要赴宴。再讓臨川快馬到忠勤伯府告訴顧老三，讓他抱著鬥雞，辰正之前必須趕到余閣老家門口，要敢不去，我跟他沒完。」

楊妧半點主見沒有，萬一在余閣老家被人欺負怎麼辦，他得去看著。

余家那些人，他合不來，閒著無聊不如跟顧常寶鬥雞。

第三十七章

秦老夫人得知楚昕要一道去余家，絲毫沒起疑，反而非常高興，拉著他的手反覆叮嚀，收斂好性子，別跟那些滿肚子酸詩的文人一般見識。

楚昕偷眼看向楊妧，楊妧正彎腰把楊嬋髮髻上的紗花扶正，壓根兒沒看他，心裡隱隱有些失落。

跟往常一樣，莊嬤嬤陪在楊妧姊妹車上，絮絮地說起余閣老家裡的事。「……長子是順天府治中，次子就是余大娘子的父親，外放在河南，小兒子則在家中打理庶務。錢老夫人沒有女兒，一心想得個孫女兒，偏偏長房先後生了三個兒子，二房也生了個兒子，這才有了余大娘子。所以，余大娘子最得錢老夫人歡心，不過余大娘子著實招人疼……現在錢老夫人正滿京都扒拉著挑孫女婿，橫挑鼻子豎挑眼，沒一個中意的。」

楊妧抿唇不語。

前世，余新梅的親事就不太順利，十八歲才出閣，那會兒楊妧肚子裡已經有了寧姐兒。

元煦十四年，余閣老相中了二甲傳臚馮孝全。馮孝全是山西人，家境窮苦，跟母親相依為命。余閣老愛才，錢老夫人則看重馮孝全孝順，余家不但沒要聘禮，反而陪送了豐厚的嫁妝，包括兩處宅院、兩間鋪面還有八千兩現銀。

馮孝全將母親接到京都，一家三口就住在余新梅陪嫁的宅子裡。

馮母對余新梅非常好，每日噓寒問暖，可隨著馮孝全逐步在官場站穩腳跟，余閣老年邁致仕，而余新梅又接連生了兩個女兒，馮母的臉色便開始不好看。

余新梅生老二時，傷了身子。楊妧去看她，春寒料峭的天，屋裡連個火盆都沒點。余新梅圍著被子斜倚在大炕上，馮母坐在炕邊，扳著手指頭數算手上的人選，合計給馮孝全納妾。

就是楊妧生辰那天，一個看體態很適合生養、看面相忠厚老實的姨娘進了馮家的門。

姨娘三年生了兩個兒子，想記在余新梅名下。馮孝全親自求她。「……我只這兩個兒子，實在不忍他們為妾生子，況且，這也是為妳好，百年之後能有個為妳摔盆送終的人……妳若不答應，我只能去求祖母勸勸妳。」

錢老夫人臥病在床，余新梅不願祖母因自己動氣，冷笑著答應了。

還沒有入族譜，馮母便四處宣揚說余新梅有福氣，白得兩個大胖兒子，以後兩處宅院兩間鋪面正好一人一半。

余家人怎能受這種氣？家裡七、八位男丁全都穿上官服齊刷刷地去了馮家，要求析產分居。

楊妧故去前幾天，馮孝全正焦頭爛額地到處找房子，安頓他的老娘、姨娘和兩個庶子……

余家府邸比起鎮國公府要小得多，佈置得卻極精巧。假山險峻，亭臺古樸，間以蔥蘢的翠竹和遒勁的松枝，處處都是風景。

楊妡四處張望著豔羨不已。「他們家的園子真好看。」

秦老夫人道：「余閣老滿腹詩書，為人又高風亮節，園如其人，自然也是清雅絕倫。」

余家長房的兩位奶奶和余新梅一道在二門等著迎接客人。

各自寒暄後，余新梅低頭打量著楊妧的裙子，讚道：「這條馬面裙也是在真彩閣做的嗎？繡工真好，配色也好，真的是芙蕖沾清露，碧空接遠山。」

「是呀！」楊妧落落大方地說：「范二奶奶幫我挑的式樣，還有兩身沒穿出來，都極好看。是吧，姨祖母？」

秦老夫人當然要捧著她。「衣裳好，四丫頭生得也好，真正是好上加好。」

余大奶奶看向楊妧的目光慢慢有了深意。

余新梅不無遺憾地道：「早說跟妳一起去看看的，先頭妳病了幾天，後來我臉上生桃花癬，搽了好幾天藥。擇日不如撞日，明天咱們就去，叫上心蘭。」

楊妧徵詢般看向秦老夫人。秦老夫人樂呵呵地說：「去吧，要是我年輕四十歲，也跟妳們一道去。」

趙氏推一下楊妲胳膊，意思讓她也跟著去。

楊姮支支吾吾地尚未開口，余大奶奶已經指著月湖對面兩層高的小樓道：「祖母惦記著戲班子，老早在得月閣等著了。」

秦老夫人笑問：「還是請的德慶班？不許她再點《大鬧天宮》，上次吵得我腦仁兒疼。」

秦老夫人跟錢老夫人是對老姊妹，湊在一起免不了彼此鬥嘴，互相拆臺。

余大奶奶絲毫不著惱，笑盈盈地道：「德慶班預備的是《雙鎖山》，還有齣《桑園會》。」

《桑園會》又叫《秋胡戲妻》，裡面的西皮流水板極為好聽。

秦老夫人滿意地點點頭。「蘭生唱的秋胡無人能比，蓮舟一把嗓子也好聽，但歲數大了，不如前兩年清亮。」

余大奶奶道：「今兒是桂生唱羅敷，蓮舟的師弟。」

楊姮再沒能插上話。

其他賓客都還沒到，得月閣裡只有長媳劉太太在跟錢老夫人閒聊。瞧見楚家眾人，劉太太忙將秦老夫人讓到炕上，她則陪張夫人和趙氏到外面的暢廳喝茶。

錢老夫人嚼著花生碎，又讓秦老夫人吃。「老大媳婦下鍋炒的，放了冰糖，又香又甜……映丫頭怎麼沒來？」

「我沒妳那好牙口。」秦老夫人將碟子仍然推回錢老夫人面前，嘆一聲。「讓她在屋裡抄書。這孩子鑽了牛角尖，怎麼勸也勸不回頭。我親生的孫女，我還會害她不成？唉，挑兒媳婦真是要擦亮眼，仔細打聽好，什麼家世才學都不重要，腦子一定得清楚。」

張氏就薄有才名，相貌也好，弱柳扶風般跟在蘇老夫人身後，安安靜靜地非常乖巧。

秦老夫人跟楚鈺吵了好幾年，只想找個溫順的兒媳婦，又相中張家是書香門第，張氏生得也漂亮，所以不顧楚鈺反對，竭力把她娶了回來。

乖巧是真乖巧，卻是因為諸事都不會又沒長腦子，跟塊木頭似的，點撥一下動一動，若是不點撥，她就抱著兩手不動彈。

錢老夫人覷著秦老夫人臉色，轉而提到楚昕。「……主動呈上請罪摺子，聖上都誇他懂事了，知道反省自己。」

秦老夫人哂笑。「還是個孩子脾氣，得讓人順著哄著，一言不合就尥蹶子。」

「小子都這樣。成了親，有媳婦管束著就好了。我家二小子以前跟混世魔王似的，成親之後一下子轉了性子，正月裡媳婦傷風，他天天端茶倒水伺候湯藥，殷勤得不行……妳好好給昕哥兒掌掌眼。」

秦老夫人探身往暢廳看了看，壓低聲音。「我相中了四丫頭，不過還沒挑明，怕挑明了，昕哥兒犯驢脾氣，先慢慢看著。說不定不用挑明，兩人先就有了情分。」

「妳這老貨下手真快！」錢老夫人笑罵一聲。「剛才我還跟劉氏說，讓她多瞧瞧四丫頭，要是合適就定給三小子。我家老三十八了，比昕哥兒還大兩歲。」

秦老夫人毫不客氣地說：「妳歇了這心思，另找旁人去，等訂了親，我多多給妳三孫子媳婦添妝。」

這空檔，賓客們次第到來，兩人打住話題不提，各自掛上慈愛的笑容，跟進來問安的夫人太太們寒暄。

巳初三刻，外面的鑼鼓聲響了起來。先是一陣暖場的把子功，接著高亢激越的胡琴奏出西皮慢板，一個梳著婦人頭的女子裊裊娜娜地走到臺前，水袖輕顫眸光流轉。「三月裡天氣正豔陽，手提竹籃去採桑。」

錢老夫人給諸人介紹。「這是德慶班新捧出來的旦角，叫桂生，扮相好身段也好，比姑娘家都漂亮。」

楊妧抬頭望去，剛巧羅敷一個盤腕，纖纖素手帶動水袖輕舞，淡秀且不失嫵媚，完全看不出是位男子，一管聲音更是婉轉悅耳，宛如黃鶯出谷。

楊妧正看得出神，余新梅扯扯她的衣袖。「咿咿呀呀的有什麼意思，心蘭來了，正找妳呢。我只這會兒有空，待會兒怕又不得閒。」

她是主人，擔著招呼各家小娘子的差事。

楊妧擰不過她，交代春笑跟佟嬤嬤照看楊嬋，跟著余新梅走出得月閣。

明心蘭穿件鵝黃色襖子，俏生生水靈靈地等在樹下。「走啊，咱們去梧竹幽居，那裡最清靜。」

余新梅笑著解釋。「我祖父在園子西邊種了棵梧桐樹和一片湘妃竹，本想堆座太湖石的假山做成一處景致，沒想到假山太大而且笨拙，完全掩蓋了竹子的清幽。祖父自覺顏面無光，把那片地方給棄了，平常我們也都不往那裡走，偏偏心蘭喜歡得不行，還給取了梧竹幽居的名字。」

明心蘭道：「我確實覺得好，假山能擋風，梧桐樹能避雨，加上竹葉婆娑多有意境！」

楊妧笑道：「正所謂甲之蜜糖，乙之砒霜。」

三人說說笑笑往園子西邊走，青菱跟另外兩個丫鬟不遠不近地綴在後面。

假山西面有棵一人合抱粗、約莫兩丈高的桑樹，桑樹已經有些年頭，長得枝繁葉茂，碧綠的桑葉間，桑葚已經紅裡透紫，正是成熟季節。

楚昕坐在樹杈上，悠閒地晃著兩條大長腿，一粒粒摘了桑葚扔到嘴裡。顧常寶站在樹下，將兩條帕子結在一起做成布兜，不耐煩地喊：「給我點，楚霸王！你可不能過河拆橋，還是我告訴你這裡有桑樹的。」

楚昕摘一把，挑出紫紅的自己吃了，尚未熟透的則扔到樹下。他準頭足，桑葚不偏不倚正好落在帕子裡。

顧常寶迫不及待地吃一粒，不等嚥下，「呸」一聲吐在地上，苦著臉道：「真酸！楚霸王，你能不能摘點熟透了的？就你頭頂上那枝，往左一點，對，就是那枝，都紫得發黑了，肯定好吃。」

楚昕斜著身子，正要整個將枝椏掰斷，無意中側頭，瞧見了幾位小娘子裊裊婷婷地朝這邊走來。

左邊那位穿嫩粉色襖子，湖綠色馬面裙，不是楊妧是誰？

楚昕動作靈便，身子緊貼著樹幹一下滑到地上，食指抵在唇邊，輕輕「噓」一聲，拽著顧常寶就跑。

顧常寶丈二金剛摸不著頭腦，嚷道：「過了假山就是女眷的地方，你要幹啥？」

楚昕一把捏住他腮幫子。「有幾個姑娘過來了，你不怕被人當成登徒子？」

顧常寶被他捏住，張著嘴發不出聲，雙手拽著楚昕胳膊，總算甩開他，而細碎輕巧的談笑聲已經近在耳畔。

兩人跟沒頭蒼蠅似的打了個轉，看到假山窟窿，不約而同地貓起腰，蛇一般扭著身子鑽了進去。所幸假山是空心的，窟窿眼雖小，裡面還算空闊，稍微低著頭就能站穩。

不過數息，只聽燕語鶯聲，幾位姑娘已近在咫尺。

顧常寶瞪大眼睛。

穿縹色掐銀色牙邊比甲的，化成灰他都認識，是余大娘子。穿鵝黃色襖子的是明家三娘子，剩下穿粉色襖子，看起來恭順溫婉的有點面善，卻想不起在哪裡見過了。

顧常寶俯在楚昕耳邊問道：「個子最矮那個妞兒是誰家姑娘？就是穿粉色襖子的。」

楚昕瞪他一眼。「不該你知道就別打聽。」

余新梅接著剛才的話茬。「……前天妳還信誓旦旦說幫我待客，今兒卻來得最晚，還是阿妧靠譜，第一個來。」

明心蘭嘟起嘴。「都怪我二嫂，我們正要出門，她娘家一個拐了七、八道彎的表姨帶著閨女來拜訪。她表姨是江西廖家的太太，就衝廖家的名聲，我娘也不能不見，所以才耽擱了。後天，我家要宴請廖太太和廖十四姑。」

「十四姑？」楊妧驚呼一聲。「廖家姑娘這麼多？」

明心蘭點頭。「可不是。廖太太上一輩是四房，這輩有七房，下一輩男丁已經排到二十郎，姑娘是十七個……廖家人足足占了三條街，真正是大家望族。」

楊妧連聲感慨。「難怪廖家才子多，因為他們家子弟多，都想拔尖出頭，不努力不行。」

明心蘭道：「何止是男丁努力，廖家的姑娘們也個頂個有才，人家聊天是要用典的，猜對了，彼此一點頭，共同抿口茶，文雅得不行。」

余新梅「嘍嘍」笑。「這樣聊天也太累了，如果不知道這個典，豈不就是對牛彈琴了？」

明心蘭也笑。「給妳們講個笑話，千萬別往外說。忠勤伯府顧夫人託人求娶十四姑呢。」

「給顧家三爺求？」余新梅驚訝地瞪大雙眼。「顧三爺斗大的字認不了一籮筐，廖家能答應？」

「怎麼可能答應，都拒絕兩次了，顧家還不死心。廖太太找上我娘，也是因為這事，想趕緊給十四姑相看門合適的親事，也好斷了顧夫人的念頭。」

顧常寶聽牆腳聽得正開心，不承想聽到自己身上，氣得要跳出去罵人。楚昕眼疾手快，死死地把他摁住了。

只聽楊妧輕聲道：「不知道廖姑娘人品行事如何，是不是非要嫁個才子？其實我覺得國公府世子挺合適的。」

如果廖姑娘行事大度，加上秦老夫人指點兩、三年，很快會勝任楚家中饋；而她又有才學，跟張夫人和楚映也能合得來。

第三十八章

楚昕吸口氣，心間掠過一陣陌生的、帶著酸意的痛楚。這感覺讓他手腳有些無力，而憤怒絲絲縷縷地瀰漫開來。

顧常寶被他捂著嘴說不出話，假山外面卻是語笑喧闐。

余新梅掂一片梧桐葉，邊端詳著邊問：「妳說的是楚世子？他跟顧三爺半斤八兩，十四姑肯定看不上。妳想吧，咱們姑娘許配人家圖的是什麼？一是圖知情識趣彼此合得來，二來是想有個依靠……論才學，顧三爺能跟十四姑賦詩作詞？論才幹，顧三爺文不成武不就。如果忠勤伯一直撐著，順風順水還好，可萬一有個難處，顧三爺能給妳撐起家？他不把妳發賣就算好的。」

顧常寶面皮紫漲，跟茄子似的，心裡已把余新梅罵了千遍萬遍。「放屁！放屁！這個無恥婆娘，敢誣陷小爺，敗壞小爺名聲，小爺饒不了妳！」

余新梅完全不知道隔牆有耳，仍舊說得歡。「再說楚世子，他號稱京都一霸，依我看還不如顧三爺。顧三爺愛往青樓混，頂多眼不見心不煩，當作不知道罷了；楚世子整天喊打喊殺，不知道得罪了多少人，秦老夫人這些年沒少給他收拾爛攤子。說起來，楚世子唯一的好處就是那張臉……」

楊妧笑得舒暢。「這話沒錯，世子爺是真的好看，要是對著他那張臉，我估計每頓都能多吃半碗飯，秀色可餐呀。」

「才不，」明心蘭撇嘴，無限幽怨地說：「家裡放個男人，不用塗脂抹粉也不戴金釵銀簪，比自己都漂亮，這得有多心塞啊！換成我，估計半碗飯都吃不下。我就跟我娘說，太漂亮的男人堅決不考慮。」

好像也有幾分道理。楊妧笑得眼淚都快流出來了，拿帕子摁摁眼窩，輕聲問：「妳娘打算給妳相看人家了？」

「還沒有，倒是有幾家上門求的，都被我娘推拒了。有一家是嫡長子要做宗婦，我娘嫌太累；有一家人口太多，庶子庶女七、八個，我娘也嫌累。還有家子弟太出息，秋闈還沒考，已經開始打聽明年春闈的主考官了。」

可想而知，這位出息的子弟有多愛鑽營。

楊妧嘆氣。「明夫人為妳也費盡了心思。」

「誰說不是？咱們又不是賣女兒的人家，總得嫁得舒心點。妳問問阿梅，余大奶奶為了她，把滿京都適齡的小郎君編成名冊，閒來沒事就翻著挑毛病，有一丁半點不合心意就剔掉。阿妧，妳呢，以後想留在京都還是回濟南府？」

楚昕下意識彎了腰，屏住氣息，目不轉睛地從窟窿眼盯著楊妧。

楊妧低著頭，劉海垂下來遮住了半邊臉，南珠耳墜在腮旁蕩起淺淺的弧度。明媚的陽光透過梧桐樹繁茂的枝葉照射下來，她白淨的面容恍若夏夜盛開的玉簪花，安靜而美好。

她沈默一會兒，慢吞吞地說：「我不太想嫁人……如果非得要嫁，不管在哪裡，也不拘家世相貌，只希望是個君子。君子守規矩，可欺以其方……嗯，他不會跟女人計較，我能偶爾使點小性子，然後安安穩穩本本分分地過日子。」

余新梅側眸看向她，輕嘆。「這一個安穩就很難得了。」

三人不約而同地安靜下來。

鑼鼓聲從得月閣斷斷續續地傳來，已經換了曲調。

楊妧重又振作起精神，笑著甩甩手裡帕子。「應該是唱《雙鎖山》了，咱們去瞧瞧高君寶的把子功如何。我聽說有些武生刀法耍得好，護得周身密不透風，一盆水潑過去，衣裳根本不濕，也不知是真是假？」

「試試就知道了。」明心蘭嬉笑道：「倒盞茶水站在戲臺旁邊，等高君寶耍刀的時候潑過去。」

余新梅嗔道：「妳這是砸人飯碗。」

嬉笑聲漸次遠去，終於徹底消失。

楚昕從先前的假山口鑽出來，探頭向人影離開處張望了下，目光所及唯有綠樹成蔭，再無其他。

顧常寶也順著窟窿眼往外鑽，可他不如楚昕靈巧，頭伸出來了，肩膀卻被山石卡住了，怎麼挪都動不了。

楚昕用力拽兩下也拽不動，乾脆尋塊石頭，把洞口突出的石頭砸了下來。

顧常寶乍得自由，轉了轉脖子還能活動，突然朝楚昕撲過去。「日你娘的楚霸王，你叫我來就是受這窩囊氣？我特麼跟你沒完！」

楚昕慣常習武，反應極其靈敏，不等顧常寶近前，一腳踹過去。「你腦子被驢踢了？我讓你來赴宴，讓你抱著雞，是誰說這裡有棵老桑樹，結的桑葚天下第一甜？是誰死纏硬磨拉著我來？還有那些小娘子，是我喊過來的嗎？」

顧常寶被踹了個大馬趴。原本在假山裡低頭哈腰地站著難受，冷不防又挨這一下子，顧常寶趴在地上起不來，也根本沒聽清楚昕說什麼，連樹枝帶泥沙抓了一把朝楚昕扔過去。

楚昕閃身躲開，上前又踹他一腳。「顧老三，你是不是有病？你被人奚落，我也沒好到哪兒去，你憑什麼朝我撒氣，有本事你找余家大娘子！」甩著袖子往外走。

顧常寶「哎喲」兩聲爬起來，大聲嚷道：「楚霸王，你他娘的等等我！臭小子，有種你別走這麼快！」一路追趕一路吆喝。

沒多久走到男客的地界，小廝們看見這兩人嚇了一跳。

楚昕頭上沾著草，身上帶著泥，嘴角的桑葚汁液已經乾了，紅裡透著紫，紫裡滲著黑，像乾涸的血漬似的。

後頭的顧常寶更慘，玉帶白的衫子大半成了土黃色，胳膊肘和腿彎處蹭上了青苔的綠痕，一張臉又紅又紫，腦門蹭在假山上，兩道擦痕明晃晃的，走起路來還一瘸一拐的，像是剛剛打完一架，受了傷。

這兩人都是嬌貴的主兒，也不知道傷得重不重。

小廝擔不起這責任，撒開腳丫子去稟報了余閣老的嫡長孫余新舸。余新舸急匆匆地派人請大夫，一面打發屋裡的丫鬟知會余大奶奶。

得月閣裡，大家都還在聽戲。

余大奶奶藉著倒茶的機會悄悄跟秦老夫人道：「府上世子爺跟顧三爺鬧了點紛爭……」

秦老夫人聽說楚昕跟顧常寶打架，腦門突突地跳，目光頓時直了。

余大奶奶連忙寬慰道：「人沒事，已經去請大夫了。」

秦老夫人定定神，沒叫不頂事的張夫人，而是喚了楊妧。「四丫頭，坐了這會兒功夫，腿腳有些麻，陪我去花園子溜達溜達。」

楊妧直覺得應該有事，面上卻不露，攙起秦老夫人的胳膊，言笑晏晏地說：「園子西邊一架薔薇開得真正是好，不如去那裡看看。」

秦老夫人含笑點頭。「好。」

莊嬤嬤跟青菱等下人沒有資格進到得月閣，都站在外面等候使喚，瞧見兩人出來，趕緊迎上前。

秦老夫人低聲把余大奶奶的話重複一遍。

「妳表哥跟顧三爺打起來了。」

這個「人沒事」到底是怎生沒事，沒有性命之憂還是沒傷筋動骨？會不會動刀子戳了顧常寶的眼？

眾人跟在余大奶奶身後七拐八拐，繞過巒子門到了一處水榭。水榭正中擺一張長案，楚昕跟顧常寶各坐一頭，誰也不搭理誰。

余家長房的老三余新舲一會兒給楚昕作個揖，一會兒朝顧常寶拱拱手，忙著從中調和。大夫還沒到，小廝卻已經伺候兩人淨過臉，又換了余家兄弟的外衫，兩人看起來還算齊整，既沒有瞎眼少鼻子，也沒缺胳膊斷腿。

秦老夫人一顆心總算回歸原位，她沒管楚昕，先走到顧常寶面前，和顏悅色地問：「孩子，傷到哪兒了？要不要緊，讓我瞧一瞧？」

楚昕快被氣炸了。

祖母來了，不來瞧瞧自己，卻先奔著顧常寶噓寒問暖，這是自己的親祖母嗎？還有楊妧，進門一眼沒看他，也先往顧常寶跟前去。

這個沒良心的，自己怕她被欺負，眼巴巴地到余家來參加這個狗屁宴會，而她呢？眼裡根本沒有他不說，還背地裡詆毀他！他要讓她看看，他不但長得漂亮，還有許多的好處！

楚昕悲憤不已，也不打招呼，甩起袖子往外走。

顧常寶拔腿在後面追。

「楚霸王，你等等我，等等我……我有話說！」除了衣衫有些不合適之外，整個人活蹦亂跳的，毫髮無損。

秦老夫人跟楊妧面面相覷。

余大奶奶面紅耳赤，赧然地說：「對不起，老夫人，我家相公遣人跟我說的，我也不知道是這樣……」

正說著，余新舸引著大夫氣喘吁吁地進來，見此情狀，先付了大夫車馬費，又連連給秦老夫人作揖。「都是我的錯，沒弄清情況，驚動了老夫人。」

秦老夫人滿不在乎地揮揮手。「沒事沒事，人沒事就好。不過我這戲沒聽全，趕明兒讓你祖母做東，單另請我再聽兩齣。」

「理當如此。」余新舸笑道：「改天我出銀子請老夫人和祖母聽戲。」

余新舸夫妻兩人一道將秦老夫人送至得月閣附近，余大奶奶悄聲道：「你瞧見楊家四姑娘沒有？上次祖母提起來，我就留了意。今兒看來，相貌生得好，又是個能沈得住氣的，跟大姑娘也合得來……許給三弟怎麼樣？」

「我哪裡知道？連這位四姑娘長什麼模樣都沒看清。」余新舸笑道。「祖母信得過妳，妳自己看著辦……別的姑娘妳也多留心，三弟完了之後還有四弟，都是這兩年的事。」

余大奶奶輕俏地「哼」一聲，仍回得月閣伺候。

楚昕既然沒出事，秦老夫人心情大為放鬆，吃完酒席又跟錢老夫人、林家老夫人等幾位老封君閒聊了好一陣子才告辭。

回到國公府，秦老夫人歇了個長長的晌覺，晚飯沒什麼胃口，便打發各人在自己院裡吃。

楊妧趁著空閒把何文雋畫的花樣子描出一份來，又搭配好明天要穿的衣裳，吩咐綠荷熨燙平整。

襖子是青碧色杭綢，圓領窄肩，下襬剛過臀部，腰身沒收，還格外放出去一寸，穿在身上鬆鬆垮垮的。袖口也開得闊，抬臂會露出半截纖細的手腕。

楊妧懷寧姐兒時身材臃腫，衣裳多是肥肥大大的，生產之後很快瘦下來，再穿那些衣裳，發現還挺好看，別有一分韻味，而且舒服。這幾天她便按照以前的印象裁了件寬鬆的襖子，裙子就搭配真彩閣做的懷素紗裙。

翌日，楊妧仔細穿戴好，牽著楊嬋去瑞萱堂，走到鏡湖旁邊，不期然又遇到了楚昕。

她笑盈盈地喚聲「表哥」，豈料楚昕好像沒聽見般，昂著頭板著臉，步子邁得飛快，連個眼神都不給她，生生將她晾在那裡。

楊妧哂笑著看向青菱。「世子爺怎麼了？誰又招惹他了？」

青菱同樣兩眼一抹黑，搖搖頭。「不知道，沒聽說。」

昨天早上遇到他，楚昕起先有些小傲氣，但聽完她解釋，已經心平氣和了。

在余閣老家，楊妧隨在秦老夫人身後半句話沒多說，應該沒惹到這位小祖宗；回府之後，她根本沒見過他。

肯定是楚昕在別處受了氣，被她這個倒楣蛋撞上了。

楊妧沒當回事，步履輕鬆地走進瑞萱堂。

——未完，待續，請看文創風1036《娘子馴夫放大絕》2

2022年2月出版

將軍求娶

文創風 1034

【洞房不寧之三】

系列最終章！
揭開每對冤家間的故事，
這回出場的不靠美男般的顏值，靠的是始終如一的毅力，
還有他寵女人的功力，以及臉皮的厚度……咳咳……

江湖上無奇不有，天后筆下百看不膩／莫顏

楚雄一眼就瞧中了柳惠娘，不僅她的身段、她的相貌，
就連潑辣的倔脾氣，也很對他的胃口。
可惜有個唯一的缺點——她身旁已經有了礙眼的相公。
沒關係，嫁了人也可以和離，
他雖然不是她第一個男人，但可以當她最後一個男人。
「你少作夢了。」柳惠娘鄙視外加厭惡地拒絕他。
楚雄粗獷的身材和樣貌，剛好都符合她最討厭的審美觀，
而他五大三粗的性子，更是她最不屑的。
「妳不懂男人。」他就不明白，她為何就喜歡長得像女人的書生？
肩不能挑，手不能提，只會談詩論詞、風花雪月有個鳥用？
沒關係，老子可以等，等她瞧清她家男人真面目後，他再趁虛而入……
果不其然，他等到了！這男人一旦有錢有權，就愛拈花惹草，
希望她藉此明白男人不能只看臉，要看內在，自己才是她心目中的好男人。
豈料，這女人依然倔脾氣的不肯依他。
「想娶我？行，等你混得比他更出息，我就嫁！」老娘賭的就是你沒出息！
這時的柳惠娘還不知，後半輩子要為這句話付出什麼樣的代價……

2022年2月出版

月老套路深

文創風 1032～1033

所嫁非人禍及全家，她最終只能親手了結性命以贖罪，
如有來世，只願能忘卻前塵重新開始……
豈料她連黃泉路都走得不順遂，被孟婆一出手就送回大婚當日！
她投胎不成，還得重新面對這棘手的一局，這盤棋該如何下？

將門逆女，實力撩夫／春遲

大將軍之女陸蒺藜是京城的話題人物，容貌絕色卻古靈精怪、時有驚人之舉，
繼看上新科狀元展開窮追不捨的求親後，大婚之日姑娘她又「發作」了——
「退婚！我要退婚！」
身著嫁衣的陸蒺藜嚷嚷著要退婚，任將軍老爹氣得跳腳也動搖不了她的決心，
只因重生歸來，她心裡有數，這男人嫁不得！
他的人模人樣只是表面功夫，實則腹黑心機別有所圖，終將害得她家破人亡……
這一回她不再傻傻被套路，順手拉了個喝喜酒的路人充當新歡，誓要退婚成功，
誰知她想得太天真，逆天改命可不簡單，
婚事沒退成，抗旨拒婚就先觸怒龍顏，惹來殺身之禍，
還得仰賴隨手拉來演出的「路人」出手相救、從中化解！
原來人家身分不一般，年紀輕輕後臺比她還猛，竟是地位尊貴的國公爺?!
據聞羅止行出自天家行事低調，向來不涉及政事，全然是個富貴閒人；
可不知為何被扯進混亂中，形成和狀元郎針鋒相對的局面，他似乎開心樂意得很？
這棋局深得她看不懂，以為如願退了婚一切便在掌控中，不料事情變得更複雜，
無緣渣夫不放手，國公爺這尊大佛也請不走，這場面她實在始料未及啊……

愛情的最佳風味，便是那一股傻氣／秋水痕

2022年1月出版

綿裡繡花針

這世道總把女子當作附庸，有點權位就以為能為所欲為，
縣老爺兩張嘴皮子一碰，便要讓她感恩戴德去當小妾？
還真以為她名字叫綿綿，就是個軟綿綿受人欺的主呀？
哼！這種色老頭就算想認她當娘，她都不稀罕！

文創風 1028 **1**

顧綿綿當「裁縫」，手裡的繡花針不是扎在布料上，而是穿梭於死人皮肉間，
幫忙往生者齊齊整整的上路，她絲毫不懼，反倒覺得行善積德，與有榮焉。
她害怕的是，那些光看臉、聽信什麼命貴謠言的人，總想要讓她做妾。
本來那些膽小的都被她的行當嚇走了，卻橫空殺出一個老縣令來，
她爹身為衙役班頭，既不好得罪，又不願答應，她只能裝病拖著。
孰料，縣令竟突然塞了個新衙役——衛景明，交代爹好好照看，
這人也真是奇怪，分明是來投奔縣令的，卻一來就和她家十分親近，
還自告奮勇說會替她解決這縣令想強娶一事，這個人，真的能相信嗎？

文創風 1029 **2**

顧綿綿的「裁縫」手藝，每個月多少都能替自己掙些許銀兩，是件好事，
不過在世俗眼中，卻比不了大門不出、二門不邁，只待在家中的嬌小姐。
對此她並不在乎，她不願因為婚姻放棄自立的行當，事事都依靠他人。
畢竟，能獨力賺錢養活自己，她又何須一定要嫁個男人來管束自己呢？
不過衛景明似乎不同，他即使看見她在屍體上穿針引線，也毫無嫌棄之色，
甚至還撒嬌說他賺的銀兩少，要依靠她養，全然沒有普通男人愛面子的臭毛病。
他們順其自然地訂親，卻受到自稱是她生母娘家人的阻撓，並說她生母還活著？
多方刺激下，她莫名暈了過去，從惡夢中看見了她與他的慘澹未來……

文創風 1030 **3**

來到京城，顧綿綿與衛景明的日子還算順遂，
他走馬上任後，很快與她被迫拋家棄子的生母搭上線，
她明白了親娘被舅舅一家逼迫的難處，母女聯手將隱患去除。
自此，他的仕途平步青雲、節節高升，卻也因任務繁重而日益忙碌，
直到她有孕，他才找到理由告假回家多陪她，找回兩口子的溫馨時光。
只是好日子不長，懷滿三個月後她渾身出問題，整個人消瘦虛弱，
這病情詭譎，遍尋不著原因，直到師父戳破兩人逆天而來才知曉因果，
重生一世並非上天掉的餡餅，他們得背起責任，使天下大勢回歸正軌……

文創風 1031 **4** 完

日子過得開心，即便旁人再怎麼酸言酸語，也不影響顧綿綿的好心情。
何況她身上可是有功夫的人呢！才不會想跟這些普通人一番計較。
平日在家帶孩子、鍛鍊，然後等著衛景明散職後的溫情時間，
聽他抱怨那些文官又怎樣散布錦衣衛的壞名聲時，她不禁笑了，
他們果然是夫妻，都惹人討厭，不過那又怎麼樣？他們多開心呀！
只是快樂的時光不長，他隸屬天子手下，皇帝想做點什麼，就得身先士卒。
皇上北上御駕親征，卻失利遭俘，他身為親信自然責無旁貸。
夫妻兩人被迫分離，各自努力，他們都希望這次事了，能不再分開……

流浪貓狗介紹所

為流浪貓狗加油 和貓寶貝 狗寶貝 廝守終生(一定要終生喔！)的幸福機會

對人來說，貓寶貝狗寶貝只是生活的一部分，但妳（你）對牠們來說，卻是生活的全部，領養前請一定要考慮清楚——

▲ 討摸成癮的 檸檬

性　　別：女生

品　　種：米克斯

年　　紀：約1～2歲左右

個　　性：膽小親人、脾氣超好

健康狀況：已結紮，已注射五合一第一劑和狂犬疫苗

目前住所：苗栗市（國立聯合大學動保社辦）

本期資料來源：國立聯合大學動物保護社

第328期 推薦寵物情人

『檸檬』的故事：

去年寒假，聯大新來了疑似同胎的四隻成貓，貓咪們彼此關係超級好，經常會互相舔毛、互撞額頭，親暱地靠在彼此身上。當時因為其中一隻捲尾巴的比較親人，得以先抓去結紮。沒想到之後因為疫情，改為遠距教學課程，我們無法再抓貓咪去結紮，於是暑假時便收穫了這群貓咪贈送的大禮包——某隻三花貓生下了四隻小貓。

基於優先結紮母貓的原則，幹部某日發現貓咪們的蹤跡後，當即回社辦拿誘捕籠跟肉泥，順利誘捕到貓咪，並依照眼睛的顏色，為一隻綠眼的三花貓取名為檸檬。

在相處的這段時間，我們發現檸檬個性雖然有些膽小，卻有淡定的一面，會默默觀察周遭，很親人也好接近，愛貓人只需要具備　貓的好技術即可，因為檸檬最喜歡被摸摸，不管是頭、下巴、屁屁都是牠的心頭好。

檸檬脾氣很好，在結紮手術後的照護期間，從來沒有出爪、咬人過，都是認命地被我們抱起來搽藥，完事後還會趴在我們腳邊享受專屬的摸摸服務。不只看醫生表現好，除了貓咪們都會有的喵喵叫反應外，牠的穩定是我們照護過最乖的流浪貓。有沒有人願意收編這麼優質又美麗的貓咪呀～～有意領養者請私訊聯合大學動物保護社FB或是IG，萌貓檸檬等您來愛撫。

認養資格：

1. 須填寫認養評估單（私訊後會傳送檔案），第一次先來確認貓是不是自己喜歡的，如果確定要領養，會要求做好家中防逃措施等等，第二次才能帶貓回家。
2. 須同意簽認養寵物切結書和監護人同意書（未滿20歲者）。
3. 請領養人提供身分證影本（姓名、生日、照片、住址，其他自行遮擋）、健檢單、貓咪健康護照（打疫苗時會給）等證明。
4. 晶片注射請回傳資訊（飼主須登記晶片https://www.pet.gov.tw/web/o201.aspx）。
5. 須配合送養人日後之線上回訪（傳照片或影片），對待檸檬不離不棄。

來信請說明：

a. 個人基本資料：姓名、性別、年齡、家庭狀況、職業與經濟來源等。
b. 想認養檸檬的理由。
c. 過去養寵物的經驗，及簡介一下您的飼養環境。
d. 若未來有結婚、懷孕、出國或搬家等計劃，將如何安置檸檬？

文創風 1035

娘子馴夫放大絕 1

國家圖書館出版品預行編目資料

娘子馴夫放大絕 / 淺語著. --
初版. -- 臺北市 : 狗屋出版社有限公司, 2022.02
冊 ; 公分. --（文創風 ; 1035-1038）
ISBN 978-986-509-293-1（第1冊 : 平裝）. --

857.7 110022673

著作者	淺語
編輯	張蕙芸
校對	吳帛奕
發行所	狗屋出版社有限公司
地址	台北市104中山區龍江路71巷15號1樓
電話	02-2776-5889～0
發行字號	局版台業字845號
法律顧問	蕭雄淋律師
總經銷	知遠文化事業有限公司
電話	02-2664-8800
初版	2022年2月
國際書碼	ISBN-13 978-986-509-293-1

本著作物由北京晉江原創網絡科技有限公司授權出版

定價280元

狗屋劃撥帳號：19001626

網址：love.doghouse.com.tw E-mail：love@doghouse.com.tw